괴도신사 아르센 뤼팽

아르센 뤼팽의 탄생을 알리는 첫 작품

ARSÈNE GENTLEMAN - CAMBRIOLEUR

괴도신사 아르센 뤼팽

ARSÈNE
LUPIN

모리스 르블랑 **지음** : 김지영 **옮김**

한비미디어

차 례

아르센 뤼팽 체포되다

참으로 이상한 여행이었다. 그래도 시작은 무척 좋았다. 나는 지금껏 여행을 하면서 그렇게 유쾌한 기분을 느낀 적이 없었다.

대서양을 정기적으로 횡단하는 유람선 프로방스 호의 선장은 친절하기 이를 데 없는 사람이었고, 승객들 역시 모두 양식을 갖춘 사람들이었다. 이들은 서로 자연스럽게 어울려 금방 대화가 무르익곤 하였다. 더욱이 하나같이 세상에서 멀리 떨어진 이름 모를 섬에 와 있다는 분위기에 흠뻑 빠져 있었기 때문에 누가 먼저랄 것도 없이 친밀해졌다.

그래서 우리는 어느새 가까워지고 있었……

어제까지만 해도 전혀 알지 못하던 사람들이 우연히 한 배를 타고 같은 운명에 놓인다는 것이 사실 얼마나 기가 막힌 일인가. 끝없는 하늘과 망망대해에서 평온한 여행을 하다가도 언제 닥칠지 모르는 바다의 거센 폭풍을 함께 견뎌내야 하고, 그 험난한 여정에 얼마나 많은 뜻밖의 사건들이 기다리고 있겠는가!

인생 자체가 질풍노도와 우여곡절, 또한 일상의 단조로움으로 이루어지는 한 편의 드라마일지도 모른다. 따라서 사람들은 출발하기 전부터 이미 그 끝이 보이는 짧은 여행에서도 뜨거운 열정을 품고 마음껏 즐기려고 하는 것이다.

그런데 이처럼 거대한 배를 타고 바다를 횡단하는 여행을 하면서 언젠가부터 사람들에겐 새로운 어떤 감정이 일어났고, 그래서 무언가를 생각해 내기 시작했다.

배라고 하는 이 떠 있는 섬, 세상에서 해방되었다고 믿게 하는 이 작은 섬도 여전히 세상과 연결되어 있었다. 배와 세상 사이를 연결시켜 주는 고리는 다름 아닌 무선전신이었다. 아주 신기한 방법으로 뉴스를 전해 오는 그것은 별세계로부터의 호출이다! 바람의 날개를 단 전령이라도 있는 것일까. 그게 아니라면 어떻게 상상해야 한단 말인가. 세상에 이처럼 신기하고 꿈같은 일이 있을 수 있단 말인가.

무선전선은 마치 저 세상의 언어를 우리 귀에 들려주는 것 같았다. 그런 이유로 우리는 보호받으면서 항해하는 기분이 들 정도였다.

처음에는 두 친구가 내게 소식을 전해 왔다. 이어서 열 명, 아니 스무 명이 아득한 공간을 가로질러 이런저런 소식을 보내왔다.

그러던 중 거센 바람이 불던 어느 날 오후, 배는 이미 프랑스 해안에서 800킬로미터나 떨어져 있었는데, 다음과 같은 전보 한 통이 날아왔다.

'아르센 뤼팽이 일등칸에 승선해 있음. 금발. 오른쪽 팔에 상처 있음. 혼자 여행 중. 가명은 R……'

바로 그 순간 어두운 하늘에 강렬한 번개가 지나갔고, 전파는 여기서 끊기고 말았다. 따라서 아르센 뤼팽이 사용하고 있다는 가명이 R이라는 머리글자로 시작된다는 것밖에 다른 것은 알 수가 없는 상태였다.

만약 그것이 다른 종류의 뉴스였다면 배 안의 전신 담당 기사를 비롯하여 사무장, 선장에 의해서 철저하게 비밀이 지켜졌을 것이다. 하지만 비밀이란 아무리 지키려 해도 결국은 새어나가는 법이다. 어떤 경로로 전해졌는지는 알 수 없지만, 아무튼 그날 모든 승객은 그 유명한 아르센 뤼팽이 이 배 안에 숨어 있다는 사실을 알게 되었다.

세상에, 아르센 뤼팽이 같은 배에 타고 있다니! 최근 몇 개월 동안 모든 신문들이 대담무쌍한 행적을 전하기에 여념이 없었던 그 신출귀몰한 도둑이 우리 가운데 있다니! 프랑스 최고의 형사인 가니마르와 목숨을 건 결투를 벌인 수수께끼와도 같은 그 인물이 말이다. 대저택이나 부호의 살롱 이외에는 손을 대지 않는다는 저 변화무쌍한 신사 아르센 뤼팽, 그는 어느 날 밤 쇼르만 남작의 저택에 몰래 숨어들어 갔다가 빈손으로 나오면서 이런 메모를 남겼다고 한다.

'괴도 신사 아르센 뤼팽, 진품으로 제대로 갖춰지면 다시 방문하겠습니다.'

변장술이 뛰어나 운전사, 테너 가수, 출판업자, 양가집 도련님, 소년이나 노인, 마르세유의 상인, 러시아 태생의 의사, 스페인의 투우사 등으로 변신한다는 천의 얼굴 아르센 뤼팽은 마음만 먹으면 뭐든 될 수 있었다.

그런 아르센 뤼팽이 대서양을 횡단하는 유람선 어느 한구석에 실제로 있다는 사실을 어떻게 상상할 수 있단 말인가. 끊임없이 서로 얼굴을 마주치는 일등칸 전용의 이 좁은 구석, 이 식당, 저 살롱, 흡연실에 그가 있을지도 모르는데 말이다. 어쩌면 저 신사가 아르센 뤼팽일지도……. 아니면 저 사람? 그도 아니면 식탁에서 내 옆에 앉았던 사내? 아니, 어쩌면 나와 같은 선실을 쓰고 있는 저 사람일지도 모르는 일 아닌가.

다음 날 넬리 언더다운 양이 호들갑스럽게 외쳤다.

"이런 상태가 앞으로 닷새나 계속되어야 한다니 어쩜 좋아! 빨리 체포하지 않고 뭘 하는 거지?"

그리고 나를 향해서 말했다.

"이봐요 앙드레지 씨, 당신은 선장과 잘 아는 사이죠? 혹시 뭐 알고 있는 거라도 없나요?"

넬리 양의 마음에 들기 위해서라도 나는 무엇인가를 알고 있었으면 했다. 그녀는 모든 사람들이 부러워할 만한 요소를 다 갖추고 있는 여자였기 때문이다. 뛰어난 미인이었을 뿐만 아니라 엄청난 재산의 소유자이기도 했다. 따라서 그녀 주위에는 늘 기분을 맞추려 드는 무리들과 열렬한 추종자들이 진을 치다시피 했다.

파리에서 프랑스인 어머니 손에 자란 그녀는 시카고에 살고 있는 백만장자인 아버지 언더다운을 만나러 가는 중이었고, 친구인 제를랑 양이 동행하고 있었다.

솔직히 처음에는 그녀를 단순한 호기심의 대상으로 생각했을 뿐이었다. 하지만 같은 배 안에서 오랜 시간을 함께 지내다 보니 나도 모르게 그녀의 매력에 점차 빠져들었다. 그녀의 커다랗고 검은 눈동자와 마주칠 때마다 심장이 마구 두근거리는 것을 억제하기가 힘들었다. 그런데 그녀도 나의 정중한 태도가 싫지 않은 눈치였다. 내가 이야기를 하면 재미있다는 듯이 웃어 주었고, 여러 가지 경험담을 풀어 놓으면 흥미롭다는 듯이 귀를 기울이곤 했다.

다만 마음에 걸리는 경쟁자가 한 명 있었다. 외모도 출중하고 사려 깊으며 우아한 청년이었다. 때에 따라서는 파리 사람인 나의 개방적인 태도보다, 그의 조용한 성격이 그녀의 마음을 더 끄는 것처럼 보이기도 했다.

넬리 양이 내게 말을 걸었던 그때도 그는 그녀 주변에 얼씬거리는 무리들 속에 함께 섞여 있었다. 우리들은 갑판에 있는 흔들의자에 기분 좋게 앉아서, 전날 밤의 폭우로 맑게 씻긴 대기와 쾌청한 하늘을 즐기는 참이었다.

"아가씨, 사실 저도 확실한 내용은 아무것도 몰라요. 하지만 아르센 뤼팽의 원수인 가니마르처럼 우리 손으로 직접 수사해 볼 수도 있지 않겠어요?"

나는 그녀에게 대답했다.

"어머! 그렇게까지요? 정말 그러실 수 있나요?"

"그럼요. 못할 것도 없지요."

"글쎄, 꽤 복잡한 문제일 텐데요."

"그렇지도 않아요. 문제를 해결하는 데 도움이 될 몇 가지 단서를 당신이 모르고 있기 때문에 그렇게 생각하는 겁니다."

"단서라니요? 어떤 단서를 말하는 거죠?"

"첫째, 뤼팽은 R로 시작하는 가명을 쓰고 있다는 점이죠."

"단서 치고는 좀 부족한 듯하네요."

"둘째, 그는 혼자 여행 중이라고 했어요."

"그런 특징이 무슨 도움이 된다는 거죠?"

"셋째, 금발이라는 점."

"다음은 어쩌겠다는 거죠?"

"우선 승객들 명단을 조사해서 여기에 해당되지 않는 사람들의 이름을 지워나가면 될 겁니다."

나는 주머니 속에 가지고 있던 승객 명단을 꺼내어 한 번 훑어보았다.

"우리들의 주의를 끌기에 충분한 머리글자를 가진 승객은 열세 명이군요."

"겨우 열세 명이라고요?"

"일등석 승객은 열세 명입니다. 열세 명의 R…… 씨들 중에서 아홉 명은 보시는 바와 같이 부인, 자녀, 하인을 동반하고 있죠. 그렇다면 남은 것은 혼자 여행하고 있는 네 명뿐이니 한 명씩 살펴보죠. 우선 라베르당 후작……."

"대사관 서기관인데, 내가 알고 있는 분이에요."

넬리 양이 옆에서 말을 끊으며 말했다.

"로손 중령……."

"우리 큰아버지예요."

누군가가 말했다.

"리볼타 씨……."

"네, 전데요."

무리 중 한 명이 외쳤다. 소리 난 곳을 바라보니 그는 이탈리아 사람으로 얼굴의 대부분이 검은 턱수염으로 뒤덮여 있었다.

그러자 넬리 양이 큰 소리로 웃었다.

"이 사람을 금발이라고 하긴 힘들겠는데요."

"그렇다면 이 명단에 마지막으로 남은 한 사람이 범인이라는 얘긴데……."

내가 말했다.

"그게 누구죠?"

"바로 로젠 씨예요. 누구 로젠 씨를 아는 사람 있습니까?"

대답하는 사람이 아무도 없었다.

그런데 갑자기 넬리 양이 내가 경계하고 있던 그 조용한 청년을 바라보며 말하는 것이었다.

"어머, 로젠 씨! 대답 안 하실 거예요?"

순간 모든 사람들의 시선이 그에게로 쏠렸다. 그는 금발이었다.

솔직히 말하자면 나는 약간 섬뜩함을 느꼈다. 그리고 일순간 어색한 침묵이 감돌며 분위기가 무거워졌다. 나뿐 아니라 그 자리에 있던 사람들 전부가 나와 같은 충격을 받았는지 당황한 기색이 역력했다.

하지만 그것은 말도 안 되는 소리였다. 이 젊은 신사의 태도에는 수상쩍거나 의심을 받을 만한 점이 전혀 보이지 않았기 때문이었다.

그가 침묵을 깨고 말했다.

"왜 제가 대답하지 않았냐고요? 실은 이름도 그렇고, 혼자 여행하고 있다는 점도 그렇고, 그리고 머리색을 봐도 그렇고…… 그 범인의 모습과 내가 너무도 흡사해서……. 나도 지금과 같은 방법으로 조사해 봤는데 결국 같은 결론에 도달하게 되더라고요. 그렇다면 내가 체포되는 것이 맞지 않겠습니까?"

거침없이 내뱉는 그의 말투와 태도가 왠지 마음에 걸렸다. 게다가 탄력이라고는 조금도 없어 보이는 얇은 입술이 한층 더 창백해졌으며, 반대로 눈에는 핏발이 서 있었다.

물론 농담을 한 것이 분명했다. 그럼에도 불구하고 사람들은 그의 표정과 태도에 신경을 쓰지 않을 수 없었다.

그때 넬리 양이 천진한 목소리로 불쑥 물었다.

"하지만 당신은 상처가 없잖아요?"

"그렇습니다. 상처만 없습니다."

그가 신경질적인 몸짓으로 소매를 걷어 올려 팔뚝을 내보였다. 그때 문득 어떤 생각이 내 머리를 스치고 지나갔고, 순간 나의 눈과 넬리 양의 눈이 마주쳤다. 그렇다, 그는 오른쪽 팔이 아닌 왼쪽 팔을 내밀었던 것이다.

나는 이 점에 대해서 확실하게 말할 생각이었다. 그런데 갑자기 넬리 양의 친구인 제를랑 양이 허겁지겁 뛰어 들어왔기 때문에 말할 기회를 놓치고 말았다.

그녀는 몹시 당황스러운 표정을 짓고 있었다. 모든 사람들이 그녀를 둘러싸자, 숨을 헐떡이던 그녀가 간신히 이렇게 중얼거렸다.

"제 보석을, 진주를…… 전부 도둑맞았어요……."

하지만 실제로 전부 도둑맞은 것은 아니었다. 나중에 알게 된 사실이지만, 이상하게도 훔친 녀석은 값나가는 물건만 골라서 가져갔다. 다이아몬드로 만든 별 모양의 머리 장식, 루비 펜던트, 목걸이, 팔찌들……. 도둑은 놀랍도록 섬세한 솜씨로 보석 알맹이들만 빼가지고 갔을 뿐, 무겁고 부피가 큰 것은 아예 손조차 대지 않았다.

보석 장식품들은 모두 알맹이가 빠진 채 꽃잎 뜯긴 봉오리처럼 초라한 몰골로 남겨져 있었다.

제를랑 양은 모자를 넣는 상자 밑바닥에 보석 주머니를 숨겨 두었는데, 도둑은 그녀가 차를 마시러 간 사이에 ─ 그것도 한낮에 사람들이 빈번하게 오가는 복도에서 선실의 자물쇠를 뜯어내고 들어갔던 것이 틀림없어 보였다.

그 순간, 도둑맞았다는 사실을 안 모든 승객들은 이것이 아르센 뤼팽의 범행이라고 생각했다. 순식간에 그렇게 놀랍고도 교활한 솜씨를 발휘할 만한 인물은 그자밖에 없을 것이기 때문이다.

장식품 전부를 긁어모은다면 부피가 크기 때문에 감추는 것이 힘들지만 값나가는 알맹이만 챙긴다면 그와 비교할 수 없을 정도로 쉽게 감출 수 있을 것이다. 그런 방법을 아르센 뤼팽 말고 누가 생각해 내겠는가.

한편, 그날 저녁 식사 때 로젠의 양 옆자리에는 아무도 앉지 않아 빈 채로 있었다. 그날 밤, 사람들은 그가 선장에게 불려 갔다는 사실을 알게 되었다. 의심할 여지없이 그가 체포될 거라는 생각에 모두가 마음을 놓았다.

그래서 그날 밤, 사람들은 여흥을 즐기기도 하고 춤을 추기 도 했다. 특히 넬리 양은 놀랄 정도로 활달했다. 그녀가 처음 에는 로젠이라는 작자에게 마음을 빼앗겼을지 모르지만, 지 금은 그에 대해 완전히 잊어버린 것처럼 보였다. 또한 그녀의 아름다움은 점점 더 내 마음을 빼앗아 가고 있었다.

자정이 가까워졌을 때, 휘영청 밝은 달빛 아래서 나는 내 마음을 그녀에게 고백했다. 그녀도 그리 싫지만은 않은 눈빛 이었다.

그런데 다음 날, 놀랍게도 로젠은 증거 불충분이라는 이유 로 자유의 몸이 되었다.

그는 보르도의 유명한 와인 상인의 아들이라는 정식 서류 를 제시해 보였다. 그리고 그의 양쪽 팔뚝 어디에도 상처의 흔적이 없다는 것이었다.

로젠을 의심하는 사람들이 큰 소리로 불평을 해댔다.

"서류? 신분 증명? 녀석은 아르센 뤼팽이라고. 그런 것쯤은 얼마든지 만들 수 있을 거야! 상처도 처음부터 없었거나, 만약 있었다 하더라도 틀림없이 지워 버렸을 거야!"

다른 한쪽에서는 보석을 도둑맞은 시간에 로젠이 갑판을 산책하고 있었다는 증거까지 들이대며 항의를 했다. 그러자 누군가가 이렇게 반격했다.

"녀석은 아르센 뤼팽이야. 그런 녀석이 자신이 직접 도둑질을 했겠어?"

그러나 누가 뭐래도, 그를 동정하는 사람들마저도 더 이상 부인할 수 없는 약점이 로젠에게는 있었다. 혼자 여행을 하며, 금발에 R로 시작하는 이름을 가지고 있는 사람이 그 이외에 누가 있단 말인가? 로젠이 아니라면, 그 전문은 대체 누구를 가리키고 있단 말인가?

점심 식사 몇 분 전에 로젠이 대담하게도 우리가 앉아 있는 테이블로 다가오자, 넬리 양과 제를랑 양이 의자에서 일어나 다른 곳으로 가 버렸다.

그녀들은 그를 두려워하고 있는 것이었다.

한 시간 후에 손으로 직접 쓴 회람이 승무원을 포함한 모든 등급의 승객들 사이에 나돌았다. 거기에는 아르센 뤼팽의 가면을 벗기거나 도둑맞은 보석을 가지고 있는 자를 발견한 사람에게 1만 프랑을 주겠다는 루이 로젠의 약속이 적혀 있었다.

그리고 로젠은 선장에게 이렇게까지 말했다고 했다.

"만약 그 악당과 맞서 싸우려는 나를 아무도 도와주지 않는다면, 혼자서라도 그 녀석을 잡아 보이겠다."

그러자 사람들이 빈정거리기 시작했다.

"참 재미있는 일이군. 로젠 대 뤼팽이라. 아니, 뤼팽 대 뤼팽이 되려나?"

로젠의 몸부림은 이틀간 계속되었다. 로젠이 여기저기 분주히 오가면서 승무원들 사이에 섞여 이것저것 캐묻는 모습이 보였다. 심지어 한밤중에도 어슬렁거리며 돌아다니는 그의 그림자를 볼 수 있었다.

한편, 선장도 나름대로 조사를 해나갔다. 위부터 아래까지 구석구석, 프로방스 호 안을 샅샅이 뒤졌다. 모든 선실을 하나도 빼놓지 않고 점검했는데, 도난당한 물건이 반드시 범인의 객실에 감춰져 있다고 단정할 수 없다는 게 그 이유였다.

"이젠 뭔가 밝혀지겠죠? 그렇죠? 얼마나 뛰어난 솜씨를 지녔는지 모르지만, 다이아몬드나 진주를 안 보이게 숨길 수는 없을 테니까요."

넬리 양이 조심스러운 기색으로 나에게 물었다.

"꼭 그렇지만도 않을 겁니다. 우리들의 모자 속이나 양복의 안감, 몸에 지니고 있는 우리들의 물건을 전부 조사해 본다면 또 모르지만요."

나는 그녀의 온갖 자태를 찍기에 여념이 없었던 나의 9X12형 카메라를 가리키며 말을 이었다.

"가령 이렇게 조그만 기계 속에도 제를랑 양의 보석을 전부넣을 수 있는 공간이 있다는 생각은 안 해보셨나요? 그냥 경치를 찍는 척하면서 말이죠. 감쪽같이 말이에요."

"하지만 어떤 흔적도 남기지 않는 도둑이 있을까요?"

"있죠. 단 한 사람, 그게 바로 아르센 뤼팽이죠."

"왜 그렇게 생각하죠?"

"글쎄요, 그는 도둑질만 하는 것이 아니라, 그로 인해 일어날 모든 상황에 대해서도 생각하고 있기 때문이 아닐까요?"

"당신도 처음에는 좀 더 자신 있게 말하지 않았니요?"

"그랬죠. 하지만 지금 녀석의 실력이 먹혀들어가고 있잖습니까."

"그렇다면 당신 생각으로는?"

"내 생각으로는 이렇게 떠들어 봐야 시간 낭비일 뿐, 아무런 성과도 얻지 못한다는 겁니다."

실제로 수색은 아무런 성과도 거두지 못했고, 오히려 엉뚱한 일만 벌어졌다. 이번엔 선장이 애지중지하던 시계가 사라져 버린 것이다.

화가 난 선장은 도둑잡기에 더욱 열을 올렸다. 로젠을 더욱 엄중하게 감시하면서 몇 번이나 그와 이야기를 나누었다.

그런데 다음 날, 어처구니없게도 그 잃어버린 시계가 부선장의 붙었다 뗐다 하는 셔츠의 칼라 안쪽에서 발견되었다.

이 모든 것은 귀신같은 솜씨로 행해졌는데, 더해서 뤼팽 특유의 유머러스한 수법까지 입증해 보인 셈이었다.

그는 틀림없이 도둑이었지만 그와 동시에 호사가처럼 보였다. 그는 도둑질을 전문으로 하면서도, 마치 그걸 취미로 하는 것처럼 보이게 했다. 또한 오락을 하듯 도둑질을 하고 있다는 생각이 들게도 했다. 자신이 써낸 희곡을 상연케 하는가 하면, 자신이 만들어낸 대사나 자신이 생각해 낸 장면이 아주 잘 짜여 있음에 스스로 감탄하면서 배를 움켜쥐고 웃으며 즐기고 있다는 듯한 인상을 주었다.

그런데 이틀 전날 밤에 당직 사관이 갑판의 가장 후미진 부분에서 웬 사람이 훌쩍이며 우는 소리를 들었다. 소리 나는 곳으로 다가가 보니 한 사내가 쓰러져 있었다. 머리는 회색 두꺼운 숄로 덮여 있고 두 손이 밧줄에 묶여 있어, 밧줄을 풀어 그를 안아 일으킨 다음 응급조치를 해 주었다. 그런데 놀랍게도 그는 로젠이었다.

그의 말에 의하면, 그날도 이리저리 캐묻고 다니는데 갑자기 누군가가 자신을 덮쳐 꼼짝없이 당했다는 것이다. 그리고 품에 품고 있던 물건을 빼앗겼는데, 입고 있던 옷에 핀으로 꽂아 놓은 종이에는 다음과 같은 말이 적혀 있었다.

'아르센 뤼팽은 로젠 씨가 내건 현상금을 감사하는 마음으로 가져가겠습니다.'

실제로 도둑맞은 지갑 속에는 천 프랑 짜리 지폐가 20장, 즉 2만 프랑이 들어 있었다고 한다.

이제 더 이상 말이 필요 없었다. 모든 것은 결국 이 불쌍한 자가 꾸민 자작극이라는 소문이 파다하게 퍼졌다. 하지만 그렇게 단단히 자신을 묶을 수는 없는 일이었고, 종이에 남긴 필체도 로젠의 것과는 완전히 다른 것이었다. 필체를 확인해 본 결과, 그것은 신문에 실린 아르센 뤼팽의 그것과 아주 비슷했다.

그렇다면 더 이상 로젠을 뤼팽이라 볼 수는 없는 일이었다. 로젠은 로젠이며, 보르도 와인 상인의 아들에 불과했다.

이렇게 해서 다시 한 번 아르센 뤼팽이 실재하고 있음이 밝혀지자, 그의 존재가 더욱 섬뜩하게 느껴졌다. 참으로 두려운 일이었다.

그리하여 선실에 홀로 남아 있을 용기를 가진 자도, 사람들과 떨어진 곳에서 홀로 모험을 즐기는 자도 완전히 사라져버리고 말았다. 사람들은 매우 조심스러워했으며 서로 믿을 수 있는 사람들끼리만 어울렸다. 그것만으로는 부족했는지, 본능에서 오는 불신감이 친했던 사람들의 사이를 갈라놓기도 했다.

범인이 누군지를 모르는 공포감! 이제 뤼팽은 한 사람이 아니라 모든 사람이었다. 우리의 흥분된 상상력은 뤼팽에게 기적적인, 그리고 무한한 능력을 부여했다.

사람들은 뤼팽이라면 생각지도 못했던 그 어떤 모습으로라도 변장할 수 있을 것이라고 생각했다. 존경할 만한 로손 중령이 되었다가, 고귀한 라베르당 후작이 될 수도 있는 일이었다. 이제는 더 이상 그 의심스러운 머리글자 같은 것에는 누구도 신경을 쓰지 않게 되었기 때문에 처자나 하인과 함께 있다는 그 사람들까지도 뤼팽이 변장한 것이라고 착각을 하게 되었던 것이다.

신대륙에서 온 첫 전문은 아무런 내용도 전해 주질 못했다. 게다가 선장은 우리들에게 아무것도 알려주지 않아 더욱 답답했다.

항해의 마지막 날은 영원히 계속될 것처럼 길게만 느껴졌다. 사람들은 무슨 일이 일어날 것 같다는 불안감에 휩싸여 있었다. 만일 무슨 사건이 일어난다면, 다음에는 단순한 도둑질이나 폭행 정도로 끝나지 않고 살인 사건이 일어날 수도 있다고 생각했다. 아르센 뤼팽이 두 차례의 하찮은 절도로 만족하지 않을 것이라고 여겼기 때문이다.

수사를 해야 할 사람들이 움츠리고 있었으므로 그는 배 안을 통째로 휘어잡은 권력자나 마찬가지였다. 이제 그가 못할 짓은 아무것도 없는 듯했다. 그는 배 안에 있는 사람들의 목숨과 재산을 자신의 마음대로 할 수 있는 상황이었다.

하지만 솔직히 말하자면, 이는 내게 더할 나위 없이 즐거운 시간이었다. 왜냐하면 넬리 양의 신뢰를 한껏 얻을 수 있었기 때문이었다. 원래 걱정이 많은 성격인데다 계속되는 사건에 마음이 불안해진 탓인지, 그녀는 아주 자연스럽게 나의 보호를 바라는 것 같았고 나는 기꺼이 응해 줬다.

다소 과장해서 말한다면, 나는 아르센 뤼팽에게 고맙다고 인사라도 하고 싶은 심정이었다. 그녀와 나를 가깝게 만들어

준 당사자가 바로 뤼팽이니까 말이다. 이 세상에서 가장 아름다운 몽상에 빠질 수 있는 기쁨을 느낀 것도 전부 뤼팽의 덕이 아니던가. 또한 내가 꾸고 있는 사랑의 단꿈을 굳이 숨길 필요가 없어졌다.

우리 앙드레지 일족은 원래 푸아투 지방의 명문가였는데, 최근 가운이 조금 기울었다. 따라서 기울어진 가운을 되살리는 것이 남자로서 해야 할 일이라 여기는 마음이 아주 없었던 것도 아니었다.

게다가 이러한 나의 몽상이 넬리를 조금도 기분 나쁘게 하지 않았다는 것을 느낄 수 있었다. 방긋이 웃고 있는 그녀의 눈빛에 내 꿈은 더욱 부풀어 올랐고, 그녀의 다정한 목소리는 내게 희망을 가지라고 부채질하는 것 같았다.

이렇게 마지막 순간까지 뱃전에 나란히 기대서서 우리 두 사람은 신대륙의 해안선이 점점 눈앞으로 가까워져 오는 것을 바라보았다.

수사는 중단되었다. 사람들은 막연하게 기다릴 수밖에 없는 처지였다. 갑판 위에서 북적거리는 사람들은 불가사의한 수수께끼가 풀리는 그 마지막 순간을 기다리고 있었다.

도대체 누가 아르센 뤼팽이란 말인가? 어떤 가명, 어떤 가면 속에 그 유명한 아르센 뤼팽이 숨어 있단 말인가?

드디어 그 마지막 순간이 다가오고 있었다. 설령 앞으로 백 년을 더 산다 해도 나는 그 순간에 일어난 모든 일을 잊을 수 없을 것이라고 생각했다.

"넬리 양, 얼굴이 창백해 보이는데요."

지칠 대로 지쳐 당장에라도 쓰러질 것처럼 내 팔에 기대 있는 그녀에게 말했다.

"어머, 그렇게 말씀하시는 당신 얼굴도 창백해요. 처음과 많이 달라졌어요!"

그녀가 대답했다.

"당연히 그렇겠죠! 가슴이 너무나 설레서 터져 버릴 것 같은 걸요. 넬리 양, 지금 이렇게 당신 가까이서 숨을 쉴 수 있다는 게 꿈처럼 느껴져요. 저는 오래도록 지금 이 순간을 잊지 못할 겁니다. 그걸 생각하면……."

그녀는 너무나 지친 나머지 더 이상 내 말이 들리지 않는 듯했다.

트랩이 내려졌다. 하지만 우리들이 자유롭게 배에서 내리기에 앞서 세관원과 제복을 입은 사람들, 우편배달부 등이 배 위로 올라왔다.

넬리 양이 중얼거렸다.

"아르센 뤼팽이 항해 도중에 탈출했다 해도 나는 놀라지 않을 거예요."

"배 안에서 체포되느니 바다 한가운데로 뛰어들지도 모르죠. 명예롭지 못하다는 것은 그답지 않은 일일 테니까요."

"농담은 그만두세요."

그녀가 생각하는 것조차 귀찮다는 듯이 대답했다.

그러나 내가 갑자기 몸을 떨자, 그녀가 깜짝 놀라며 이유를 물었다.

"갑판 끝에 있는 조그만 노인 보이죠?"

"프록코트를 입고 우산을 손에 들고 있는 저 사람 말이에요?"

"네, 저 사람이 가니마르 형사입니다."

"가니마르?"

"맞아요. 반드시 자기 손으로 아르센 뤼팽을 잡아 보이겠다고 큰소리치고 있는 유명한 형사죠. 드디어 이유를 알았어요. 왜 대서양 건너편에서 정보가 전혀 들어오지 않았는지. 거기에 가니마르가 와 있었던 거예요. 그는 자신의 일에 대해서 타인이 왈가왈부하는 걸 싫어하거든요."

"그럼 뤼팽은 이제 확실히 잡히는 건가요?"

"글쎄요……. 가니마르도 변장한 뤼팽밖에 본 적이 없다고 하더군요. 현재 사용하고 있는 이름을 알고 있다면 얘기는 달라지겠지만……."

"뤼팽이 체포되는 장면을 본다면 얼마나 좋을까요……."

그녀가 여성들이 흔히 짓는 냉정한 호기심에 휩싸인 채로 말했다.

"기다려 봅시다. 틀림없이 아르센 뤼팽도 자신의 적이 나타났다는 사실을 벌써 눈치챘을 테니까요. 그는 늙은 형사의 눈이 피곤해질 때를 기다렸다가 마지막이 되어서야 슬쩍 내릴지도 모르죠."

마침내 승객들이 하선하기 시작했다. 가니마르는 태연한 표정으로 지팡이 대신 들고 있던 우산에 몸을 기댄 채 서서 승객들을 바라보았다. 하지만 가니마르는 양쪽 손잡이 사이로 몰려든 사람들에게는 그다지 신경을 쓰지 않는 듯했다. 한 승무원이 가니마르의 뒤편에 바짝 붙어 서서 그에게 설명을 해 주고 있다는 사실을 나는 뒤늦게 깨달았다.

라베르당 후작, 로손 중령, 이탈리아 사람인 리볼타가 배에서 내렸고 다른 많은 승객들이 뒤를 이었다. 이윽고 로젠도 모습을 드러냈다.

가엾은 로젠! 그는 자신에게 일어난 불행한 사건들을 아직 완전히 떨쳐내지 못한 듯했다.

"어쩌면 우리의 짐작처럼 로젠이 뤼팽일지도 모르겠네요. 어떻게 생각하세요?"

넬리 양이 속삭이듯 말했다.

"잠깐! 가니마르와 로젠이 함께 있는 모습을 찍으면 아주 재미있겠네요. 제 카메라로 찍어 주지 않으시겠어요? 나는 짐이 너무 많아서 찍을 수가 없으니까요."

나는 그녀에게 카메라를 넘겨주었다. 하지만 그녀가 사진을 채 찍기도 전에 로젠은 가니마르를 지나쳤다. 뒤쪽에 서 있던 승무원이 가니마르의 귀에 대고 뭐라고 중얼거렸지만 늙은 형사는 가볍게 어깨를 들썩일 뿐이었다. 그 순간 로젠은 그대로 지나쳐 가 버린 것이었다.

그렇다면 과연 누가 아르센 뤼팽이란 말인가?

"아니, 도대체 누구란 말이에요?"

그녀가 말했다.

이제 승객은 스무 명 정도밖에 남아 있지 않았다. 넬리는 이 스무 명 중에 제발 그가 없기를 바란다는 듯 두려운 표정으로 그들을 한 명 한 명 살펴보았다.

내가 그녀에게 말했다.

"이제 우리도 더는 기다릴 수 없을 것 같은데요?"

내가 재촉하듯 말하자 그녀가 발걸음을 떼기 시작했다. 나도 그 뒤를 따랐다. 우리들이 채 열 걸음도 걷기 전에 가니마르가 다가와 우리 앞을 가로막아 섰다.

"왜 길을 막는 거요?"

내가 외쳤다.

"선생, 잠깐만! 무슨 급한 일이라도 있습니까?"

"숙녀를 이렇게 에스코트하고 있는 게 보이지 않습니까?"

"잠깐!"

그는 한층 더 완강한 목소리로 말했다. 그리고는 나를 뚫어져라 바라보다 이윽고 입을 열었다.

"아르센 뤼팽 아니신가?"

그 말에 나는 큰 소리로 웃으면서 말했다.

"하하하! 무슨 소릴 하시는 겁니까? 내 이름은 베르나르 앙드레지입니다."

"베르나르 앙드레지는 3년 전에 마케도니아에서 죽었소."

"만약 베르나르 앙드레지가 죽었다면 나도 이 세상에 없다는 얘기군요. 하지만 보시는 바와 같이 나는 이렇게 살아 있지 않습니까. 정 의심스럽다면 제 신분증을 보시죠."

"그건 앙드레지의 신분증이 틀림없소. 원한다면 그걸 자네가 어떻게 가지고 있는지 내가 설명해 줄 수도 있다네."

"무슨 소리요? 사람을 잘못 봤소. 아르센 뤼팽은 R로 시작되는 이름으로 배에 탔다고 하질 않소."

"그렇지. 그것도 자네가 부린 수작이지. 대서양 건너편에서 자네는 그런 식으로 사람들을 속여 왔지! 정말 놀라운 솜씨야. 하지만 이번엔 안 통할 것 같군. 뤼팽, 어떤가? 이제 당당하게 정체를 드러내는 게 어떤신가?"

순간 나는 주저했다. 그때 가니마르가 내 오른쪽 팔을 힘차게 내리쳤다. 나는 고통을 참지 못하고 비명을 질렀다. 그 전문에 있었던 것처럼 오른쪽 팔의 상처가 아직 채 아물지 않아 견딜 수 없었던 것이다.

드디어 모든 것이 끝났다! 나는 넬리 양을 바라보았다. 그녀는 파랗게 질려서 당장이라도 쓰러질 듯한 모습으로 우리들의 대화에 귀를 기울이고 있었다.

그녀는 한동안 내 눈을 응시하더니, 손에 들고 있던 카메라로 시선을 돌렸다. 그것을 본 순간 나는 그녀가 모든 것을 깨달았다는 생각이 들었다. 그렇다! 가니마르에게 체포되기 직전에 그녀에게 건네준, 검은 가죽으로 감싸진 그 조그만 카메라 속 좁은 공간에 로젠의 2만 프랑과 제를랑 양의 진주와 다이아몬드가 들어 있었던 것이다.

아! 나는 신께 맹세할 수 있다. 가니마르와 그의 부하 두 명이 나를 에워싼 순간, 내가 체포되었다는 사실이나 사람들의 냉정한 시선 같은 것은 그다지 중요하지 않았다. 오직 하나, 내가 맡긴 카메라를 넬리 양이 어떻게 할 것인지에 대해서만 온통 신경이 쏠려 있었다.

내게 불리한 결정적 물적 증거가 밝혀질지도 모른다는 두려움은 조금도 없었다. 다만 그 증거물을 넬리 양이 형사에게 건넬 것인지, 오직 그 한 가지 사실만 나의 관심의 대상이었다.

과연 그녀는 나를 배신할 것인가? 나는 그녀 때문에 궁지로 내몰리게 될 것인가? 아니면 다소간의 관용과 동정심을 갖고 적의라고는 눈곱만큼도 없는 한 여자로 행동할 것인가?

그녀는 아무 말 없이 내 앞을 지나쳐 갔다. 나는 예의를 갖추듯이 깊이 허리를 숙여 인사했다. 그녀는 다른 승객들 속에 섞여서 트랩 쪽으로 걸어갔다. 내 카메라를 손에 든 채……

그녀도 사람들 앞에서는 차마 증거물을 내놓을 수 없었을 것이라고 나는 생각했다. 한 시간 후, 아니면 몇 분 후에 그녀는 그것을 형사에게 갖다 줄 생각이리라.

그런데 트랩 중간쯤에서 그녀는 발을 헛디딘 것처럼 비틀거리더니 손에 들고 있던 카메라를 방파제와 배 사이에 있는 바닷물 속으로 떨어뜨렸다. 그리고는 태연스레 걸어갔다.

점점 멀어져 가는 그녀의 모습을 바라보았다. 아름다운 그녀의 모습이 군중 속으로 사라졌다가 다시 한 번 모습이 보이는가 싶더니 이내 사라져 버리고 말았다. 그것으로 끝이었다. 영원히 끝이었다.

순간 나는 외로움과 동시에 알 수 없는 감동이 밀려와서 한참 동안 말을 잃은 채 서 있었다.

"나도 이런 내 자신이 원망스럽소⋯⋯."

나도 모르게 내뱉은 한숨 섞인 말에 가니마르도 놀란 듯했다.

이 이야기는 어느 겨울밤에 아르센 뤼팽이 내게 직접 들려준 자신의 경험담이다. 뒤에 다시 얘기하겠지만 어떤 우연한 사건을 계기로 그와 나 사이에는 우정 — 나는 감히 이렇게 말한다. — 이 싹텄다. 그렇다. 나는 영광스럽게도 아르센 뤼팽이 나에 대해서 우정을 품고 있다고 생각한다. 그가 생각지도 않았던 때에 불쑥불쑥 찾아오는 것도 바로 이 우정 때문이 아니겠는가.

그는 내 서재의 침울한 분위기를, 그가 지닌 특유의 쾌활함과 삶에 대한 열정으로 가득 채워주곤 했다. 그의 밝은 성격은 타고난 운명인 듯했고, 그에게서는 행운과 쾌락의 충동이 언제나 넘쳐흘렀다.

그의 모습이 어떻게 생겼냐고? 그걸 내가 어떻게 묘사할 수 있겠는가? 지금까지 나는 아르센 뤼팽을 스무 번도 넘게 만났지만 그는 만날 때마다 다른 사람이었다. 아니, 오히려 동일한 한 사람이지만 서로 다른 스무 개의 거울이 제각각 변형된 이미지를 비쳐 보였다고 해야 옳을 것이다. 저마다 다른 눈빛이 있었고, 저마다 다른 얼굴 윤곽이 있었으며, 독특한 몸짓과 모습, 그리고 다른 성격이 있었다.

언젠가 그가 한 말이 떠오른다.

"나도 누가 진짜 나인지 잘 모른다네. 거울을 들여다봐도 그게 정말 나인지 알 수 없을 때가 많으니까 말이야."

물론 그것은 역설일 테지만, 그를 본 적이 있는 사람들은 이러한 그의 말이 단순한 허풍으로 들리지 않는다고 한다. 그의 천재적인 변장술과 강한 인내력의 한계를 누가 상상할 수 있단 말인가!

그는 또 이런 말을 한 적도 있었다.

"내가 어떻게 고정된 모습만을 가질 수 있겠소? 또한 언제나 같은 성격을 갖고 있다는 그 위험을 내가 어찌 피하지 않을 수 있겠소? 내 행위만으로도 충분히 나를 떠올리게 될 텐데 말이오."

그는 매우 자랑스럽다는 듯이 덧붙여 말했다.

"누구도 '이 사람이 바로 아르센 뤼팽이다!'라고 마음 놓고 장담하지 못하는 것은 참으로 고마운 일이오. 하지만 중요한 것은 누구나 '이것은 뤼팽이 한 짓이다.'라고 확실하게 말할 수 있게 한다는 거지."

어느 겨울밤, 그는 친절하게도 내 서재의 침묵 속에서 밤새 이야기를 들려주었다.

그것을 바탕으로 나는 지금부터 그의 행동의 일부를, 모험의 일부를 낱낱이 기록할 생각이다……

감옥에 갇힌 아르센 뤼팽

여행을 즐기는 사람이라면 유람선을 타고 센 강변의 아름다운 풍경을 감상하는 것이 당연하다. 특히 그 부근에 있는 쥐미에주에서 생방드리유의 폐허까지 이어지는 길 옆, 강 중간 암석 위에 자리 잡고 있는 말라키의 아늑하고 독특한 봉건 시대 성을 놓쳐서는 안 될 것이다. 이 고성과 도로 사이에는 아치형 다리가 놓여 있고, 우뚝 솟아 있는 망루는 그것을 받치고 있는 커다란 화강암 덩어리와 연결되어 있다. 어떤 대지진에 의해서 어느 산에서부터 떨어져 나와 이 강물 속으로 던져진 것인지 궁금해질 정도로 거대한 바위였다. 고성 주위에는 잔잔히 흐르던 강물이 갈대 사이를 소리 내며 흐르고 있었고, 여울목의 젖은 조약돌 위에서는 새들이 꼬리를 흔들며 한가롭게 쉬고 있었다.

말라키 성의 역사는 그 이름과 외관에서 느껴지듯 어딘가 절박하고 투쟁적인 데가 있다. '부정한 입수(入手)'를 뜻하는 그 이름만큼이나 거칠며 그 모습만큼이나 복잡한데, 그것은 투쟁과 침략, 돌격과 강탈, 살육의 연속이었다.

코 지방에 전해지는 이야기에는 반드시 이 성을 무대로 펼쳐졌던 수많은 범죄가 전율과 함께 등장하며, 괴이한 이야기들이 전설처럼 전해지고 있다. 그중에서 곧잘 화제에 오르는 것은 샤를 7세의 아름다운 애첩이었던 아네스 소렐의 거처와 쥐미에주 사원 사이에 연결되어 있었다던 유명한 지하 통로 얘기다.

예전에는 영웅들과 도적들의 은둔처였던 이 낡은 성에 지금은 나탄 카오른 남작이 살고 있다. 그는 예전에 증권가에서 '사탄 남작'이란 별명으로 불리던 냉혈한인데, 온갖 술수로 엄청나게 재산을 긁어모은 벼락부자였다.

말라키 성의 성주는 파산하여 하는 수 없이 조상 대대로 내려오던 이 성을 거의 공짜나 다름없는 가격으로 남작에게 팔았다. 성을 사들인 남작은 오래된 가구·회화·도자기·목조 조각 등 멋진 소장품들을 이 낡은 성 안으로 옮겨왔다. 그는 나이 든 세 명의 하인과 함께 이곳에서 독신으로 생활하고 있었다. 찾아오는 사람도 전혀 없었다.

그는 루벤스 작품 석 점과 와토 두 점, 명공 장 구종이 만든 설교단과 그 외의 수많은 명품들, 그리고 그가 경매장에서 한 호사가와 경쟁하여 손에 넣은 명기를 소유하고 있었다.

하지만 이러한 진품을 감상해 줄 사람이 아무도 없었다.

사탄 남작은 무엇인가를 두려워하고 있었다. 그가 걱정하는 것은 결코 자신의 신상에 관한 것이 아니었다. 끊임없이 풍류를 사랑하는 마음과 그 어떤 교활한 상인에게도 속아 본 적이 없는 뛰어난 직감으로 모은 소장품의 안전에 관한 것이었다. 그는 전전긍긍하면서도 자신의 수집품들을 아꼈고, 질투심 많은 연인처럼 사랑했다.

그는 날마다 해가 지면, 육지와 연결된 다리 두 개와 성의 정문을 지키는 네 개의 철문을 닫고 거기에 빗장을 채웠다. 그리고 아주 미세한 움직임만 있어도 침묵을 깨고 벨이 요란스레 울려댔다. 센 강 쪽으로는 바위가 절벽을 이루기 때문에 어떤 불안도 있을 수 없었다.

그러던 9월의 어느 금요일, 평소와 다름없는 시간에 우편배달부가 다리 끝에 모습을 나타냈다. 역시 평소와 다름없이 남작이 육중한 철문을 반쯤 열었다.

몇 년 동안이나 보아오던 사람이라는 사실 따위는 잊은 듯, 남작은 이 시골사람의 수더분한 얼굴과 꾸밈없는 눈빛을 꼼꼼하게 살피며 쳐다보았다.

우체부가 어이없다는 듯이 웃으며 말했다.

"남작님, 언제나 변함없이 접니다. 이 옷과 모자를 훔쳐 변장한 수상한 사람이 아니라고요. 걱정 마세요."

"그건 알 수 없는 일이지."

카오른이 중얼거렸다.

우체부가 신문을 한 묶음 내밀었다. 그리고 덧붙여 말했다.

"그리고 남작님, 오늘은 다른 게 한 가지 더 있습니다."

"다른 거?"

"등기로 온 편지예요. 무슨 서류라고 하는데요."

친구도, 자신을 걱정해 줄 만한 사람도 전혀 없는 고독한 처지의 남작에게 편지라니! 그는 한 번도 그런 걸 받아 본 적이 없었다. 따라서 그는 이 보기 드문 일이 왠지 불길하게 느껴졌다. 숨어 살고 있는 이 성까지 쫓아온 알 수 없는 발신자는 대체 누구란 말인가?

"여기에 사인을 해 주세요, 남작님."

그는 불평을 하면서 사인을 하고, 편지를 받았다. 그리고는 우체부가 모퉁이를 돌아 모습이 보이지 않을 때까지 한참 동안 지켜보았다. 그러다가 한동안 이리저리 서성이던 남작이 드디어 다리 난간에 몸을 기댄 채 봉투를 뜯었다.

안에서 '파리 라 상떼 형무소'라는 주소가 적힌 모눈종이가 한 장 나왔다. 서명을 보니 '아르센 뤼팽'이라고 적혀 있었다.

남작은 기겁을 하며 편지를 읽기 시작했다.

친애하는 남작님께.

댁의 두 응접실을 연결하는 갤러리에 필립 드 샹페뉴의 그림 한 점이 있다는 것을 알고 있습니다. 그것이 제 마음에 쏙 듭니다. 또한 루벤스의 그림도 제가 좋아하는 것입니다. 그리고 아기자기한 와토의 그림들도 마찬가지입니다. 오른쪽 응접실에 있는 것 중에서는 루이 13세 시대에 만들어진 장식장과 보베 산 키펫 장식, 가구세공인 야콥의 서명이 새겨진 제정시대의 원탁, 르네상스 시대의 장식함이 매우 마음에 듭니다. 왼쪽 응접실에 있는 것 중에서는 보석과 세공품들이 가득 들어 있는 진열장도 아주 좋더군요.

우선 이번에는 쉽게 매각할 수 있는 위의 품목들로 만족할 생각입니다. 죄송하지만 적당히 포장해서 8일 이내에 바티뇰 역에 있는 제 사서함으로 보내 주시기 바랍니다. 물론 운송비도 모두 지불하시고요. 만일 도착하지 않았을 경우에는 9월 27일 수요일에서 28일 목요일에 걸친 저녁에 제가 직접 가서 그것을 옮기겠습니다. 그리고 제가 직접 가게 되면 상기의 품목만으로는 결코 만족하지 않을 것입니다.

남작님의 심기를 어지럽혔다면 너그럽게 용서하시고, 부디 제 진심어린 말을 받아 주시기 바랍니다.

아르센 뤼팽

P.S. 와토의 그림들 중 가장 큰 것은 보낼 필요 없습니다. 남작님께서 3만 프랑이라는 큰돈을 주고 입수하신

물건이지만 안타깝게도 그것은 모조품입니다. 진품은 프랑스 혁명정부 시절에 바라스가 광란의 파티를 벌이다 태워먹고 말았습니다. 아직 발표되지 않은 '가라트 회상록'에 기록되어 있으니 참고하십시오.

그리고 루이 15세의 허리띠도 모조품인 듯하니 사양하겠습니다.

이 편지는 카오른 남작을 경악케 했다. 설사 다른 사람의 서명이라 할지라도 무척이나 당황했겠지만, 다름 아닌 아르센 뤼팽의 서명이었으니 남작이 경악하는 것은 당연한 일이었다.

평소 신문을 꼼꼼하게 읽는 남작은 세상에서 일어나는 도둑질이나 살인 사건에 대해서는 누구보다 잘 알고 있었다. 남작뿐만이 아니라 무시무시한 도둑 뤼팽의 범행에 대해서라면 모르는 사람이 누가 있겠는가.

뤼팽이 미국에서 그의 숙적인 가니마르에게 체포되어 투옥되었으며, 그에 대한 재판이 지금 진행 중이라는 사실을 남작은 잘 알고 있었다. 하지만 뤼팽이라면 무슨 일이든 못 하겠는가. 실제로 이 고성에 소장되어 있는 그림들과 가구들의 위치에 대해서 정확히 알고 있다는 사실만으로도 사태가 심각했다. 편지를 보낸 사람이 뤼팽이란 사실은 의심의 여지가 없어 보였다. 그런데 누구에게도 보여 준 적이 없는 이들 수집품에 대해서 어떻게 그렇게 속속들이 꿰고 있는지, 정말이지 귀신이 곡할 노릇이었다.

남작은 눈을 들어 고성 말라키의 장엄한 모습과 깎아지른 암벽을 둘러싸고 흐르는 강물 쪽으로 시선을 돌렸다. 그리고 어깨를 한번 들썩이며 마음을 가라앉히려고 애를 썼다.

'쓸데없는 걱정이다……. 위험은 어디에도 없다. 누가 이 요새에 숨어들어올 수 있단 말인가.'

그렇다. 그 누구도 들어올 수 없을 것이다. 하지만 아르센 뤼팽이라면……? 그에게 철문이나 도개교, 성벽과 같은 장애물 등이 과연 의미가 있을까? 만약 아르센 뤼팽이 그 목적을 달성하겠다고 마음먹는다면, 제아무리 정교하게 고안된 장애물과 제아무리 빈틈없는 방범이라 하더라도 아무 소용이 없을 것이다.

그날 밤, 남작은 루앙 시 지방검사국 앞으로 그 협박장과 함께 편지를 써 보내 보호를 요청했다.

곧바로 지방검사국으로부터 답장이 도착했다.

'뤼팽은 지금 라 상떼 형무소 내에 엄중한 감시 하에 수감되어 있어 외부와 편지를 주고받을 수 없는 상황이다. 따라서 이 협박장은 이론적으로 보나, 상식적으로 보나, 일의 전후 사정으로 보나 누군가가 장난으로 보낸 것이 명백하다. 하지만 신중을 기하는 뜻에서 전문가에게 필적 감정을 의뢰했다. 결과는 다소 비슷하기는 하지만 이것은 복역 중에 있는 뤼팽의 필적이 아닌 것으로 밝혀졌다.'

'다소 비슷하기는 하지만……'

남작은 무시무시한 이 한 구절이 계속 신경 쓰였다. 이를테면 의혹이 있다는 말이 아닌가. 그는 단지 이것만으로도 당국이 개입해야 할 충분한 이유가 있다고 생각했다.

남작은 두려움에 떨며 그 협박장을 몇 번이고 거듭해서 읽었다.

'제가 직접 가서 그것을 옮기겠습니다.'

그리고 27일 수요일에서 28일 목요일에 걸친 밤이라고 명백하게 못 박아 놓지 않았는가.

상황이 이렇게 급박한데도, 의심 많고 음험한 성격의 남작은 이 사실을 하인들에게 말하지 않고 있었다. 그들을 완전히 믿지 못하기 때문이었다.

그런데 평소와는 달리 이 일을 누군가에게 밝히고 의견을 들어보고 싶다는 마음이 일어났다. 공권력의 도움 없이는 자신의 힘으로 방어할 엄두가 나지 않았기 때문이다. 남작은 파리로 가서 한물간 형사에게라도 도와달라고 부탁을 해야겠다고 생각했다.

이런 생각들로 이틀을 보냈다. 3일째 되던 날, 〈르 레베이

드 코드벡〉 신문을 뒤적이던 그는 너무 기쁜 나머지 몸을 떨었다.

신문에 다음과 같은 기사가 실려 있었던 것이다.

『보안과 최고의 베테랑 중 한 명인 가니마르 형사가 3주일 전부터 우리 마을에 체류하고 있는 것을 모두가 환영하고 있다. 아르센 뤼팽을 체포한 최고 수훈자로서 그 명성을 전 유럽에 떨친 가니마르 형사는 지금 낚시를 하면서 장기간의 활동으로 쌓인 피로를 풀고 있는 중이다.』

가니마르가 이곳에 와 있다고? 카오른 남작은 천군만마를 얻은 듯했다. 뤼팽의 교활한 음모를 영리하고 끈기 있는 가니마르 말고 그 누가 막을 수 있단 말인가!

남작은 지체하지 않았다. 코드벡은 고성에서 6킬로미터 떨어진 곳에 있는 마을이다. 그는 구원의 손길을 발견한 듯 한걸음에 달려갔다.

마을에 도착한 그는 가니마르 형사가 있는 곳을 쉽게 찾을 수 없자, 강변 가운데쯤에 자리한 〈르 레베이드 코드벡〉 신문사로 찾아갔다. 남작이 그 기사를 쓴 기자를 만나보고 싶다고 하자, 한 기자가 안내 창구로 나와서 말했다.

"가니마르 형사요? 저쪽에 방파제가 있는데, 쭉 가다 보면 낚시를 하고 있는 사람이 보일 겁니다. 저도 거기서 그를 봤는데, 낚싯대에 새겨진 그 사람의 이름을 우연히 보고 알게 됐죠. 저길 보세요. 산책로의 가로수 밑에 앉아 있는 저 조그만 노인이 가니마르입니다."

"밀짚모자에 프록코트를 입고 있는 저 사람이요?"

"맞아요! 무뚝뚝하고 말이 없는 좀 특이한 사람이죠."

5분 뒤, 남작은 그 유명한 가니마르 곁으로 다가갔다. 그리고 자기소개를 한 다음 여담을 좀 나누려 했지만 그게 마음먹은 대로 잘 되지 않았다. 가니마르가 들은 척도 하지 않았기 때문이다.

남작은 할 수 없이 바로 본론으로 들어가 자신이 처한 상황과 용건을 다급하게 설명했다.

상대는 낚싯대에서 시선을 떼지 않은 채로 그의 말을 듣고 있었다. 그러다가 갑자기 돌아앉았더니 머리끝에서 발끝까지 남작을 훑어보고는, 딱하다는 표정으로 이렇게 말했다.

"남작, 자신이 미리 물건을 훔치러 가겠다고 예고하는 도둑이 어디 있단 말입니까. 특히 아르센 뤼팽이 그런 말도 되지 않는 짓을 할 것 같습니까?"

"그래도……."

"남작, 만약 내게 조금이라도 의심스러운 부분이 남아 있다면, 다시 한 번 뤼팽 녀석을 형무소에 처넣는 즐거움을 맛보고 싶습니다. 하지만 안타깝게도 그 사람은 지금 형무소에 있습니다."

"만약 탈옥이라도 한다면……."

"라 상떼 형무소에서 탈옥한다는 건 불가능한 일입니다."

"그래도 뤼팽이라면 가능할지도……."

"뤼팽 아니라 그 누구도 빠져나올 수 없습니다."

"그래도……."

"탈옥한다 해도 상관없습니다. 그러면 내가 다시 잡아넣을 테니, 걱정 마시고 돌아가서 편히 주무세요. 그리고 더 이상 붕어들을 놀라게 하지 말아 주세요."

대화는 이것으로 끝났다. 남작은 가니마르가 큰소리치는 것을 보고, 걱정할 일이 아닌지도 모른다고 생각하며 어느 정도 편안한 마음으로 집에 돌아왔다.

집에 돌아온 그는 돌아다니며 자물쇠를 점검하고 하인들의 거동을 살펴보았다.

그렇게 다시 이틀이 지났고, 마침내 남작은 자신의 걱정이 쓸데없는 망상에 빠져 있었다고 생각했다. 가니마르의 말처럼 자신이 물건을 훔치러 가겠다고 상대방에게 미리 알리는 도둑이 세상 어디에 있단 말인가…….

아무튼 예고된 날이 점점 다가오고 있었다. 27일 하루 전인 화요일 아침까지는 아무런 일도 일어나지 않았다. 그런데 세 시쯤 되자, 젊은 배달부가 벨을 울렸다. 그 배달부는 다음과 같은 내용이 담긴 전보를 내밀었다.

'바티뇰 역의 내 사서함에 물건이 없음을 확인했음.
내일 밤에 방문할 것임. 아르센 뤼팽.'

남작은 또다시 극도의 혼란에 빠졌다. 차라리 뤼팽의 요구
를 들어주는 편이 더 나았을지도 모른다는 생각까지 하게 되
었다.

그는 코드벡으로 달려갔다. 가니마르는 전과 같은 장소에
서 여전히 낚시를 하고 있었다. 남작은 아무 말도 하지 않고
그 전보를 내밀었다.

"이게 어쨌다는 거죠?"

가니마르가 말했다.

"어쨌다니요? 드디어 내일이 바로 그날입니다!"

"뭐가 말입니까?"

"녀석이 침입해서 도둑질하는 날이요! 내 소장품들을 모두
훔쳐갈 거란 말이요!"

가니마르가 낚싯대를 놓고 남작 쪽으로 돌아앉았다. 그리
고 팔짱을 끼며 짜증 섞인 목소리로 외쳤다.

"당신, 설마 내가 이런 터무니없는 얘기를 믿을 거라고 생
각하고 있는 건 아니겠지?"

"당신이 27일에서 28일에 걸친 밤 동안 나의 성을 지켜주시
오. 그 대가로 얼마의 사례금을 드리면 되겠소?"

"한 푼도 필요 없소. 그 대신 날 좀 내버려 두시오!"

"금액을 정해 보시오. 나는 부자요. 엄청난 부자란 말이요."

무례하기 짝이 없는 이 요구에 가니마르는 온몸의 힘이 빠져나가는 듯했다. 그는 생각을 바꿔 지금까지와는 달리 조용한 목소리로 말했다.

"지금 나는 이곳에서 휴가를 보내고 있는 중이오. 내게는 사건에 관여할 권리가 없……."

"당신이 도왔다는 얘기는 아무한테도 하지 않겠습니다. 무슨 일이 일어나든 침묵을 지키겠다고 약속하겠습니다."

"글쎄요. 별로 도울 일이 없을 텐데……."

"어떻습니까? 3천 프랑이면 되겠습니까?"

가니마르가 담배를 하나 꺼내 물었다. 그리고 잠깐 생각에 잠겼다가 말했다.

"알겠습니다. 단, 이거 하나는 솔직하게 말해 두어야겠군요. 그 돈은 시궁창에 버리는 것과 다름없다는 걸요."

"그건 아무래도 상관없습니다."

"그렇습니까? 그럼 받아 두죠. 상대는 뤼팽입니다. 무슨 짓을 할지 알 수 없죠! 놈이 열거한 항목들을 보니 그건 혼자 할 수 있는 일이 아니오. 분명 부하들을 여럿 거느리고 있을 거요. 댁의 하인들은 믿을 만합니까?"

"그게 좀……."

"그렇다면 그들은 믿지 않는 게 좋겠소. 전보로 믿을 만한 친구 둘을 부르겠습니다. 그러는 편이 더 안심할 수 있을 듯합니다. 자, 그만 돌아가세요. 우리가 같이 있는 모습은 보이지 않는 게 좋습니다. 그럼 내일 밤 아홉 시경에 뵙겠습니다."

아르센 뤼팽이 예고한 그다음 날, 카오른 남작은 벽에 걸어 두었던 무기를 가져다 손질한 후, 말라키 성 주위를 둘러보았다. 특별히 의심스러운 점은 발견되지 않았다.

저녁 8시 30분, 그는 하인들을 내보냈다. 그들은 구석진 곳에 있는 별채의 한쪽 끝에서 살고 있었다. 혼자 남은 남작은 조용히 네 개의 문을 열었다.

잠시 후, 누군가 다가오는 발자국 소리가 들렸다. 가니마르 일행이었다. 가니마르가 두 부하를 소개했다. 황소처럼 강인해 보이는 어깨와 곰과 같은 손을 가진 우람한 체격의 사내들이었다.

가니마르는 성 내부에 대해 설명을 해달라고 했다. 그런 다음 성 안을 살펴보고는, 만약에 대비해서 위협을 받고 있는 두 방으로 통하는 모든 창과 문을 꼼꼼하게 밀폐했다. 그리고 벽면을 살펴본 뒤 벽의 장식과 바닥에 깔린 카펫을 살펴보았다. 그런 다음 마지막으로 두 부하를 중앙에 있는 갤러리에 배치했다.

"만전을 기해 주게나. 걱정 없겠지? 잠이나 자라고 여기로 부른 게 아닐세. 조금이라도 이상한 일이 있으면 정원 쪽으로 난 창을 열어 나를 부르게. 강 쪽에도 신경을 써 주기 바라네.

그런 녀석들은 10미터 정도 높이의 절벽 같은 건 조금도 두려워하지 않으니 말일세."

그는 두 사람을 갤러리 안에 남겨 놓고 열쇠를 꺼내 든 뒤 남작에게 말했다.

"그럼 이제 우리도 각자 위치로 갑시다."

그는 미리 봐 둔, 두 대문 사이의 두꺼운 성벽 중간에 만들어진 조그만 방에서 밤을 지내기로 했다. 그곳은 예전에 야간 경비를 서던 곳이었다. 밖을 내다볼 수 있는 창이 다리 쪽으로 하나 나 있었으며, 또 다른 하나는 정원 쪽으로 나 있었다. 구석에 우물처럼 생긴 둥그런 구멍이 있었다.

"남작, 이 우물이 지하로 통하는 유일한 입구가 맞습니까? 그리고 예전에 이미 그 통로를 막아 버렸다고 말씀하셨죠?"

"그렇습니다."

"그렇다면 뤼팽만이 알고 있는 다른 출입구가 없는 한, 우리들은 마음을 놓아도 되겠습니다."

그는 의자 세 개를 나란히 늘어놓았다. 거기에 길게 누워 파이프에 불을 붙이고 한숨을 쉬었다.

"남작, 내가 이렇게 한심한 일을 하기로 한 것은 사실 내가 노후에 살 집을 한 층 더 올리고 싶었기 때문이에요. 언젠가 이 이야기를 나의 친구인 뤼팽에게 들려주면, 녀석은 배를 움켜쥐고 웃어댈 겁니다."

하지만 남작은 웃지 않았다. 시시각각 깊어만 가는 불안한 마음에, 가만히 귀를 기울인 채 어둠 속을 뚫어져라 쳐다볼 뿐이었다. 그리고 이따금 입을 떡 벌리고 있는 구멍 밑을 불안한 눈빛으로 들여다보곤 했다.

자정이 지나, 새벽 한 시를 알리는 종소리가 울렸다.

남작은 갑자기 가니마르의 팔뚝을 움켜쥐었다. 깜짝 놀라 형사가 눈을 떴다.

"무슨 소리가 들리죠?"

"네."

"저건 무슨 소리죠?"

"내 코고는 소리에요!"

"아니에요. 잘 들어 보세요……."

"앗! 이건 자동차 경적소립니다."

"그렇다면?"

"뤼팽이 당신의 성을 부수기 위해서 자동차를 몰고 오겠소? 걱정 말아요. 제발 안심하고 조금이라도 주무세요. …… 미안하지만 난 이만 눈을 붙여야겠네요."

사방이 고요했다. 가니마르는 이내 잠이 들었고, 남작은 그가 규칙적으로 크게 코를 곯아대는 소리 외엔 아무것도 들질 못했다.

새벽녘, 그들은 자신들이 있던 조그만 방에서 나왔다. 상쾌한 기운과 더불어 강물 냄새가 코끝에 다가왔고, 아침의 평화가 고성을 감싸고 있었다.

남작은 마음이 누그러진 듯한 표정이었고, 가니마르는 여전히 느긋한 표정이었다. 두 사람은 조용한 저택의 계단을 올라갔다. 아무런 소리도 들리지 않았다. 이상히 여길 만한 것은 아무것도 없는 듯했다.

"남작, 내가 말한 대로지요? 역시 이 일은 맡는 게 아니었어요. 창피해서 어디 가서 말을 할 수도 없고……."

그는 열쇠꾸러미를 꺼내 갤러리 안으로 들어갔다.

두 형사는 의자 위에 웅크리고 앉아서 두 팔을 축 늘어뜨린 채 완전히 잠들어 있었다.

"꼴들 좋다. 뭐 하는 짓들이야!"

가니마르가 소리를 버럭 질렀다.

그때 남작이 갑자기 비명을 질러댔다.

"앗! 내 그림이 없어졌어! 그림들……. 그리고 장식장도……."

남작은 숨넘어가는 소리로 계속해서 더듬거렸다. 텅 비어버린 채, 못만 덩그러니 박혀 있는 빈 벽 쪽으로 손을 가리키며 중얼거렸다.

"와토가 사라졌다! 루벤스도 도둑맞았다! 장식용 카펫도 벗겨 갔고, 장식장 속의 보석도 모두 사라졌다! 내 루이 15세 양식의 대형 촛대……. 그리고 18세기 촛대가……! 12세기 성모상도…… 모두 없어졌어."

절망한 그는 당황해서인지 우왕좌왕했다. 자신이 사들였던 가격을 생각했다. 그에 따른 피해액을 계산한 뒤 숫자를 더해 갔다. 횡설수설, 알 수 없는 말들을 더듬더듬 이어갔다. 분하고 억울한 마음에 마구 날뛰다가 허공을 향해 손을 휘저으며 미친 듯이 몸부림쳤다. 마치 완전히 파산하여 자신의 머리에 총구를 들이대는 것 외에 달리 방도가 없는 것처럼 절망의 몸짓을 해댔다.

가니마르의 아연실색한 모습만이 남작을 위로할 수 있는 유일한 것이었는지도 모른다. 하지만 가니마르는 남작과는 반대로 여전히 태연자약했다. 그는 못마땅하다는 눈빛으로 여기저기를 살펴보았다. 창은? 닫혀 있었다. 문의 자물쇠는? 아무런 일도 없었다. 천장에도 역시 아무런 흔적이 없었다. 마룻바닥에는 구멍 하나 뚫려 있지 않았다. 모든 것이 뤼팽이 말한 대로였다. 즉 합리적이고 오차 없는 계획에 따라서 모든 일이 진행된 것임에 틀림없었다.

"뤼팽…… 뤼팽 녀석의 짓이다."

가니마르가 심사가 뒤틀린다는 표정으로 내뱉었다.

"이 멍청한 자식들! 도대체 뭘 하고 있었던 거야?"

그는 느닷없이 부하들에게 욕설을 퍼부었다. 이제야 화가 나는 모양이었다. 하지만 두 사람은 아직 잠에서 깨어나지 못하고 있었다.

이상했다. 무시무시한 기세로 소리를 지르던 가니마르는 두 사람을 흔들어댔다.

"그럼 혹시……?"

그는 몸을 웅크려 두 사람을 들여다보았다. 그리고 한 사람씩 주의 깊게 살펴보았다. 두 사람은 완전히 잠에 빠져 있었다. 하지만 이것은 자연스러운 잠이 아니었다.

그가 남작에게 말했다.

"수면제를 먹였군요."

"누가 먹였다는 거죠?"

"누구겠소? 말할 것도 없이 뤼팽이지요……! 아니면 놈의 지시로 부하가 먹였을지도 모르고요. 녀석이 즐겨 쓰는 수법입니다. 아직도 흔적이 생생하게 남아 있네요."

"그럼 내가 두 눈 뜨고 당했다는 말이오? 어떻게 손써 볼수도 없이."

"정말 어떻게 손써 볼 도리가 없군요."

"하지만 어떻게 이런 일이……. 이건 너무 끔찍합니다."

"이제라도 정식으로 고소를 하는 게 어떻겠소?"

"그런들 무슨 소용이 있겠소?"

"어쨌든 일단 해 봐야 하지 않겠소? 당국에서 무슨 조치를 취할 수도 있을 테니……."

"당국이라고요? 그자들이 어떤 작자들인지 당신도 잘 알텐데……. 지금도 찾으려고만 든다면 뭔가 단서가 될 만한 것을 반드시 찾아낼 수 있을 텐데, 당신조차도 움직이려 들지 않잖소."

"상대가 뤼팽인데 무엇인가를 찾아낸다고요? 그건 터무니없는 착각입니다. 뤼팽은 절대로 단서가 될 만한 것을 남기지 않습니다! 상대가 뤼팽인 한 우연은 존재하지 않아요! 미국에서 내게 체포된 것도 일부러 그런 게 아닐까 하는 생각이 들 정도입니다."

"그러니까 나는 도둑맞은 그림을 비롯한 모든 물건을 포기해야 한단 말인가요? 하지만 도둑맞은 것들은 내 수집품 중에서도 제일 중요한 것들입니다. 찾을 수만 있다면 어떤 대가든 치를 생각입니다. 상대가 상대인 만큼 만약 도저히 손써 볼 길이 없다면 협상을 해서라도 찾고야 말겁니다!"

듣고 있던 가니마르가 남작을 빤히 쳐다봤다.

"그거 정말 좋은 생각이군요. 설마 한 입으로 두말하지는 않겠죠?"

"걱정 마세요, 그런 일은 절대 없을 겁니다. 그런데 그건 왜 물으시는 거죠?"

"내게 좋은 생각이 있어요."

"어떤 생각이죠?"

"우선 수사가 진행되는 걸 지켜보다가 별 진전이 없으면 그때 다시 얘기하도록 합시다. ⋯⋯그리고 일이 잘되기를 바란다면 제 이름을 절대로 입 밖에 내서는 안 됩니다."

그리고 그가 중얼거리듯 말을 이었다.

"어차피 자랑할 만한 일은 아니니까."

두 부하는 그때서야 멍한 표정으로 정신을 차리는 중이었다. 두 사람은 눈을 둥그렇게 뜨고 주변을 두리번거리면서 사태를 파악하려고 애를 쓰는 것 같았다. 가니마르가 어떻게 된 일이냐고 추궁해도 두 사람은 아무것도 기억나지 않는다는 말만 계속했다.

"그래도 뭔가 본 게 있을 거 아닌가?"

"아무것도 못 봤어요."

"잘 생각해 보게."

"전혀 생각나지 않아요."

"뭔가 마신 건 없었나?"

두 사람은 생각에 잠겼다. 그중 한 사람이 더듬거리며 대답했다.

"맞아요. 물을 조금 마셨어요."

"이 물병에 있는 물인가?"

"네."

이번에는 다른 한 명이 말했다.

"그 물은 나도 마셨어요."

가니마르가 물의 냄새를 맡아 보았다. 조금 먹어 보았다. 이상한 냄새나 맛은 느껴지지 않았다.

가니마르가 말했다.

"이쯤에서 그만두세. 어차피 시간 낭비야. 뤼팽이 낸 문제가 이렇게 간단하게 풀리겠나. 확실히 말해 두겠네만, 내 그

녀석을 다시 한 번 체포해서 박살을 내겠네. 이번에는 내가 졌지만 마지막에는 반드시 이겨 보이겠네!"

그날로 카오른 남작은 라 상떼 형무소에 수감되어 있는 뤼팽을 상대로 절도에 관한 고소장을 당국에 제출했다.

그 후 말라키 성은 경찰들과 검사, 판사, 신문기자들, 그리고 호기심에 가득 찬 마을 구경꾼들로 북적대기 시작했다. 때문에 남작은 고소한 것을 몇 번이고 후회했다.

사건은 삽시간에 세상에 퍼졌고, 사람들은 아르센 뤼팽에 대한 상상력을 동원하며 얘기꽃을 피웠다. 뿐만 아니라 신문들은 앞 다투어서 그와 관련된 기사를 싣느라고 열을 올렸고, 사람들은 황당무계한 내용까지 그대로 믿어 버리는 분위기가 형성되었다.

그런 와중에 〈에코 드 프랑스〉지가 게재한 — 누가 그 내용을 제보했는지 끝끝내 밝혀지지 않았지만 — 아르센 뤼팽의 첫 번째 편지, 자신의 범행을 미리 예고한 어이없는 그 편지가 더욱 커다란 파문을 일으켰다. 그에 질세라 편지보다도 더 터무니없는 해설과 의견들이 연일 지면을 장식했다. 전설인 줄만 알았던 얘기들이 실제로 눈앞에서 벌어지고 있다는 사실에 사람들은 놀라움을 금치 못했다.

뿐만 아니라 소문으로만 알고 있던 그 지하 통로에 대해 신문들이 보도하자, 경찰 당국도 수사 방향을 그쪽으로 돌리는 것 같았다.

덕분에 그 고성은 위부터 아래까지 샅샅이 조사를 받느라 아수라장이 되었다. 경찰들은 돌멩이 하나도 놓치지 않고 헤집었다. 고급 나무로 짠 마룻바닥, 굴뚝, 거울의 틀, 천장 위에 있는 기둥까지 일일이 확인했다. 옛날 말라키 성의 성주가 무기와 식료품을 저장하는 데 썼던 지하실의 저장고까지도 횃불을 비춰가며 조사했다. 암석의 내부까지 탐색의 손길이 뻗쳤다. 하지만 이 모든 일들은 헛수고가 되고 말았다. 지하 통로가 실제로 있다는 흔적은 그 어디서도 찾아볼 수가 없었다. 그런 건 애초부터 존재하지 않은 것일지도 몰랐다.

하지만 가구와 그림들은 유령처럼 사라져 버리는 것들이 아니지 않느냐고 여기저기서 비난의 소리가 높았다.

'가구와 그림들은 창이나 문을 통해서 빼낼 수밖에 없다. 그리고 그것을 훔친 사람도 역시 문이나 창을 통해서 들어가고 나와야 하는 법이다. 그렇다면 그 사람들은 대체 누구란 말인가? 그들은 어떻게 해서 들어왔는가? 그들은 어떻게 해서 나갔는가?'

자신들의 무력함을 깨달은 루앙의 수사관들은 파리에 도움을 청할 수밖에 없었다. 치안국장인 뒤두이는 강력반 형사 중에서도 가장 우수한 형사를 즉시 파견했다. 국장 자신도 말라키 성 내에서 이틀이나 머물렀다. 하지만 이 사람도 다른 사람들 이상의 성과를 거두지는 못했다.

치안국장은 하는 수 없이 이미 몇 번이고 그의 실력을 칭찬해 왔던 가니마르를 불러들일 수밖에 없었다.

가니마르는 말없이 상관의 말을 들었다. 그리고 고개를 크게 끄덕이며 말했다.

"성 안은 샅샅이 뒤져봐야 아무런 소용도 없을 것 같습니다. 해결책은 다른 데 있을 듯합니다."

"다른 데라니? 어디를 말하는 거지?"

"아르센 뤼팽 본인입니다."

"아르센 뤼팽이라고? 그렇다면 자네는 뤼팽이 범인이라고 생각한단 말인가?"

"저는 그렇게 보고 있습니다. 아니, 확실합니다. 저는 뤼팽이 범인이라고 확신하고 있습니다."

"하지만 가니마르, 그건 말도 안 되는 소릴세. 아르센 뤼팽은 수감 중이지 않소?"

"그건 저도 잘 압니다. 아르센 뤼팽은 분명히 형무소에 있습니다. 그것도 엄중한 감시 하에 있습니다. 그 점에 대해서는 저도 국장님만큼 잘 알고 있습니다. 하지만 설사 그의 발에 족쇄가 채워져 있고, 손목에 수갑이 채워져 있으며, 입에 재갈이 물려져 있다 해도 저는 확신합니다."

"그렇게 생각하는 근거는 뭔가?"

"그렇게 대담한 계획을 세우고 그것을 성공시킬 수 있는 실력을 갖고 있는 사람은, 오직 아르센 뤼팽밖에 없기 때문입니다."

"가니마르! 그건 그저 헛소문에 지나지 않아."

"헛소문이 아닙니다. 사실입니다. 어쨌든 지금 이렇게 한가하게 지하 통로를 찾는다면서 들쑤셔댈 때가 아닙니다. 뤼팽은 그런 낡은 방법은 쓰지 않습니다. 그는 첨단 기법이나 허를 찌르는 수법을 사용하는 자란 말입니다."

"그래서 자네는 어떻게 할 생각인가?"

"저는 그를 직접 만나야겠다고 생각하고 있습니다."

"녀석의 감방 안에서?"

"그렇습니다. 미국에서 배를 타고 돌아올 때 우리는 많은 이야기를 나눴습니다. 그는 저에게만은 마음을 열어 놓을 거라고 생각합니다. 자신이 위험에 처하지만 않는다면 모든 것을 기꺼이 말할 겁니다."

가니마르는 열두 시가 조금 넘은 시각에 뤼팽이 있는 감방 안으로 들어갔다. 침대 위에 누워 있던 뤼팽이 머리를 들더니 반갑다는 듯이 소리를 질렀다.

"아니, 이게 누구시죠. 친애하는 가니마르 나리께서 이렇게 납실 줄이야!"

"오랜만이오."

"여기서 은둔생활을 하면서 여러 가지 생각이 떠올랐지만, 그중 가장 바라던 것이 바로 당신을 만나는 것이었소."

"황송하군."

"농담이 아니오. 내가 그만큼 당신을 높이 평가하고 있단 말이오."

"나도 늘 그게 자랑거리지."

"애초부터 나는 당신을 프랑스 최고의 형사라고 단언해 왔소. 셜록 홈즈에 견주어도 전혀 뒤지지 않는다고까지 말했으니까요. 내 진심을 알아주기 바랍니다. 하지만 안타깝게도 나는 이 의자 외에는 권할 게 없군요. 시원한 음료수 한 잔, 맥주 한 잔도 드릴 수가 없으니 말이오. 그래도 좀 참아 주십시오. 여기는 내가 임시로 머물고 있는 곳이니……."

가니마르가 빙그레 웃으며 의자에 앉았다. 그러자 뤼팽이 기쁘다는 듯이 계속 싱거운 소리를 늘어놓았다.

"이렇게 존경하는 사람과 얼굴을 마주하고 있으니 얼마나 기쁜지 모르겠소. 내가 탈옥을 계획하고 있지나 않은가 하고 하루에도 열두 번씩 와서 감시의 눈길로 바라보는 녀석들의 얼굴을 보는 건 이제 신물이 나오. 당국에서 날 그렇게 귀히 여겨 준다니 감격스럽긴 하지만……."

"그들은 제대로 하고 있는 것이오."

"무슨 소리요? 난 비좁긴 하지만 그냥 내버려 두기만 하면 만족할 것이오. 날 그냥 내버려 두면 안 되는 거요?"

"이곳도 세금으로 운영된다는 걸 알 텐데."

"물론이죠. 그러니까 허튼 짓 그만하라는 소리 아니오. 이런! 내가 쓸데없는 말을 했군요. 멍청이 같은 말을 했소. 당신 바쁜 거 아니요? 그럼 얼른 본론으로 들어가도록 합시다. 무슨 일로 날 찾아온 거요?"

"카오른 사건 때문에 왔네."

가니마르는 머뭇거리지 않고 바로 대답했다.

"잠깐! 잠깐만 기다려 주세요. 관여하고 있는 사건들이 워낙 많아서 우선은 내 머릿속에서 카오른 사건에 관한 서류를 찾아야 하거든요…… 자, 됐소. 그래, 카오른 사건, 말라키성, 센 강 하류…… 루벤스가 두 점, 와토가 한 점, 그리고 잡동사니들이 몇 개…… 그거 말이군요?"

"잡동사니라고?"

"아니란 말이오? 별로 대단찮은 것들이거든요. 그보다 값진 것들은 얼마든지 있으니까요. 당신이 그 사건에 관심이 있다면 얘기는 또 달라지지만…… 말해 보시오, 무슨 일이 있나요?"

"수사 상황에 대해서 설명할 필요가 있을까?"

"그럴 필요는 없소. 오늘 아침 신문은 이미 읽었으니까요. 내가 아는 한 당신들 수사는 지지부진한 것 같더군요."

"그렇기 때문에 자네의 협조를 바라고 내가 이렇게 찾아온 거라네."

"그러죠, 뭐. 무엇이든 여쭤만 보십시오."

"우선 이것부터 말해 줬으면 좋겠네. 사건을 지휘한 게 자네인가?"

"네. 처음부터 끝까지."

"협박 편지도? 전보도?"

"전부 내가 한 일이요. 어딘가 찾아보면 우체국에서 받아온 접수증이 있을 거요."

뤼팽은 조그맣고 초라한 테이블의 서랍을 열더니, 거기서 종잇장 두 장을 꺼내 가니마르에게 내밀었다.

"세상에! 난 자네가 끊임없이 감시를 받으며 수시로 몸을 수색당하고 있다고 생각했는데……. 그런데 신문을 읽었다고 하질 않나, 우체국 접수증을 보관하고 있질 않나!"

가니마르가 외치듯이 말했다.

"여기 있는 녀석들이 웬만큼 멍청해야 말이지요. 쓸데없이 옷의 안감을 까뒤집질 않나, 구두 밑창을 찾아보질 않나, 이 감방의 벽을 두드려보질 않나……. 그러면서도 아르센 뤼팽이 이렇게 뻔한 곳에 숨겨 둘 만큼 순진한 사람이라는 걸 아무도 눈치채지 못한단 말이요. 바로 그게 내가 바라는 바이긴 하지만……."

"정말 놀랍구먼! 나도 두 손 들겠소. 자, 그럼 그 사건에 대해서 들어보고 싶은데……."

"이런, 무척 바쁘신 모양이군요. 내 비밀을 전부 털어놓고, 방법을 밝히라……. 그건 좀 곤란한데요."

"자네가 협조해 주리라 믿고 찾아왔는데, 어쩌란 말이오?"

"아니, 아니오. 가니마르, 당신이 원한다면 하는 수 없지요."

뤼팽은 갑자기 일어나더니 감방 안을 두어 바퀴 돌았다. 그러다가 우뚝 멈춰 서며 이렇게 말했다.

"남작에게 보낸 내 편지에 대해 어떻게 생각하고 계시오?"

"처음엔 장난 편지로 알았소. 놀려 주려고 쓴 걸로……."

"뭐라고요? 놀려 주려고 장난으로 썼다고요? 좀 의외군요. 솔직히 말해서 당신은 좀 더 영리한 줄 알았는데……. 그러니까 아르센 뤼팽을 그렇게 시시한 장난이나 치는 사람으로 보았다는 말이군요. 편지를 보내지 않고서도 남작의 물건을 훔쳐낼 수 있었다면 무엇 하러 편지를 보냈겠소? 당신을 비롯한 모든 사람들이 알아야 할 것은, 바로 그 편지가 없었다면 이번 작전은 시작도 될 수 없었다는 점이오. 그것 때문에 모든 톱니가 제대로 맞물려가게 된 거란 말이오. 그럼 순서에 따라서 하나하나 정리해 볼까요? 우리가 말라키 성을 털 계획을 세운다고 생각하면서 말이오."

"나는 가만히 듣고 있겠네."

"그럼 카오른 남작의 성처럼 문단속이 철저한 성곽을 상상해 보시오. 내가 갖고 싶은 보물이 소장되어 있는데, 접근하기 어렵다는 이유만으로 내가 그것들을 단념할까요?"

"그런 일은 절대로 없겠지."

"예전에 했던 대로 무뢰한들을 이끌고 돌진해 들어가려고 할까요?"

"그건 애들 장난이지."

"그렇다면 몰래 숨어 들어갈까요?"

"그건 불가능한 일이고."

"그러면 유일하게 남아 있는 방법은 그 성의 주인이 나를 불러들이게 하는 것뿐이오."

"그거 정말 재미있는 발상이군."

"하지만 그건 아주 쉬운 방법이오! 생각해 보시오. 그 성의 주인이 편지를 한 통 받았는데, 그 편지에는 아르센 뤼팽이라는 유명한 도둑이 소장품을 가져가겠다는 것을 알리는 내용이 적혀 있었소. 그러면 그가 어떻게 행동할까요?"

"그 사실을 경찰에 알리겠지."

"그런데 경찰은 그를 비웃을 거 아니오. 왜냐하면 그 뤼팽이라는 작자는 지금 형무소에 갇혀 있으니까요. 그러면 그 성의 주인은 당황해서 아무나 붙잡고 구원을 청하고 싶은 심정이 될 거 아닙니까. 그렇지 않소?"

"그럴 것 같군."

"그런데 지방 신문에서 휴가를 얻은 유명한 형사가 근처에서 묵고 있다는 기사라도 읽게 된다면……."

"바로 그 형사에게 의뢰를 하겠지."

"맞습니다. 그런데 만약 일이 그렇게 될 거라고 미리 예상한 아르센 뤼팽이 자신의 친구 중에서 가장 솜씨 좋은 사람을 골라 코드벡으로 가게 하고, 남작이 구독하고 있는 신문인

〈레베이드〉의 기자 중 한 사람과 만나게 해서 그를 그 유명한 형사라고 믿게 했다면 무슨 일이 벌어지겠습니까?"

"기자는 〈레베이드〉 신문에 그 유명한 형사가 코드벡에서 휴가를 보내고 있다는 기사를 신겠지."

"잘 아는군요. 이제 가능성은 두 가지가 남아 있지요. 하나는 카오른이라는 물고기가 미끼를 물지 않는 경우입니다. 그러면 아무런 일도 일어나지 않고 지나가겠죠. 하지만 두 번째가 더 확률이 높다고 보는데, 남작은 서둘러서 가짜 형사를 만나러 가는 겁니다. 그렇게 되면 카오른은 나로부터 자신을 지키기 위해 내가 고용한 친구에게 도움을 청할 거라는 거죠."

"본인이 직접 나서서 어서 옵쇼, 하는 셈이로군."

"하지만 그 형사도 처음에는 협력하기를 거부하지요. 바로 그때, 뤼팽으로부터 전보가 도착합니다. 깜짝 놀란 남작은 내 친구를 찾아가서 거듭 애원하며, 그에 상응하는 보상을 하겠다고 통사정을 합니다. 내 친구는 그의 청을 수락하고 다른 친구 중에서 듬직해 보이는 사람 둘을 데리고 성으로 향합니다. 그날 밤 카오른 남작이 성 안에서 그의 보호자에게 감시를 받고 있는 동안 두 사람이 밧줄을 이용해서 창 밑에 미리 대기하고 있던 배로 몇몇 수집품들을 내려 보내는 겁니다. 아주 간단한 일 아닙니까?"

"정말 기막히게 간단하군! 계획의 대담함과 세세한 부분에까지 미친 섬세함은 감탄하지 않을 수가 없군. 그런데 그 이름만으로도 그렇게 남작을 매달리게 한 그 유명한 형사는 도대체 누구요?"

가니마르가 물었다.

"그럴 만한 사람은 딱 한 사람뿐이지요. 딱 한 사람!"

"누군가?"

"너무나도 유명한 형사. 아르센 뤼팽의 철천지원수, 가니마르 형사, 바로 당신이오!"

"그게 나라고?"

"그래요. 바로 당신이요, 가니마르. 여기서 무엇보다 재미있는 것은, 만약 당신이 그 성으로 달려가서 남작의 설명을 듣게 된다면 당신은 나를 미국에서 체포해 왔을 때처럼 당신 자신을 체포하는 것이 당신의 의무라는 사실을 깨닫게 될 거요. 하하하! 정말 멋진 복수 아닙니까? 가니마르로 하여금 가니마르를 체포하게 했으니까 말이오."

아르센 뤼팽이 매우 즐겁다는 듯이 큰 소리로 웃었다. 형사는 기분이 상한 듯 입술을 깨물었다.

마침 간수가 들어왔기 때문에 가니마르는 얼른 냉정을 되찾았다. 간수는 특별 허가를 얻어 근처 레스토랑에서 만들어 차입되고 있는 뤼팽의 식사를 가져왔다. 음식을 안으로 들여 놓고 간수는 그대로 밖으로 나가 버렸다. 아르센은 주저앉은 채로 빵을 잘라 두어 입 베어 물더니 다시 말을 이었다.

"당황할 거 없소, 가니마르. 당신은 거기에 가지 않아도 될 테니까. 말이 나온 김에 깜짝 놀랄 만한 일을 하나 더 해 드리죠. 얼마 되지 않아 카오른 사건은 취하되고 말 거요."

"뭐라고?"

"곧 취하될 거라고요."

"어떻게 그런 일이 있을 수 있다는 거지? 내가 좀 전에 치안 국장을 만나고 왔는데."

"그게 어쨌단 말이요? 뒤두이 국장이 나에 대해서 나보다 더 잘 안다는 말인가요? 가니마르가 ─ 당신에게는 미안하지만 ─ 그 가짜 가니마르가 아직도 남작과 친분을 맺고 있다는 걸 아실 텐데요. 남작은 그를 통해 이미 나와 교섭을 해 달라는 아주 미묘한 청까지 해왔소. 사실 남작은 그럴 심산으로 지금까지 함구하고 있는 거요. 남작은 이미 일정 금액을 지불하고, 그 소장품들을 되찾기 위한 작업에 착수했단 말이오. 그 대신 남작은 고소를 취하할 거요. 그러니까 도난 사건은 없었던 일이 되기 때문에 결국은 수사를 그만둘 수밖에 없게 되는 거죠."

가니마르는 어이없다는 표정으로 뤼팽을 바라보았다.

"당신이 어떻게 그 사실들을 알고 있는 거지?"

"기다리던 전보가 지금 막 도착했으니까요."

"자네가 지금 전보를 받았단 말인가?"

"그렇소. 지금 막 받았단 말이오. 당신 앞이라 미안한 생각이 들어서 열어 보지 않았을 뿐이오. 당신이 양해해 준다면……."

"뤼팽, 지금 농담하는 거요?"

"그럼 미안하지만 이 계란 반숙을 당신 손으로 가만히 깨 보시겠소? 그렇게 하면 내가 농담을 하는 게 아니라는 사실을 저절로 알게 될 테니까 말이오."

가니마르는 반사적으로 뤼팽의 말에 따라서 칼끝으로 그 계란 껍데기를 깼다. 순간 그는 자신도 모르게 탄성을 질렀다. 텅 빈 계란 껍데기 속에 파란 종이쪽지 한 장이 들어 있었던 것이다.

가니마르는 뤼팽이 권하는 대로 허겁지겁 그것을 펼쳐 보았다. 그것은 전보였다. 정확히 말하자면 지정 우체국과 시간이 적힌 부분만 찢겨나간 전보의 일부분이었다.

'협상 성립. 10만 프랑 인수. 모든 일은 잘 해결됨.'

"10만 프랑이라고!"

가니마르가 소리쳤다.

"맞습니다. 10만 프랑입니다. 그리 큰돈은 아니지만 요즘은 불경기잖소? 워낙 여기저기 드는 돈이 많아서. 내가 일 년에 얼마나 쓰는지 아오? 웬만한 대도시의 예산과 맞먹을 거요."

가니마르는 자리에서 천천히 일어났다. 기분은 나쁘지 않았지만, 혹시나 놓친 점이 없나 하고 한동안 생각했다. 그는 전문가답게 상대방을 진심으로 인정한다는 투로 말했다.

"당신 같은 사람이 그렇게 많지 않다는 게 그나마 다행이로군. 아니었으면 나도 이 장사 못 해먹을 뻔했어."

순간 아르센 뤼팽이 겸손한 태도를 보이며 대답했다.

"무슨 그런 말씀을요! 그저 무료함을 달래 보기 위해서 해 본 일일 뿐이지요. 그리고 이번 계획은 내가 감옥에 있지 않았더라면 할 수 없는 성질의 것이기도 하고요."

"뭐라고? 자네에 대한 재판, 자네에 대한 변호, 예심 취조 이런 것들을 치러야 할 처지에 무료하다니……."

"나는 재판에 절대로 출석하지 않기로 결심했거든요."

"허 참! 기가 막히는군!"

아르센 뤼팽이 엄숙하게 다시 한 번 말했다.

"나는 재판에 출석하지 않을 생각이오."

"물론 그러시겠지."

"당연하지 않은가요? 설마 당신마저도 내가 저 눅눅한 지푸라기 위에서 평생을 보낼 거라고 생각하는 거요? 만약 그렇게 생각했다면 그건 나에 대한 모욕이오. 아르센 뤼팽은 자신이 있고 싶을 때까지만 형무소에 머물 거요. 그 이상은 단일 분도 지체하지 않을 거란 말이오."

"그렇다면 애초부터 형무소에 들어오지 말았어야지."

가니마르가 비웃는 듯한 어조로 대답했다.

"그거 농담이시죠? 나리께서 나를 잡았다는 자부심에 잔뜩 취해 있는 것 같은데, 이제 잊어버리는 게 좋을 거요. 그때 수많은 감정이 교차하면서 마음이 어딘가에 온통 쏠려 있었기 때문이지, 그렇지 않았다면 당신 아니라 그 누구도 내 몸에 손 하나 대지 못했을 거요."

"무슨 일이기에, 그런 실수를 한 거지?"

"그 순간 한 여인이 나를 응시하고 있었소. 나는 그 여인을 사랑했단 말이오. 사랑하는 여인이 가만히 응시하고 있는데, 당신이라면 어떻게 하겠소? 솔직히 말하자면, 나는 그 순간 그녀 외에는 일이 어떻게 되어도 상관없다고 생각했소. 내가 이런 곳에 들어오게 된 것도 순전히 그것 때문이오."

"하지만 내 생각에는 여기 들어온 지 꽤 오래된 것 같은데."

"처음으로 나는 모든 걸 잊고 싶었소. 비웃지 마시오. 그건 오래도록 잊지 못할 즐거운 기억이오. 내 속엔 그 달콤한 느낌이 아직도 생생하게 남아 있소. 그 때문에 난 신경쇠약 증세까지 보였으니까요. 적당한 시기에 이른바 격리 치료를 받아야 하는데, 요양 생활을 하기에 여기보다 더 좋은 곳이 없을 것 같소. 건강을 아주 철저하게 관리해 주니 말입니다."

"아르센 뤼팽, 나를 놀릴 생각인가?"

가니마르가 항변하듯 말했다.

"가니마르, 오늘이 금요일이죠? 다음 주 수요일에 페르골레즈에 있는 당신 집으로 가서 시가를 피우고 싶소. 네 시까지 가도록 하겠소."

"아르센 뤼팽, 그럼 나도 기다리고 있겠네."

그들은 서로의 진가를 인정하는 친구답게 악수를 나눴다. 그런 다음 늙은 형사가 문 쪽으로 걸어갔다.

"가니마르!"

가니마르가 뒤를 돌아보았다.

"왜 그러나?"

"시계는 가져가야지요."

"내 시계?"

"그렇소. 그런데 그것이 왜 내 주머니 속에 들어 있지요?"

뤼팽이 능청스럽게 시계를 내밀었다.

"용서하시오. 내 손버릇이 좀 나빠서…… 녀석들이 내 시계를 압수해 갔다고 해서 당신 시계를 탐낸 것은 아니요. 내게는 훨씬 더 멋진 시계가 있으니까."

그는 서랍에서 크고 두꺼우며 사용하기에 편리해 보이는, 멋진 줄이 달려 있는 금시계를 꺼내 보였다.

"그건 누구 주머니에서 꺼낸 거지?"

가니마르가 물었다.

아르센 뤼팽은 시치미를 떼고서 시계에 새겨져 있는 머리글자를 살펴보았다.

"J. B……라고 새겨져 있군요. 누구였더라? 아! 맞아, 이제 생각이 나네요. 쥘 부비에라고 내 예심판사예요. 꽤 괜찮은 사람 같더군요……"

아르센 뤼팽의 탈옥

아르센 뤼팽은 막 식사를 마친 다음 주머니에서 금띠가 둘러진 멋진 시가 하나를 꺼내들더니 요리조리 살펴보았다. 바로 그 순간 감옥 문이 열렸다. 그는 그 시가를 서랍에 던져넣고 저만치 떨어져 서 있었다. 간수가 들어서면서 산책할 시간이라고 말했다.

"친구, 기다리고 있었소."

뤼팽의 목소리가 감방을 쩌렁쩌렁 울렸다.

그는 간수를 따라 밖으로 나갔다. 그들이 복도 모퉁이를 채 돌아서기도 전에 웬 남자 둘이 감방 안으로 들어가 여기저기 조사를 하기 시작했다.

한 사람은 디외지 형사였고, 다른 한 사람은 폴랑팡 형사였다. 그들은 이번에야말로 단호한 조치를 취하겠다는 눈빛이었다.

아르센 뤼팽이 형무소 밖에 있는 부하들과 연락을 하고 있다는 것은 더 이상 의심할 여지가 없는 사실이었다.

어제만 해도 〈르 그랑 주르날〉지가 발행인 앞으로 배달된 다음과 같은 편지를 게재했었다.

'며칠 전에 실린 기사를 보니, 선생은 나에 대해 있지도 않은 사실들을 나열하며 왜곡하는 발언을 하셨더군요.

재판이 시작되기 전에 귀사로 찾아가서 설명을 들을 예정입니다. 아르센 뤼팽.'

틀림없는 아르센 뤼팽의 필체였다. 즉 그가 바깥으로 편지를 보냈다는 얘기였다. 그리고 그 편지의 내용은 태연하게 탈옥을 예고하고 있는 것이나 다름없었다.

그렇다면 더 이상 그냥 놔둘 수 없는 상황이었다. 치안국장 뒤두이는 예심판사의 동의를 얻어 직접 라 상떼 형무소를 방문했다. 소장에게 대비책을 알려주기 위해서였다. 그리고 도착과 동시에 뤼팽이 갇힌 감방으로 두 명의 부하를 보냈던 것이다.

그들은 침대용 지푸라기를 들춰 보고 침대도 분해해 보았다. 이런 경우에 해야 할 일들은 전부 해 보았다. 하지만 아무것도 나오지 않았다. 그래서 할 수 없이 조사를 마치려는 순간, 조금 전의 그 간수가 서둘러서 달려 들어오며 말했다.

"서랍을……. 저 서랍을 조사해 보십시오. 내가 들어선 순간 뤼팽이 그것을 서둘러 닫는 듯했습니다."

그들은 서랍 쪽으로 시선을 돌렸다. 디외지 형사가 외쳤다.

"아, 드디어 꼬리를 밟혔군."

폴랑팡 형사가 그를 말리며 말했다.

"잠깐, 국장이 와서 목록을 만들 거야."

"하지만 이건 꽤 비싼 시가인데……."

"그런 건 내버려 두게. 일단 국장에게 보고하세."

잠시 후, 뒤두이 국장이 서랍을 검사하기 시작했다. 그는 거기서 통신사가 보낸 아르센 뤼팽에 관한 신문기사 한 묶음과 시가 케이스 하나, 파이프 하나, 담배를 말 때 쓰는 종이, 그리고 책 두 권을 꺼냈다.

그가 표지를 봤다. 그것은 칼라일이 저술한 〈영웅과 영웅 숭배〉의 초판본과 1634년, 레이드에서 출판된 〈에픽테토스 어록〉의 독일어 판으로 엘제비르 판 발행 당시의 깜찍한 장정이었다.

책장을 넘겨보니 모든 페이지에 밑줄이 그어져 있었으며 무언가 적어 놓은 것이 있었다. 하지만 그것이 과연 숨은 의미가 있는 암호인지, 아니면 단순하게 책에 대한 독자의 열의를 표시한 흔적인지는 알 수 없었다.

"곧 자세히 조사해 보도록 하세."

뒤두이 국장이 말했다.

그는 시가 케이스와 파이프를 점검했다. 다음으로 금띠가 둘러진 문제의 시가를 집어 들며 말했다.

"이건 정말 굉장하구먼. 대단한 양반이야. 어디 보자, 이건 헨리 클레어(시가의 유명 상표)가 아닌가?"

국장이 외치듯 말했다.

그러면서 대부분의 애연가들이 그렇듯 무의식적으로 그 담배를 자기 귓가로 가져갔다. 그리고 그것을 가볍게 두드렸다. 그 순간 그의 입에서 놀라움의 소리가 새어나왔다. 손가락에 눌린 담배가 힘없이 쭈그러졌기 때문이었다.

그는 더 자세히 그것을 살펴보았다. 담뱃잎 사이에 무엇인가 하얀 물질이 들어 있었다. 국장은 핀을 이용해서 이쑤시개 정도 크기로 말려 있던 얇은 종이를 조심스럽게 꺼냈다. 그것은 통신문이었다. 그것을 펼쳐 보니, 여자가 쓴 듯한 자잘한 글씨가 적혀 있었다.

'닭장을 바꿨습니다. 10개 중에서 8개는 준비가 끝났습니다. 바깥쪽을 발로 누르면 판이 위아래로 움직입니다. 12에서 16까지 매일 H·P가 기다리고 있을 겁니다. 어디가 좋을까요? 답장을 속히 주십시오. 안심하세요. 당신의 여자 친구가 당신을 지켜보고 있습니다.'

한동안 생각에 잠겨 있던 뒤두이가 드디어 입을 열었다.

"아주 알기 쉽게 썼군. 닭장……. 상자 8개……. 12에서

16이라는 건 12시에서 4시까지를 말하는 것일 테고……."

"그런데 기다리고 있다는 이 H·P는 무엇일까요?"

"H·P란 자동차를 말하는 것일 게야. H·P, 즉 호스 파워(horse power), 마력이라는 뜻이야. 스포츠에서는 이것으로 자동차의 힘을 표시하지 않나? 그러니까 24H·P는 24마력짜리 자동차를 말하는 것일세."

그가 자리에서 일어서며 물었다.

"뤼팽은 식사를 마쳤는가?"

"그렇습니다."

"시가 상태로 봐서 그는 편지를 받기는 했지만 아직 읽지는 못한 것 같아."

"어떻게 들여왔을까요?"

"빵 속이든 감자 속이든 음식물 안에 넣어서 들여왔겠지."

"그건 불가능합니다. 사실은 녀석을 함정에 빠뜨리기 위해서 일부러 외부로부터의 차입을 허락한 것인데, 아직까지 발견된 건 아무것도 없었습니다."

"일단 오늘 저녁에 그자의 반응을 보기로 하세. 뤼팽이 감방 안으로 들어오지 못하도록 해 주게. 나는 이 편지를 예심판사에게 가져가겠네. 그도 나와 의견을 같이한다면 재빨리 이 편지를 사진으로 찍어 두겠네. 그리고 자네들은 이 서랍 속에 있는 다른 물건들과 함께 다시 넣어 두게. 편지도 시가 속에 원래처럼 집어넣어야 하네. 무엇보다도 녀석이 눈치채지 못하도록 말이야."

그날 밤, 뒤두이는 디외지 형사와 함께 숨을 헐떡이며 라 상떼 형무소의 기록실로 달려갔다. 구석에 있는 난로 위에 접시가 세 개 나란히 놓여 있었다.

"녀석, 식사를 마쳤나요?"

"네."

소장이 대답했다.

"디외지, 거기 두어 개 남아 있는 마카로니를 얇게 썰어 보게. 그 빵 조각도 찢어 보고……. 아무것도 안 나왔나?"

"아무것도 없습니다."

뒤두이는 접시, 포크, 스푼 그리고 마지막으로 칼을 순서대 로 집어 들어 조사했다. 칼은 끝이 둥그렇게 뭉뚝한 어디서나 흔히 볼 수 있는 것이었다. 그는 칼의 손잡이를 이쪽저쪽으로 돌려 봤다. 순간 손잡이가 천천히 빠지기 시작했다. 칼 속은 텅 비었으며, 거기에 종이쪽지가 한 장 들어 있었다.

"뭐야? 뤼팽이 겨우 이런 수를 쓰다니. 이제 시간을 낭비할 필요가 없네. 디외지, 자네는 가서 이 레스토랑을 조사해 보고 오게나."

뒤두이는 이렇게 말한 다음 종이쪽지에 적힌 글을 읽기 시 작했다.

'모든 걸 당신에게 맡기겠소. H·P는 매일 멀찌감치

떨어져서 따라오도록 하시오. 그럼 조만간 만납시다. 사랑하는 나의 여인이여.'

"음, 그런가? 그렇군. 모든 일이 순조롭게 진행되고 있는 모양이군. 우리가 조금만 더 내버려 둔다면 녀석은 무사히 탈옥할 거야…… 우리 손으로 쥐새끼 같은 녀석의 공범자들을 한꺼번에 잡을 수도 있겠군."

"만약 아르센 뤼팽이 당신 손아귀에서 완전히 벗어나 버리면 어떡하려고요?"

소장이 말했다.

"충분한 인원을 동원해서 대비할 겁니다. 그래도 준비가 부족해서 녀석이 교묘하게 허를 찌른다면, 녀석에게는 안 된 일이지만 우리도 하는 수 없이 최후의 수단을 쓸 수밖에 없죠. 그렇게 되면 뤼팽이 입을 열지 않아도 밑에 있는 놈들이 입을 열게 될 겁니다."

그랬다! 아르센 뤼팽은 말을 거의 하지 않았다. 몇 개월 동안 예심판사인 쥘 부비에가 열성적으로 그에게 매달려 봤지만 만족할 만한 성과는 올리지 못했다. 따라서 신문 절차는 세간에 알려진 것 이상으로 진행되지 못했다. 언제나 이 판사와, 그도 유명하기는 하지만 피고에 대해서는 거의 아는 게 없는 변호사 간에 의미 없는 공방을 주고받다 끝나 버리곤 했다.

때때로 아르센 뤼팽이 예의를 차린답시고 상냥하게 대답하는 경우도 있었다.

"그렇습니다. 판사님이 말씀하신 대로입니다. 리용 신용은행 도난, 바빌론 가의 절도, 위조화폐 발행, 보험증권 위조사건, 아르메닐과 구레 성, 앵블르뱅과 그로세이 성, 그리고 말라키 성의 도난 사건은 전부 제가 한 짓입니다."

"그럼 설명을 좀 해 주게나."

"이미 몽땅 다 밝혔습니다. 이것만으로도 당신이 예상한 것의 열 배는 될 겁니다."

이 진전 없는 신문에 완전히 지쳐 버린 판사는 일단 신문을 중단하고 있었는데, 두 개의 쪽지를 살펴본 다음 신문을 다시 재개했다. 그 때문에 뤼팽은 매일 정각 열두 시에 다른 죄수들과 함께 라 상떼 형무소를 출발해서 재판소까지 호송마차로 연행되었다. 그들은 세 시에서 네 시 사이에 다시 그곳에서 형무소로 돌아왔다.

그러던 어느 날, 형무소로 돌아오는 길에 다른 날과는 조금 다른 상황이 전개됐다. 라 상떼 형무소에서 온 다른 죄인들의 신문이 아직 끝나지 않았기 때문에 아르센 뤼팽만을 먼저 돌려보내게 된 것이다. 그는 혼자서 마차에 올랐다.

이 호송마차를 속된 말로 닭장이라고 불렀는데, 중앙에 뻗은 통로를 경계로 양쪽으로 나뉘어 있었다. 그 통로를 따라서 열 개의 좁은 공간들이 오른쪽에 다섯 개, 왼쪽에 다섯 개씩 마련되어 있었다. 죄수들은 그 칸 하나하나에 앉게 되고, 간수가 끝에서 감시하게 되어 있었다.

뤼팽이 오른쪽 세 번째 공간에 들어가 앉자, 곧 마차가 묵직한 소리를 내며 움직이기 시작했다. 잠시 후, 그는 마차가 시계탑 광장을 지나 재판소 앞길을 지나고 있을 것이라고 생각했다. 드디어 마차가 생미셸교(橋) 중간에 다다랐을 때쯤 그는 지금까지 갇혀 있던 감방의 철판을 누르듯 오른쪽 발로 옆을 힘껏 눌렀다. 갑자기 무엇인가가 벗겨지더니 간단하게 철판이 위로 솟아올랐다. 그는 자신이 두 개의 바퀴 한가운데 위치하고 있음을 깨달았다.

그는 잠시 기다리며 주위를 살폈다. 하지만 그는 매처럼 눈을 번뜩이며 기다렸다. 마차는 천천히 생미셸교를 지나 생제르맹 사거리에 멈춰 섰다. 그런데 앞쪽에 짐수레를 끌던 말이 쓰러져 있었다. 그것이 통로를 가로막고 있었기 때문에 곧 마차와 자동차들이 정신없이 뒤엉켜 버렸다.

아르센 뤼팽이 고개를 내밀어서 바깥을 살폈다. 그가 타고 있는 호송마차 바로 옆에 또 다른 호송마차 한 대가 서 있는 것이 보였다. 그는 일단 고개를 안으로 넣었다가 한쪽 발을 잽싸게 커다란 바퀴살에 얹었다. 그리고는 조심스럽게 뛰어내렸다.

그때 한 마부가 그를 보고 큰 소리로 웃었다. 하지만 그의

목소리는 다시 움직이기 시작한 마차들 소리에 묻혀 버리고
말았다. 그리고 아르센 뤼팽은 이미 어디론가 사라지고 보이
지 않았다.

그는 두어 걸음 뛰다가 왼쪽 보도로 올라서더니 뒤돌아서
주위를 한 바퀴 둘러보았다. 어디로 가야 할지, 방향을 정해야
만 했다. 드디어 마음을 정한 그는 주머니에 두 손을 찔러
넣고 산책 나온 사람처럼 느린 걸음으로 큰길을 따라 올라가
기 시작했다.

적당한 서늘함과 상쾌함이 섞여 기분 좋게 느껴지는 가을
날이었다. 카페는 손님들로 가득했다. 그중 한 카페의 테라스
에 자리를 잡고 앉아 생맥주 한 잔과 담배를 주문했다. 그는
잔을 홀짝이며 담배 두 개비를 연이어 피우고 나서 마침내
자리에서 일어났다. 그는 서빙하는 아이에게 지배인을 불러
달라고 부탁했다.

지배인이 다가오자, 모두 들으라는 듯 커다란 목소리로 말
했다.

"지배인, 미안하지만 지갑을 두고 왔소. 하지만 내 이름을
당신이 알고 있다면 충분히 나를 신뢰하고 2, 3일 정도는 기다
려 줄 수 있을 거라고 생각되는데 어떻소? 내 이름은 아르센
뤼팽이오."

무슨 농담이냐는 표정으로 지배인이 그의 얼굴을 가만히
바라보았다. 그러자 아르센이 다시 한 번 말했다.

"뤼팽이오. 라 상떼 형무소에 감금되어 있는 뤼팽이란 말이오. 지금은 도주 중이지. 어떤가? 내 이름을 봐서 2, 3일 정도 기다려 줄 수 있겠나?"

뤼팽은 이렇게 말한 뒤, 지배인이 어리둥절해 있는 사이에 주위의 웃음을 뒤로 한 채 멀리 사라져 갔다.

뤼팽은 수플로 가(街)를 대각선으로 가로질러서 생자크 가로 들어섰다. 그는 이 길을 따라 천천히 걸었다. 상점의 유리 진열장 앞에 멈춰 서기도 하고 담배를 피우기도 하였다. 포르루아얄 거리까지 나온 그는 지나가는 사람에게 길을 묻기도 하며 방향을 잡았다. 그리고 라 상떼 형무소를 향해서 똑바로 걸어 나갔다. 곧 형무소의 음침하고 높은 담이 솟아 있는 곳까지 왔다. 그 높은 담을 따라 걷다가 그는 보초를 서고 있는 경관 곁으로 다가갔다. 그가 모자를 벗고 경관에게 물었다.

"여기가 라 상떼 형무소죠?"

"그렇소."

"내 감방으로 돌아가고 싶은데요. 실은 호송마차가 나를 떨어뜨리고 갔거든요. 이대로 도망치기는 좀 미안한 생각이 들어서……."

젊은 경관이 짜증난다는 표정으로 소리를 질렀다.

"이봐, 가던 길이나 가라고!"

"그러니까 이 문을 통과해야 내 갈 길로 갈 수 있단 말이오. 만약 아르센 뤼팽이 여기를 통과하는 것을 막는다면 당신은 무사하지 못할 거요!"

"아르센 뤼팽이라고? 장난도 적당히 치라고!"

"명함이 없는 게 유감이로구먼."

주머니 여기저기를 뒤지는 척하면서 뤼팽이 말했다.

경관은 어처구니없다는 표정으로 뤼팽의 머리끝부터 발끝까지를 훑어보고는, 할 수 없다는 듯이 벨을 울렸다. 철문이 반쯤 열렸다.

몇 분 후, 소장이 과장스런 몸짓으로 매우 화가 난 듯한 표정을 지으며 사무실로 달려왔다. 뤼팽은 미소를 머금고 있다가 입을 열었다.

"소장님, 나를 속임수에 빠뜨릴 생각은 아예 마십시오. 그럼 곤란합니다! 일부러 나를 혼자 마차에 태워 돌려보내고, 일부러 길을 혼잡하게 만들고, 그렇게 하면 내가 동료들이 있는 곳으로 쪼르르 달려갈 줄 알았죠? 위험천만이구먼! 자전거에 탄 채로, 혹은 행인을 가장해서 호송마차를 경계하던 치안 요원은 또 어떻고? 만약 내가 그 사람들에게 붙잡혔다면 어떤 고생을 치러야 했을지, 생각만 해도 끔찍하군요. 아마 날 살려 두지 않았겠지요? 어떻습니까, 소장님? 일이 그렇게 되기를 바라셨죠?"

그리고는 양 어깨를 들썩여 보이고 나서 다시 말을 이었다.

"부탁입니다. 소장님. 나를 그냥 내버려 두세요. 탈옥하고 싶으면 난 그 누구의 도움도 받지 않고 탈옥할 겁니다."

이틀 후, 〈에코 드 프랑스〉 지 — 최근 뤼팽의 활약상을 보도하는 공식신문이 되어 버렸으며, 세상에는 그가 주요한 출자자 중 한 사람이라는 소문까지 나돌았다. — 가 그의 탈옥 사건을 세세하게 보도했다. 죄수 뤼팽과 그의 신비로운 여자 친구가 주고받은 두 개의 쪽지 내용이 전부 공개되었으며, 그 쪽지를 어떻게 주고받았는지에 대한 설명, 경찰의 가담, 생미셸 거리까지의 산책, 수플로 카페에서 있었던 일 등 모든 것이 낱낱이 소개되어 있었다.

기사를 쓴 사람은 디외지 형사가 레스토랑의 종업원들을 조사해 봤지만 아무런 성과도 올리지 못했다는 사실까지도 까발렸다. 그뿐만 아니라 신문을 통해서 뤼팽이 사용한 방법이 얼마나 다양했는지를 알게 된 독자들은 입을 다물지 못하고 이 사건에 흥분했다.

그중 가장 압권은, 당국이 뤼팽의 호송에 사용한 그 마차는 호송에 사용하는 여섯 대 중 한 대였는데 그것이 뤼팽의 부하들에 의해서 완벽하게 개조된 마차였다는 사실이었다.

이제는 그 누구도 며칠 후에 아르센 뤼팽이 탈옥할 것이라는 사실에 의심을 품지 않았다. 그리고 뤼팽 자신도 명백하게 그것을 예고하고 있었다. 가령 그 사건이 있던 다음 날, 뤼팽이 쥘 부비에 판사에게 한 대답도 그것을 뒷받침해 주었다. 예심판사가 그의 실패를 비웃듯 말하자, 뤼팽이 뚫어져라 상대를 바라보며 차분한 목소리로 말했다.

"판사님, 잘 들어 두세요. 그리고 한 치의 거짓도 없는 말이라는 점을 믿어 주시기 바랍니다. 사실 어제의 탈옥은 내 탈옥 계획의 일부였습니다."

"난 무슨 소린지 하나도 모르겠군."

판사가 비웃었다.

"꼭 당신이 알아주길 바라고 한 얘기는 아닙니다."

이 신문 내용도 바로 〈에코 드 프랑스〉 지를 장식했는데, 신문 도중에 판사가 취조를 계속하려고 하자 뤼팽이 지긋지긋하다는 표정으로 외쳤다.

"이런 아무짝에도 쓸모없는 짓을 계속해야 한단 말입니까? 반복되는 이런 대화가 대체 무슨 도움이 된단 말입니까?"

"무슨 도움이 되느냐니? 그건 또 무슨 말인가?"

"그렇지 않습니까? 난 내 재판에 출석하지 않을 겁니다."

"자네가 출석하지 않는다고?"

"하지 않을 겁니다. 그것이 나의 굳은 생각입니다. 움직일 수 없는 결심입니다. 그 누구도, 그 어떤 일도 이 사실을 바꿀 수는 없습니다."

이처럼 단호한 신념과 매일같이 공공연하게 누설되고 있는 비밀이 사법당국을 당황하게 만들었으며 소란에 휩싸이게 만들었다. 왜냐하면 거기에는 아르센 뤼팽 이외에는 알 수 없는 비밀이 있었기 때문이었다. 즉 그 이외에는 누구도 그것을 공개할 수 없는 것이었다. 하지만 무슨 목적으로 그것을 공개하는 것인지, 무슨 계략이 있는 건지……?

형무소 측은 이래저래 골치를 앓다가 뤼팽의 감방을 바꾸라고 명령을 내렸다. 그는 아래층으로 옮겨졌다.

한편, 예심판사는 취조 내용을 신속하게 정리한 다음 사건을 검찰에 송부했다.

두 달가량 침묵이 이어졌다. 그동안 뤼팽은 침대 위에 누워 있기만 했는데, 하루 종일 벽만 바라보았다. 감방을 바꾼 것이 그를 지치게 만든 듯했다. 그는 변호사와의 면담도 계속 거절하고, 담당 간수들과 가끔 몇 마디를 나눌 뿐이었다.

재판이 시작되기 보름 전쯤부터 그는 그나마 기운을 되찾은 것 같았다. 그는 이따금 공기가 탁하다고 불평했다. 두 명의 간수가 지켜보는 가운데 아침 일찍 마당에서 산책하는 것은 괜찮다는 허락이 떨어졌다.

그동안에도 세상의 관심은 식을 줄 몰랐다. 사람들은 매일 뤼팽이 탈옥했다는 소식을 기다리고 있었다. 대부분의 사람들이 그렇게 되기를 고대했다. 뤼팽의 열정과 용기, 다양성, 종잡을 수 없는 개성과 기발한 아이디어, 신비에 싸인 그의 생활에 많은 사람들이 열광하고 있었던 것이다.

아르센 뤼팽은 반드시 탈옥해야 한다! 그것은 그의 과제이며 피할 수 없는 숙명이었다. 뤼팽이 탈옥을 빨리 실행에 옮기지 않는 것을 세상 사람들은 오히려 이상하게 생각할 정도였다. 경찰 국장조차 매일 아침 비서에게 이렇게 묻곤 했다.

"이봐! 녀석은 아직 나가질 않았나?"

"아직 안 나갔습니다. 국장님."

그런데 재판이 있기 하루 전날, 〈르 그랑 주르날〉 편집실에 한 신사가 나타나 발행인을 찾더니 그에게 쪽지 하나를 건네주고는 유유히 사라졌다. 쪽지에는 이렇게 적혀 있었다.

'아르센 뤼팽은 반드시 약속을 지킨다.'

이런 상황 하에서 공판이 시작되었다. 방청석은 발 디딜 틈이 없을 정도로 사람들로 붐볐다. 모두가 유명한 뤼팽을 보고 싶어 했다. 그리고 개정 전부터 뤼팽이 재판장을 어떤 식으로 농락할지를 상상하며 즐거워했다. 변호사와 재판관, 신문기자와 사교계 인사들, 예술가와 귀부인 등 파리의 유명인들이 방청석의 긴 의자에 빼곡히 앉아 있었다.

비가 내리고 있었다. 문밖까지도 어둑어둑했다. 뤼팽이 입장할 때가 되었는데, 포위병들이 하도 삼엄하게 둘러싸고 있어서 정작 그의 모습을 볼 수가 없었다.

게다가 그는 사람들이 상상하던 것과는 달리 둔중해 보이는 태도로 엉덩방아를 찧듯 피고석에 앉았다. 넋 나간 사람처럼 멍하니 있는 자세는 호감을 줄 만한 행동은 결코 아니었다. 몇 차례에 걸쳐 그의 변호사가 말을 걸어도 그는 고개만 끄덕일 뿐 좀처럼 입을 열지 않았다.

잠시 후, 서기가 기소장을 읽었다. 그리고 재판장의 발언이 시작되었다.

"피고, 기립. 성명, 연령, 직업은?"

대답이 없자, 재판장이 다시 물었다.

"당신 성명은? 본관은 지금 당신의 성명을 묻고 있소."

그제야 탁하고 쉰 목소리로 대답했다.

"보드뤼 데지레."

여기저기서 웅성거리는 소리가 들려왔다. 하지만 재판장은 그것을 무시하고 다시 말했다.

"보드뤼 데지레라고 했나? 가명이 하나 더 늘었나 보군. 그것이 당신의 여덟 번째 가명 같은데, 그것 역시 다른 일곱 가지 가명들과 마찬가지로 곧 쓸모없는 것이 되어 버릴 거요. 따라서 본 법정에서는 보다 널리 알려진 아르센 뤼팽이라는 이름을 쓰려고 하는데, 당신도 이의는 없겠지?"

재판장이 기록을 들여다보면서 말을 이었다.

"여러 가지로 조사를 해 봤지만 피고의 정체를 밝혀내지는 못했소. 피고는 요즘 같은 세상에서 보기 드물게 과거의 행적이 불분명한 인물이오. 본 법관은 피고가 누구인지, 어디서 왔는지 그리고 어디서 소년 시절을 보냈는지 무엇 하나 아는 게 없소. 피고는 지금으로부터 3년 전에 갑자기 나타나서 자신이 아르센 뤼팽이라고 주장했소. 피고는 지능적이고 광적이며, 부도덕함으로 뒤섞인 기묘한 괴물 같은 존재요. 이전의 피고에 대해 알려진 모든 것은 상상에 불과한 것이라고 해야 할 것이오.

8년 전, 마술사 딕슨의 조수로 일했던 로스타라는 인물이 아마도 아르센 뤼팽의 분신일 거라고 생각합니다. 6년 전, 생 루이 병원 내에 있는 알티에 박사의 실험실에 드나들며 세균학에 관한 기발한 연구들과 과감한 실험으로 종종 그 선생을 놀라게 했던 러시아의 학생도 아르센 뤼팽의 분신이었을 겁니다. 또한 일본 무술이 세간에 떠돌기 전에 파리에서 일본식 격투 사범으로 있었던 자도 역시 아르센 뤼팽이라고 추측됩니다. 그리고 만국박람회의 대상 상금인 1만 프랑을 획득한 뒤 두 번 다시 모습을 드러내지 않고 있는 그 경륜선수도 아르센 뤼팽일 것이라고 본 법관은 믿고 있습니다. 또한 자선 바자회의 화재 사고 때 조그만 들창을 통해서 수많은 사람들의 목숨을 구하고…… 결국 그들의 물건을 훔친 그 남자도 역시 아르센 뤼팽이었을 겁니다."

여기서 잠시 숨을 고른 재판장은 이렇게 결론을 내렸다.

"이 기간은 피고가 사회에 대적해 벌여온 행위에 대해서 치밀하게 준비한 기간으로, 정규 수업을 통해 자신의 실력, 에너지, 수법을 최고도로 끌어올린 시기였소. 피고는 이상의 사실에 대해서 혹시 이의가 있소?"

이 논고가 행해지는 동안 피고는 등을 둥글게 구부린 채 두 손을 축 늘어뜨리고 있었다. 맥없는 모습으로 풀무를 밟고 있는 사람처럼 몸을 계속해서 흔들어대고 있었다.

날이 점점 밝아오자 극도로 말라붙어 움푹 파인 볼, 기분 나쁠 정도로 튀어나온 광대뼈, 여기저기 흩어져 있는 작고 붉은 반점, 삐죽삐죽 어지럽게 자란 수염으로 뒤덮인 흙빛 얼굴이 확실하게 보이기 시작했다.

형무소 생활이 그를 늙고 힘없는 사람으로 만든 것이었다. 이전 신문이 가끔 게재했던, 보기에도 기분 좋은 젊고 세련된 모습은 그 어디에서도 찾아볼 수가 없었다.

그는 자신이 받았던 신문 내용도 듣지 못한 듯했다. 신문은 두 번이나 반복되었다. 그러자 그는 눈을 들어 생각에 잠긴 표정을 지었다. 그러더니 가까스로 이렇게 중얼거렸다.

"보드뤼 데지레."

재판장까지 웃음을 터뜨렸다.

"아르센 뤼팽, 본 법관은 당신이 무슨 속셈으로 그런 얼토당토않은 말을 하는 건지 정확히 알 수가 없소. 하지만 그렇게 정신병자인 것처럼 행세해도 아무 소용없소. 본 법관은 당신의 그런 수작에 신경 쓰지 않고 재판을 진행할 생각이오."

그런 다음 그는 뤼팽이 범한 것으로 인정되는 절도와 사기, 위조의 내용들을 설명하기 시작했다. 그는 중간 중간 피고에게 질문을 던졌다. 그러면 피고는 신음하듯 무엇인가를 중얼거리기도 하고 아예 답을 하지 않기도 했다.

증인에 대한 신문이 시작되었다. 무의미에 가까운 증언이 있는가 하면 그와는 달리 중요한 증언들도 있었지만, 모든 증언들은 앞뒤가 맞지 않는 허점투성이였다. 재판은 안개에 싸인 듯 방향을 찾지 못하고 허둥거렸다.

바로 그때 가니마르 형사가 호출되어 나왔다. 그러자 비로소 법정이 활기를 띠기 시작했다.

그런데 이 나이 든 형사는 처음부터 사람들의 기대를 저버리는 듯한 태도를 보였다. 겁을 먹은 것처럼 보이지는 않았지만 — 그는 이보다 더 무서운 자들을 헤아릴 수도 없이 봐왔다. — 어딘지 불안하고, 어색함을 느끼고 있는 듯했다.

그는 난처하다는 표정을 지어 보이며 몇 번이고 피고 쪽으로 시선을 돌렸다. 하지만 그는 증인석 앞의 난간에 손을 얹은 채 자신이 관여해 왔던, 전 유럽을 무대로 한 뤼팽의 추적과 미국으로 갈 당시의 상황 등에 관해서 이야기했다. 사람들은 가슴 조이는 모험담을 듣는 듯 그의 이야기에 열심히 귀를 기울였다.

그런데 이야기가 거의 끝나갈 무렵, 그러니까 아르센 뤼팽과 두 차례에 걸쳐 대화를 나눴던 부분에 대해서 이야기하다가 그는 갑자기 멍한 표정을 지으며 말을 끊었다.

그의 표정엔 불안한 기색이 감돌았다. 분명 어떤 생각이 떠오른 듯했다.

재판장이 그에게 말했다.

"몸이 불편하면 증언을 잠시 중단해도 상관없습니다."

"그런 건 아닙니다. 단지⋯⋯."

그는 말을 꺼내려다 도중에 입을 다물어 버렸다. 그리고는 한참 동안 피고를 뚫어져라 바라보았다. 그러다가 다시 입을 열었다.

"피고를 가까이서 보고 싶습니다. 확인해 봐야 할 것이 있어서요."

가니마르는 허락이 떨어지자 곧바로 피고에게로 다가갔다. 그는 모든 신경을 집중해서 피고를 유심히 살폈다.

그런 다음 다시 증인석으로 되돌아와 서더니 아주 이상하다는 표정으로 말했다.

"재판장님, 제가 장담하는데 여기 제 앞에 있는 사람은 아르센 뤼팽이 아닙니다."

이 말 뒤에 커다란 침묵이 흘렀다. 한동안 멍한 얼굴로 앉아 있던 재판장이 큰 소리로 외쳤다.

"무슨 그런 말도 안 되는 소리를! 지금 제정신이오?"

가니마르 형사가 침착한 어조로 단언했다.

"아주 닮았기 때문에 언뜻 봐서는 착각할 수도 있지만 잠시만 주의를 기울여서 살펴보면 다른 사람이라는 사실을 알 수 있습니다. 코와 입, 머리카락과 피부색⋯⋯. 아니, 전부 이 사람은 아르센 뤼팽이 아닙니다. 무엇보다도 저 눈이 그렇습니다! 뤼팽이 한 번이라도 저렇게 알코올 중독자 같은 눈을 한 적이 있었습니까?"

"뭐라고? 확실하게 설명해 보도록 하시오. 증인은 대체 무슨 말이 하고 싶은 거요?"

"저도 잘 모르겠습니다. 뤼팽이 자기 대신 이 사람을 보낸 건지, 아니면 공범자인지……."

예기치 못했던 사건이 터져 아수라장이 되어 버린 법정 여기저기서 날카로운 외침과 커다란 웃음소리, 감탄의 목소리가 터져 나왔다. 재판장은 예심판사와 라 상떼 형무소 소장, 담당 간수들을 소환하기로 하고 심리를 중단했다.

다시 재판이 재개되자마자 피고 앞에 선 부비에 판사와 소장은, 이 사람은 뤼팽과 생김새가 조금 비슷하기는 하지만 뤼팽은 아니라고 말했다.

재판장이 외쳤다.

"그렇다면 이 사람은 대체 누구란 말이오? 어디서 와서 이 자리에 서 있는 것이란 말이오?"

라 상떼 형무소의 두 간수가 불려나왔다. 그런데 이게 어찌 된 일인가? 그들은 틀림없이 자신들이 감시하던 사람이라고 말했다!

재판장은 안도의 한숨을 내쉬었다.

그런데 간수 중 한 사람이 말했다.

"그렇습니다. 틀림없이 그 사람이라고 생각합니다."

"생각합니다는 또 무슨 말이지?"

"당연하지 않습니까? 제가 인도받은 건 밤이었고, 거기다

두 달 동안 언제나 벽만 바라보고 누워 있었으니까요."

"그럼 그 두 달 전에는?"

"그전에는 24호 감방에 있지 않았습니다."

형무소장이 그 점에 대해서 설명했다.

"뤼팽이 탈옥을 실행한 직후에 감방을 바꿨습니다."

"소장, 그래도 당신은 두 달 동안 얼굴을 볼 기회가 있지 않았겠소?"

"제게는 볼 기회가 없었습니다. 뤼팽이 워낙 조용히 지내고 있었기 때문에."

"그렇다면 여기 있는 이 사람은 귀관이 수감하고 있던 죄수가 아니란 말이오?"

"그렇습니다. 다른 사람입니다."

"그렇다면 누구란 말이오?"

"모르겠습니다."

"그럼 우리는 두 달 전에 사람이 뒤바뀐 사건을 이제야 알게 되었다는 얘기군. 이 일에 대해서 어떻게 설명을 하겠소?"

"그건 있을 수 없는 일입니다."

"그렇다면?"

재판장은 어찌해야 할 바를 모르겠다는 듯한 표정으로 피고 쪽으로 시선을 돌렸다. 그리고는 달래는 듯한 투로 말했다.

"어떻게 된 건가, 피고. 왜 그리고 언제부터 감방에 들어갔는지 설명해 줄 수 없겠는가?"

이 호의적인 어투가 피고의 불안한 마음을 조금은 풀어 주었는지 아니면 이해력을 자극했는지 알 수 없지만, 어쨌든 그가 대답을 하려고 했다. 교묘하고 부드럽게 질문을 하자 그는 드디어 몇 마디 말들을 찾아 우물우물 대답했다.

그는 다음과 같은 내용의 대답을 했다.

두 달 전, 그는 부랑자 수용소로 끌려가 거기서 하룻밤과 아침나절을 보냈다. 다행히 75상팀(프랑스의 화폐 단위로 1프랑의 100분의 1)을 소지하고 있었기 때문에 그는 석방되었다. 그런데 경찰청 마당을 가로질러 나오고 있는데 갑자기 두 명의 간수가 다가와서 팔을 잡더니 호송마차로 끌고 갔다는 것이다. 그 후에 그는 제24호 감방에서 지내왔는데, 음식도 배불리 먹을 수 있었고 잠자리도 괜찮았다고 했다. 따라서 굳이 항의를 하지 않았다는 것이다.

그가 거짓말을 하고 있는 것 같지는 않았다. 여기저기서 폭소와 감탄의 소리가 터져 나왔다.

재판장은 할 수 없이 보충 수사를 위해 재판을 다음 개정까지 연기하겠다고 말했다.

조사 결과, 경찰청 수감자 일지를 통해서 다음과 같은 사실을 판명해 낼 수 있었다.

8주 전, 보드뤼 데지레라는 사람이 부랑자 수용소에서 하룻밤을 보냈다. 다음 날 석방된 그 사람은 오후 2시에 수용소에서 나왔다. 그런데 그날 2시에 최후 신문을 마친 아르센 뤼팽이 예심판사의 집무실에서 나와 호송마차에 올라탔다.

그렇다면 간수들이 실수를 했단 말인가? 비슷한 얼굴에 깜빡 속은 나머지, 잠깐 사이에 이 사내와 뤼팽을 혼동하여 바뀐 것도 몰랐단 말인가? 그게 아니면 미리 공모된 것은 아니었을까? 그러나 그 장소가 그토록 황당한 일이 일어날 곳은 아니지 않은가. 하지만 있어서는 안 될 직무상의 실수가 있었다 해도 이미 어쩔 수 없는 일이었다.

만약 보드뤼가 공범자라고 한다면, 뤼팽과 바꿔치기하기 위해서는 일부러 감금될 필요가 있었다는 얘기다. 하지만 실현되기 어려운 그런 우연과 실수를 그토록 대담하게 계획해 성공해 냈다는 게 도무지 믿어지지 않았다.

보드뤼 데지레를 감식과로 데려가 조사를 해 봤지만 그에 관한 자료는 어디에도 존재하지 않았다. 하지만 그의 예전 생활에 대해서는 쉽게 알아낼 수가 있었다. 그는 쿠르브부아와 아스니에르, 르발루아에서 구걸로 목숨을 연명하고 있었으며, 테른 시장의 문 근처에 모여 있는 넝마주이들의 움막에서 잠을 해결했다는 사실은 잘 알려진 것이었다. 그러다가 일 년 전부터 그의 모습이 보이지 않았다고 했다.

그렇다면 아르센 뤼팽이 그를 데려간 것이었을까? 하지만 그렇다고 볼만한 근거는 어디에도 없었다. 그리고 그것이 사실이라 할지라도 그것은 죄수 뤼팽의 탈옥과 연관된 것이라고 보기 어려웠다. 의문은 여전히 풀리지 않았다. 이것을 설명하기 위해서 스무 가지나 되는 가설들이 세워졌지만, 어느 것 하나도 문제를 속 시원하게 풀어주는 것은 없었다. 다만 확실한 사실 한 가지는 뤼팽이 탈옥에 성공했다는 것이었다. 이는 도저히 이해할 수 없는 놀랄 만한 일이었다.

일반 대중도 사법당국과 마찬가지로 그 탈옥이 장기간에 걸친 준비와 서로 미묘하게 얽힌 일련의 노력에 의해서 행해진 것이라는 사실을 느낄 수 있었다. 그리고 그 사실은 '나는 재판에 출석하지 않을 것이다.'라고 명백하게 말했던 아르센 뤼팽의 오만하기 짝이 없는 예언이 멋지게 실현된 것을 증명해 주었다.

한 달여에 걸친 세밀한 조사에도 불구하고 수수께끼는 여전히 풀리지 않았다. 그렇다고 해서 이 가엾은 보드뤼를 언제까지나 구속해 둘 수만도 없는 노릇이었다. 그를 재판에 회부한다면 이는 웃음거리밖에 되질 않을 것이 뻔했다. 그가 무슨 죄를 지었단 말인가? 수용소에서 석방한다는 서류에는 예심판사의 서명이 들어 있었다. 그럼에도 불구하고 라 상떼 형무소 소장은 이 사내를 엄중하게 감시하라고 지시했다.

사실 이 결정은 가니마르의 아이디어에서 나온 것이었다. 그는 이 사건에는 공범도 우연도 존재하지 않는다고 생각했다. 보드뤼는 단순한 도구에 지나지 않으며, 아르센 뤼팽이 자신 특유의 교묘한 수법으로 그를 이용한 것이라고 단정했다. 그러므로 보드뤼를 형무소에서 내보내 자유롭게 해 두면 언젠가는 뤼팽까지, 아니면 적어도 그의 부하 중 한 명은 붙잡을 수 있을 거라고 계산했다.

가니마르 형사에게 두 명의 부하, 폴랑팡과 디외지 형사가 조수로 붙여졌다.

안개가 짙게 낀 1월의 어느 날, 열려진 형무소의 문 앞에 보드뤼 데지레의 모습이 나타났다.

그는 당황하는 기색이 역력했다. 시간을 어떻게 보내야 할지 모르겠다는 듯이 불안한 모습으로 길을 걸어갔다. 그는 라 상떼 거리를 지나 생자크 가로 접어들었다. 한 중고 옷집 앞에서 상의와 조끼를 벗은 다음 그 조끼를 단돈 몇 푼에 팔아 넘기고 그 자리를 떠났다.

그는 센 강을 건넜다. 샤틀레 거리 앞에서 영업용 마차가 그를 지나쳐 갔다. 그는 거기에 오르려고 했지만 마차는 이미 만원이었다. 차장이 표부터 사라고 외치자, 그 말을 들은 그는 대합실로 들어갔다.

바로 그때 가니마르가 두 부하를 가까이 부른 다음, 대합실에서 눈을 떼지 않은 채 빠른 어조로 말했다.

"마차 한 대를 잡아 두게……. 아니, 두 대가 좋겠어. 만약을 위해서. 내가 한 대를 타고 갈 테니, 자네들도 나머지 한 대를 타고 녀석의 뒤를 쫓게."

두 형사는 그의 말에 따랐다. 그런데 갑자기 보드뤼가 어디론가 사라지고 보이지 않았다. 가니마르가 대합실로 들어가 보았으나 거기에는 아무도 없었다.

"이런 멍청한 짓을 하다니. 다른 출구가 있다는 걸 잊고 있었어."

가니마르가 중얼거렸다.

대합실 복도의 한쪽 끝은 생마르탱 가와 연결되어 있었다. 가니마르는 정신없이 달려 나갔다. 그때 리볼리 가의 모퉁이를 막 돌아가고 있는 바티뇰 식물원 행 버스의 2층 좌석에 보드뤼가 앉아 있는 모습이 얼핏 보였다. 그는 달리기 시작했고, 곧 버스 뒤를 따라잡을 수 있었다. 하지만 두 형사와는 멀리 떨어지고 말았다. 그는 이제 혼자서 미행을 해야만 했다.

가니마르는 하마터면 홧김에 다짜고짜 그의 멱살을 잡을 뻔했다. 제 스스로 무식쟁이 알코올 중독자라고 자처하던 남자가 자신과 두 부하를 계획적으로 떨어뜨려 놓았다고 생각하니 화가 치밀었던 것이다.

그는 보드뤼를 자세히 살펴보았다. 긴 의자에 앉아서 머리를 좌우로 끄덕이며 졸고 있었다. 입이 반쯤 벌어진 그의 얼굴은 말 그대로 바보천치처럼 멍청해 보였다. 저런 자가 감히 가니마르를 우롱하겠다고? 천만에! 그냥 재수 나쁜 우연의 장난일 뿐이라고 생각했다.

라파예트 백화점 앞에 있는 교차로에 이르자 주춤주춤 내린 보드뤼는 뮈에트 행 전차로 갈아탔다. 전차는 오스망 대로와 빅토르 위고 거리를 지났다. 보드뤼는 뮈에트 역에서 내렸다. 그리고 어슬렁어슬렁 발걸음을 옮겨 불로뉴 공원 안으로 들어섰다.

그는 오솔길을 따라 여기저기 돌아다녔다. 입구 쪽으로 돌아왔는가 싶으면 다시 멀어져가곤 했다. 무엇을 찾고 있는 것일까? 어떤 목적이 있어서 저러는 걸까?

약 한 시간 가까이 돌아다니던 그는 매우 피곤한 모양이었다. 벤치로 가더니 자리를 잡고 앉았다. 그곳은 오퇴이유 가와 아주 가까운 곳으로 나무들 사이에 숨겨진 조그만 호숫가였다. 인적이라고는 눈을 씻고 찾아봐도 없었다. 30분 정도가 지났다. 가니마르는 더 이상 참지 못하고 말을 걸어 봐야겠다고 생각했다.

그는 가까이 다가가 보드뤼 옆에 자리를 잡고 앉아 담배에 불을 붙인 다음 지팡이 끝으로 모래 위에 동그라미를 그리다가 드디어 입을 열었다.

"그렇게 덥지는 않죠?"

아무런 대답도 들려오지 않았다. 그런데 이 침묵 속에서 갑자기 웃음소리가 울려 퍼지기 시작했다. 즐겁다는 듯한, 기쁘다는 듯한 웃음소리였다. 아무리 참으려 해도 참을 수 없어 터져 나오는 어린아이의 폭소와도 같은 웃음이었다.

가니마르는 순간 머리털이 곤두서는 듯한 느낌을 받았다.

이 웃음은 뭐지? 제기랄! 이 웃음……. 지난 날 몇 번이고 들어왔던, 저승사자와도 같은 웃음이 아닌가?

가니마르는 거친 동작으로 그 남자의 멱살을 움켜쥐었다. 그리고 재판소에서 한 것보다 더 신중하게, 눈에 힘을 주어 그의 얼굴을 들여다보았다. 그는 조금 전에 재판소에서 봤던 그 사람이 아니었다. 아니, 그는 그 사람이면서 다른 사람이기도 했다.

정체를 꿰뚫어보겠다는 듯 유심히 그를 바라보던 가니마르는 격렬하게 빛을 발하는 눈동자를 보았다. 여윈 얼굴에 예전의 모습이 남아 있었다. 거친 피부 밑으로 진짜 피부색이 드러나기 시작했다. 일그러진 입은 그 뒤에 진짜 입을 숨기고 있었다. 그 눈은 또 다른 한 사람의 눈이었으며, 그 입은 또 다른 한 사람의 입이었고, 특히 표정이 날카로웠다. 활기에 넘친, 비꼬는 듯한, 섬세하면서도 밝고 생생한 표정이었다!

"아…… 아르센 뤼팽……. 분명 아르센 뤼팽이야."

가니마르의 입에서 그 운명의 이름이 연기처럼 계속 몽실몽실 새어나왔다.

가니마르는 갑자기 울화가 치밀어 올랐다. 그는 상대의 목을 졸라 쓰러뜨리려고 했다. 나이는 이미 오십을 넘었지만 그는 보통 사람 이상으로 민첩했다. 게다가 상대는 몸이 그다지 좋아 보이지 않았다. 이 녀석을 무사히 연행하기만 한다면 커다란 공을 세우는 것이다!

두 사람의 격투는 순식간에 끝나 버렸다. 아르센 뤼팽은 방어 자세다운 자세를 거의 취하지 않았다. 하지만 가니마르는 손을 내밀었을 때와 별반 다를 바 없는 잽싼 몸놀림으로 다시 손을 거둬들였다. 그의 오른손이 경련을 일으키며 힘없이 축 늘어졌다.

"경찰청에서도 유도를 배우게 된다면 이게 우데히시기(팔꺾기)라는 기술이라는 걸 당신도 알게 될 거요. 1초만 더 꺾었어도 당신 팔은 부러졌을 거요. 그 정도쯤 당해도 할 말 없겠죠? 내가 신뢰하고 있는 당신 같은 친구가, 내 스스로 깨끗하게 정체를 밝혔는데도 배신을 하다니 어떻게 된 거요? 그건 예의가 아니잖소. 이봐! 말 좀 해 보시오."

가니마르는 땅을 치고 싶었다. 자신의 책임이라고밖에 여겨지지 않는 이 탈옥 — 사법당국의 과오는 결국 자신의 어처구니없는 증언 때문이 아니었는가. — 은 자신의 경찰 생활에 있어서 씻을 수 없는 치욕이라는 생각이 들었다. 하얗게 새기 시작한 수염 위로 눈물이 흘러내렸다.

"가니마르 형사! 그렇게 슬퍼하지 마시오. 당신이 그 말을 하지 않았다면, 나는 다른 사람이 그 말을 하도록 만들었을 거요. 당연하지 않소? 아무려면 내가 아무 죄도 없는 불쌍한 보드뤼 데지레를 재판하도록 그냥 내버려 두겠소?"

뤼팽이 넉살을 부리며 말하자, 가니마르가 정신을 가다듬으며 말했다.

"그렇다면 재판소에 있었던 사람이 자네였단 말인가? 여기 있는 건 틀림없이 자네네만……."

"그럼요. 나는 항상 나죠."

"아니, 도대체…… 어떻게 그럴 수 있지?"

"그렇다고 마법을 부렸다고 생각할 필요는 없소. 그 재판관이 말한 것처럼 어떤 상황에 처하더라도 손을 쓸 수 있을 정도의 훈련을 지난 10여 년간 충분히 해온 것이오."

"대체 어떻게 그 인상을 바꿀 수 있었단 말인가? 그리고 그 눈빛은……."

"뭐, 뻔하지 않소. 나는 생루이 병원에서 18개월 동안 알티에 박사를 도와 일했는데, 그건 연구가 재미있어서가 아니었소. 그 무렵부터 나는, 아르센 뤼팽이 되려면 인상이나 신분에 대해 통달해야 한다고 생각했소. 세상 사람들이 일반적으로 가지고 있는 생각의 범위 밖에 있어야 하기 때문이오. 어떻게 인상을 바꾸느냐고요? 그건 그리 어려운 일이 아니오. 파라핀을 피하에 주사하면 어디든 원하는 부분의 피부를 부풀어 오르게 할 수 있으니까요. 피로갈롤을 주사하면 모히칸 족과 똑같은 피부를 갖게 되고, 애기똥풀로 즙을 내어 바르면 버짐이나 종기가 생긴 멋진 피부로 변하지요. 어떤 화학제품은 머리카락과 수염을 더욱 풍성하게 해 주고, 어떤 화학제품은 음색을 변하게도 해 줍니다. 거기다 24호 감방에서 두 달간 먹는 음식의 양을 줄이고, 이렇게 좀 특이하게 입을 여는 모습, 고개를 이런 각도로 구부리고 허리를 구부정하게 하는 연습을 몇 천 번이고 반복했지요. 마지막으로 아트로핀을 눈에 다섯 방울 떨어뜨리면 흐리멍덩한 눈빛이 되는 겁니다."

"어떻게 간수들도 그 사실을 몰랐지?"

"변화는 천천히 일어나거든요. 그들이 날마다 본다 한들 조금씩 변하는 그 미세한 차이를 눈치채는 것은 쉬운 일이 아니죠."

"그렇다면 보드뤼 데지레라는 사내는 누구요?"

"보드뤼는 실재하는 인물이오. 그 가련할 정도로 정직한 사람과는 작년에 처음 만났는데, 얼굴이 나와 닮은 구석이 있더군요. 언젠가 체포당했을 때에 대비해서 내 손으로 안전한 곳에 옮겨 놓았죠. 그리고 나는 우선 우리 두 사람을 다르게 보이게 하는 점이 무엇인가를 밝혀내려고 노력했지요. 그리고 그걸 가능한 줄일 수 방법이 없는가를 찾아왔어요. 내 동료들이 그를 수용소에서 하룻밤 묵게 한 다음, 내가 재판소에서 나오는 시각과 거의 같은 시각에 거기서 나오도록 조치를 취해 놨지요. 설명할 필요도 없겠지만, 그 사람이 그 근처에 있었다는 걸 사람들에게 보일 필요가 있었기 때문이었어요. 그렇지 않으면 사법당국에서는 내가 누구인지 의심을 했을 테니까요. 하지만 진짜 보드뤼를 내보이면 사법당국의 시선이 당연히 보드뤼로 향할 테니, 실제로 바꿔치기가 불가능한 상황이라는 사실을 알고 있으면서도 자신들의 무지를 솔직하게 고백하기보다는 오히려 바꿔치기가 실제로 일어난 것이라고 믿게 될 거라고 생각했소."

"그렇군. 옳은 말이야."

가니마르가 중얼거렸다.

"그리고 내 손 안에는 처음부터 조작해 놓은 멋진 카드가 한 장 있었소. 세상 사람들이 눈이 빠져라 기다리던 나의 탈옥이 그것이오."

아르센 뤼팽이 외치듯 말했다.

"즉 내 자유를 놓고 벌인 사법당국과 나 사이의 승부에서 당신을 비롯한 당신의 친구들이 저지른 가장 커다란 실수는, 내가 허세를 부리면서 풋내기들처럼 자신의 인기에 취해 있다고 생각했다는 점이오. 이 아르센 뤼팽에게 그런 약점이 있을 거라고 생각하다니……. 그런데도 당신들은 카오른 사건에서와 마찬가지로 '아르센 뤼팽이 자신의 탈옥을 장담하는 것은 그럴 만한 이유가 있기 때문이다.'라고 착각을 해 버렸소. 하지만 조금만 생각해 보면 뻔한 일 아니오? 탈옥하지 않고도 탈옥한 것처럼 보이기 위해서는 세상 사람들이 나의 탈옥을 믿도록 해야 할 필요가 있었소. 그 사실을 신앙처럼 믿게 하고, 절대적인 신념으로, 태양처럼 명백한 사실로 만들 필요가 있었던 말이오. 그리고 실제로 그렇게 되었잖소. 아르센 뤼팽은 탈옥할 것이라고, 아르센 뤼팽은 자신의 재판에 출석하지 않을 것이라고 사람들은 믿었던 말이오. 그런데 그런 상황에서 당신이 '이 사람은 아르센 뤼팽이 아닙니다.'라고 쐐기를 박아 준 것이오. 당신이 증언하기 위해 자리에서 일어났을 때, 단 한 사람이라도 당신 말을 의심했다면 내 계획은 실패로 돌아갔을 것이오. 누구 하나라도 당신과 당신의 동료들이 한 것처럼 내가 아르센 뤼팽이 아니라는 생각으로 날 보는 게 아니라, 아르센 뤼팽일지도 모른다는 생각으로 날 보았다면 내가 아무리 치밀하게 준비를 했다 하더라도 반드시 간파해 낼 수 있었을 거요. 하지만 나는 숨을 죽이고 가만히 있을 수밖에 없었소. 그런데 그 누구도 입을 뻥긋하지 않았으니……."

뤼팽이 갑자기 가니마르의 손을 잡으며 물었다.

"가니마르 형사, 라 상떼 형무소에서 우리 두 사람이 얘기를 나눈 일주일 뒤 오후 4시에 당신도 정말로 내가 찾아올 거라고 믿고 집에서 나를 기다리지 않았소? 솔직하게 말해 보시오."

"그렇다면 호송마차는?"

묻는 말에는 대답하지 않고 가니마르가 물었다.

"허세를 부려 본 거요. 내 친구들이 낡은 마차를 수리해서 진짜와 바꿔치기한 것인데, 특별한 우연의 도움이 없이는 성공할 수 없을 거라고 생각했소. 나는 일단 탈주를 시도해서 그 사실을 대대적으로 알리는 게 오히려 편리할 거라고 여겼소. 대담하게 계획된 첫 탈옥에 대한 평판이 두 번째 탈옥에 기운을 보태 준 셈이었다고 할 수 있을 거요."

"그럼 그 시가도 역시……."

"칼도 그렇고, 내가 직접 조작한 거요."

"그 쪽지도?"

"그것도 내가 쓴 거요."

"그렇다면 그 베일에 싸인 여자 친구는?"

"그녀와 나는 동일 인물이오. 나는 필체가 한두 가지가 아니니까, 그런 일은 얼마든지 가능하지요."

한동안 생각에 잠겨 있던 가니마르가 말했다.

"감식과에서 보드뤼의 카드를 만들었을 때, 어째서 아르센 뤼팽의 카드와 똑같다는 사실을 알아채지 못한 거지?"

"아르센 뤼팽의 카드 같은 건 어디에도 존재하지 않으니까요."

"그건 말도 안 되는 소릴세!"

"있기는 있지만 전부 잘못된 것들이지요. 이 문제에 대해서도 나는 오랫동안 연구했소. 베르티용 방식에서는 우선 시각에 의한 특징을 기록하지요. 당신도 잘 알다시피 시각은 그다지 믿을 만한 것이 못 되지 않소. 그다음은 두 눈, 손가락, 귀 등 여러 군데를 측량해서 기록하지요. 그런데 그게 한 번 측정되면 빠져나갈 구멍이 없지요."

"그렇다면?"

"그래서 직원을 매수해야 했지요. 내가 미국에서 돌아오기 조금 전에 감식과 사람 중 한 명이 내 기록의 일부를 거짓으로 작성해 주기로 한 거죠. 어디나 빠져나갈 구멍은 있으니까요. 그렇게 해서 근거 없는 카드가 만들어진 것이지요. 이렇게 하면 보드뤼의 카드가 아르센 뤼팽의 카드와 함께 보관되는 일은 절대로 없는 거죠."

한동안 침묵이 흘렀다. 잠시 후 가니마르가 물었다.

"자네, 앞으로 어쩔 생각인가?"

뤼팽이 외치듯 말했다.

"앞으로? 한동안 휴식을 취하면서 영양을 보충해 원래의 나로 되돌아가야지요. 보드뤼가 되기도 하고 다른 사람이 되기도 하며, 마치 속옷 갈아입듯 인격을 바꾸고 마음대로 자신의 외모를 바꾸며 눈빛을 바꾸고 필적을 바꾸는 것도 참으로 흥미로운 일이기는 하지만, 내가 나 같지 않다는 생각이 들 때면 쓸쓸함을 견딜 수가 없답니다. 실제로 나는 지금 나 자신의 그림자를 잃은 듯한 느낌이 듭니다. 나 자신을 찾아야겠지요……."

뤼팽이 자리에서 일어나더니 이리저리 서성거리기 시작했다. 해가 기울어가고 있었다.

뤼팽은 마침내 가니마르 앞에서 우뚝 멈춰 섰다.

"이제 더 이상 할 말이 없을 거 같은데요."

가니마르가 대답했다.

"아직 있네. 자신의 탈옥에 대한 진상을 밝힐 생각인지 알고 싶네. 그리고 내가 저지른 실수를……."

"그 점이라면 걱정 마세요. 아르센 뤼팽이 풀려났다는 사실은 아무도 모를 테니까요. 이번 탈옥에 대해서 그 기적적인 부분을 그대로 남겨 두어, 나를 신비에 싸인 인물로 만들어 두는 편이 내게도 훨씬 유리하지 않겠어요? 그러니 괜히 조바심 내지 마세요. 저는 오늘 밤 만찬에 초대를 받아서 시내에 나가야 해요. 옷을 갈아입을 시간이 없을 것 같아서, 이만……."

"나는 자네가 한동안 휴식을 취할 거라고 생각했는데."

"나도 그러고 싶지만 뜻대로 되질 않는군요. 뿌리칠 수 없는 약속이 있거든요. 휴식은 내일부터 취하도록 하지요."

"그래, 오늘 밤 만찬은 어디서 열리는 거지?"

"영국 대사관저에서요."

수상한 여행객

전날 밤, 내 자동차를 루앙으로 보내 버렸기 때문에 나는 열차로 거기까지 가야 했다. 거기서 자동차를 타고 센 강 부근에 사는 친구 집으로 갈 생각이었다.

그런데 파리에서 열차가 출발하기 직전에 일곱 명의 신사가 내 객실로 불쑥 걸어 들어왔다. 그중 다섯 명은 담배를 피우고 있었다. 급행으로 가는 것이기 때문에 긴 여행은 아니었지만 이런 사람들과 함께 가야 한다고 생각하니 불쾌하기 짝이 없었다. 게다가 열차가 구식이었기 때문에 복도도 없었다. 하는 수 없이 나는 외투와 신문과 시간표를 들고 옆 객실로 자리를 옮겼다.

거기에는 부인 한 명이 있었다. 나를 본 그녀가 난처한 기색을 드러내는 것을 나는 놓치지 않았다. 그녀가 계단 쪽에 서 있던 한 신사의 곁으로 다가갔다. 역까지 마중을 나온 그녀의 남편 같았다. 그 신사가 나를 힐끗 쳐다보더니, 특별히 경계할 인물이 아니라고 생각하는 듯했다. 왜냐하면 그가 겁먹은 어린아이를 달래듯이 만면에 미소를 지으며 조그만 목소리로 여자에게 속삭였기 때문이다. 마치 두 시간 동안 좁은 공간에 같이 갇혀 있어도 별로 위험하다고 생각할 만한 남자가 아니라는 점을 단박에 파악했다는 듯이, 그는 빙그레 웃으며 내게 우호적인 시선을 던졌다.

남편이 그녀에게 말했다.

"나는 이만 가 봐야겠소. 용서해 주구려. 급한 약속이 있어서 더는 기다릴 수 없소."

그가 애정을 담아서 그녀에게 키스를 했다. 그리고 그길로 떠나 버렸다. 부인은 창 너머로 남들 눈에 띄지 않게 가벼운 키스를 보내기도 하고 손수건을 흔들기도 했다.

그 순간 기적이 울리고 기차가 움직이기 시작했다.

마침 그때 문이 열리더니 차장이 제지하는데도 불구하고 우리들이 타고 있는 객실 안으로 한 사내가 불쑥 들어섰다. 함께 있던 부인은 일어서서 선반 위에 있던 짐들을 정리하고 있었는데, 그를 보자마자 겁에 질린 듯 비명을 지르더니 그 자리에 풀썩 주저앉았다.

나는 결코 겁쟁이가 아니다. 오히려 용감한 편이라고 할 수 있지만 그래도 이렇게 갑작스러운 불청객의 침입은 그다지 기분 좋게 여겨지지 않았다. 그것은 어딘지 의심쩍기도 하고 부자연스러웠기 때문이다. 거기에는 무슨 음모가 있는 것처럼 느껴지기도 했다.

이 새로운 침입자의 외모와 태도는 처음 느껴지던 나쁜 인상을 완화시켜 주기에 충분한 것이었다. 기품 있어 보이는 빈틈없는 복장, 품격 있어 보이는 넥타이, 깨끗한 손수건, 생기 넘쳐 보이는 얼굴……

그런데 이 사내를 어디서 봤을까……? 틀림없이 어디선가 본 듯한 얼굴이었다. 정확히 말하자면 나는 초상화는 몇 번이나 본 적이 있지만 실제로는 한 번도 본 적이 없는 듯한 인상을 받았다. 그와 동시에 아무리 생각해 내려 해도 소용없다는 사실을 알게 되었다. 그만큼 내 기억은 희미하고 불안정한 것이었다.

문득 부인 쪽으로 시선을 돌린 나는 그녀의 창백해진 얼굴과 매우 당황해 하는 표정을 보고 놀라지 않을 수 없었다. 그녀는 옆에 있는 사내를 바라보고 있었다. 두 사람은 같은 방향에 앉아 있었다. 그녀가 겁에 질려 부들부들 떨리는 손으로 무릎에서 약 20센티미터 정도 떨어진 곳에 있는 조그만 여행용 백을 집으려 했다. 드디어 그것을 잡은 그녀는 신경질적으로 백을 끌어당겼다.

그때 나와 눈이 마주쳤다. 그녀의 눈 속에 불안과 격렬한 떨림이 있었기 때문에 나는 이렇게 말했다.

"부인 어디 안 좋으세요? 창을 조금 열까요?"

이 물음에는 답하지도 않고 그녀는 겁먹은 듯한 표정으로 그 사내를 가리켰다. 나는 그녀의 남편이 한 것처럼 빙그레 웃어 보였다. 나는 양 어깨를 들썩이면서 몸짓으로 그녀에게 내가 여기 있으니 아무것도 두려워할 게 없다는 의미의 표정을 지었다.

이때 그는 우리 두 사람을 번갈아가며 머리끝에서 발끝까지 훑어보더니 구석에 있는 자리로 가서 몸을 파묻듯 앉아서 좀처럼 움직이려 들지 않았다.

한동안 침묵이 흘렀다. 그러다 부인이 전신의 힘을 쥐어짜내는 듯한 표정으로 들릴락 말락 한 소리로 내게 말했다.

"그 사람이 이 열차에 탔다는 사실을 알고 계시나요?"

"그 사람이라니요?"

"그 사람 말이에요. 그 사람…… 틀림없어요."

"그 사람이라니 누굴 말하는 거죠?"

"아르센 뤼팽이요!"

그녀는 같은 객실에 있는 사내에게서 시선을 떼지 않았다. 그녀는 마치 그 사람에게 이 무시무시한 이름을 또박또박 얘기하고 있는 듯했다.

그녀는 모자의 챙을 코앞까지 끌어내렸다. 얼굴을 가리기 위해서였을까? 아니면 그저 잠을 자려는 것일까?

내가 그녀에게 말했다.

"아르센 뤼팽은 어제 결석 재판에서 중노동 20년 형을 선고

받았습니다. 그러니 오늘 사람들 앞에 나타나는 경솔한 짓은 하지 않을 겁니다. 그리고 신문 보도에 의하면 그는 잘 알려진 라 상떼 형무소 탈옥 이후 처음으로 터키에 모습을 나타냈다고 합니다."

부인이 되풀이해서 말했다. 오히려 옆의 남자가 들으라는 듯한 말투였다.

"그 사람은 이 기차에 타고 있어요. 제 남편은 교도소 부소장이에요. 역 구내에 있는 파출소 주임이 아르센 뤼팽을 찾고 있다고 했대요."

"그렇다고 꼭 이 열차에 타고 있으란 법은 없지 않습니까?"

"대합실에 있는 걸 본 사람이 있대요. 루앙 행 일등석 승차권을 샀다고 했어요."

"그럼 그때 잡혔을 거 아닙니까?"

"갑자기 사라졌대요. 개찰구에 있는 직원도 개찰을 할 때 그를 보지 못했다고 하고요. 아무래도 교외선 플랫폼을 통해서 빠져나와 이 열차보다 10분 늦게 출발하는 다른 급행열차에 탄 것 같다고 했어요."

"그렇다면 그 급행 안에서 체포되었을 겁니다."

"하지만 만약 발차 직전에 그 열차에서 우리 열차로 뛰어들었다면……. 아무래도 그런 것 같아요. 틀림없이 그랬을 거예요. 어쩌면 좋죠?"

"그랬다면 이 열차 안에서 반드시 잡힐 겁니다. 역무원이나 경관이 열차를 옮겨 타는 그의 모습을 봤을 테니 말입니다. 그러니까 루앙에 도착하자마자 바로 잡아들일 겁니다."

"그 사람은 절대로 붙잡히지 않을 거예요! 틀림없이 도망갈 방법을 또 찾아낼 거라고요."

"그렇다면 잘된 일이죠. 나는 그가 무사히 여행을 마치도록 빌고 싶군요."

"하지만 잡히기 전에 그가 무슨 짓을 저지를지 모르는 일이 잖아요."

"예를 들자면?"

"그건 저도 모르겠어요. 하지만 무슨 짓이든 할 거예요."

그녀는 매우 흥분한 상태였다. 현재 상황이 어느 정도 그녀의 신경질적인 흥분을 합리화시키고 있는 것도 사실이었다.

나마저도 뜻하지 않게 이렇게 말했을 정도였다.

"하긴요. 기묘한 우연이라는 것도 있기는 하지요……. 하지만 안심하세요. 가령 아르센 뤼팽이 이 열차 안에 타고 있다 하더라도 그는 소란을 피우지는 않을 겁니다. 새로운 문제를 일으키기보다는 지금 자신에게 닥친 위험을 해결하기 위해 급급할 테니까요."

하지만 내 말은 그녀를 조금도 안심시키지 못했다. 그녀는 더 이상 말을 하지 않았다. 너무 호들갑을 떨었다고 생각한 모양이었다.

나는 신문을 펼쳐 들었다. 그리고 아르센 뤼팽의 공판에 관한 법정 기사를 읽었다. 대부분 알고 있는 사실들밖에 실리지 않았기 때문에 아무런 흥미도 느낄 수가 없었다. 게다가 나는 어젯밤에 잠을 깊이 자지 못했기 때문에 조금 피곤하기도 했다. 눈꺼풀이 무거워지고 머리가 기울어지는 것이 느껴졌다.

"어머, 잠들면 안 돼요."

부인이 내 손에 들려 있던 신문을 앗아갔다. 그리고는 어처구니없다는 표정으로 나를 바라보았다.

"그럼요. 잠잘 생각은 조금도 없습니다."

"그것은 무모한 짓이에요."

그녀가 내게 말했다.

"그럼요, 무모하기 짝이 없는 짓이지요."

내가 대답했다.

나는 창밖으로 푸른 하늘에 줄무늬로 떠 있는 구름을 바라보며 잠들지 않으려고 애를 썼다. 하지만 얼마 지나지 않아서 부인의 당황스러운 표정과 구석에서 잠을 자고 있는 신사의 모습이 내 눈에서 멀어졌다. 모든 것이 뿌옇게 한데 어우러지는가 싶더니, 나는 깊은 잠 속에 빠지고 말았다.

혼란스런 꿈들이 잠을 휘젓는가 싶더니, 자칭 뤼팽이라는 자가 꿈속에 나타나 요란법석을 떨었다. 그는 귀중한 물건들을 등에 진 채 저 멀리 지평선에서 날뛰기도 하고, 담을 넘기도 했으며, 성 안에서 가구를 훔쳐내기도 했다.

그러다가 아르센 뤼팽에서 다른 사람으로 변한 그 사람의 모습이 어느 틈엔가 확실하게 보이기 시작했다. 그는 내게 가까이 다가오면서 점점 거대해지더니 믿을 수 없을 만큼 놀라운 솜씨로 열차 안으로 뛰어들었다. 그리고는 내 가슴을 짓누르고 앉았다.

나는 격렬한 고통을 느꼈다. 찢어질 듯한 비명을 지르며 나는 눈을 떴다. 구석에서 잠을 자고 있던 그 사내가 한쪽 무릎을 내 가슴에 걸친 채 목을 조르고 있었던 것이다.

그런 그의 모습이 아주 희미하게 눈에 들어왔다. 내 눈에 핏발이 서 있었기 때문이다. 그리고 언뜻 보니 부인이 객실 구석에 앉아 공포에 떨며 경련을 일으키고 있는 모습이 눈에 들어왔다. 나는 저항하려 들지 않았다. 저항하려 해도 내게 그런 힘은 없었을 것이다. 이윽고 관자놀이 부분이 격렬하게 고동쳤다. 숨통이 끊어질 것만 같았다. 나는 몸부림 쳤다. 1분만 더 있으면…… 질식해서 죽을 것 같았다.

사내도 그 사실을 알고 있는 듯했다. 그는 목을 조르던 팔에서 힘을 뺐다. 몸을 떨어뜨리지 않고 미리 끝을 둥그렇게 매듭지어 놓았던 줄을 오른손으로 꺼내 아주 간단하게 내 두 손을 묶어 버렸다. 나는 순식간에 결박당했으며, 재갈이 물려져 꼼짝도 할 수 없게 되어 버렸다.

그는 이 모든 일을 아주 자연스럽게 해치웠다. 익숙한 손놀림, 절도와 살인 상습범의 기량을 엿볼 수 있는 유연한 태도였

다. 격렬한 말 한마디, 동작 한 번 보이지 않았다. 그저 냉정함
과 대담무쌍함을 보였을 뿐이었다. 그리고 나는 미라처럼 묶
여서 의자 위에 내동댕이쳐져 버렸다. 바로 나, 아르센 뤼팽이
말이다!

틀림없이 이는 어떤 놀림을 받아도 할 말이 없을 만큼 한심
한 일이었다. 하지만 완전히 궁지에 몰려 절박하기 짝이 없는
상황에 처했으면서도, 나는 일견 우습기도 한 이 사태를 진심
으로 즐기지 않을 수 없었다. 아르센 뤼팽이 풋내기처럼 계략
에 빠져들다니! 평범한 사람들처럼 강도를 당할 줄이야. 말할
필요도 없이 그 사내는 내 지갑과 소지품을 가져갔다. 아르센
뤼팽이 속임수에 빠져 완전히 당한 것이었다. 이 얼마나 부끄
러운 일인가!

저 부인은 어떻게 할 작정인지? 하지만 사내는 부인을 쳐다
보지도 않았다. 단지 바닥에 떨어져 있던 가죽 꾸러미를 낚아
채더니 그 안에서 보석과 지갑, 금은 세공품들을 빼낼 뿐이었
다. 부인이 한쪽 눈을 떴다. 두려움에 몸이 완전히 굳어 있는
상태에서 상대의 노고를 덜어 주기라도 하겠다는 듯 반지를
빼서 사내 앞으로 내밀었다. 사내는 그 반지를 받아 들었다.
그리고 그녀를 빤히 쳐다보았다. 그 순간 여자가 정신을 잃고
말았다.

그러자 사내는 여전히 아무런 말도 하지 않은 채, 우리 두
사람에게는 눈길도 주지 않고 차분한 표정으로 자신의 자리

로 돌아가 담배에 불을 붙였다. 그리고 조금 전에 손에 넣은 귀중품들을 유심히 살펴보기 시작했다. 결과에 아주 만족하는 듯했다.

나는 불만을 품지 않을 수 없었다. 간단하게 빼앗겨 버린 1만 2천 프랑 때문이 아니었다. 그 정도의 손해는 조금만 참으면 다시 내 손으로 돌아올 금액이었다. 소지품 속에 들어 있던 예정표와 견적서, 주소록, 통신원들의 리스트, 남의 속에 들어가면 위험할지도 모를 편지 때문에 걱정을 하고 있는 것도 아니었다. 그런 것들보다도 한층 더 직접적이고 심각한 걱정거리가 한 가지 있었다.

앞으로 무슨 일이 일어날지? 그것이 고민의 씨앗이었다.

내가 생라자르 역에 나타났다는 사실만으로도 일어났던 그 소동을 나는 이미 눈치채고 있었다. 기욤 베를라라는 가명으로 사귀고 있는 친구의 집에 초대받아 가는 길이었는데, 이 친구는 내가 아르센 뤼팽과 닮았다는 점을 매우 재미있어 했기 때문에 오늘은 변장도 충분히 하고 오지 않았다. 그 때문에 내 정체가 탄로 난 것이었다. 그리고 한 사내가 급행열차에서 다른 급행열차로 급하게 옮겨 타는 모습을 본 사람도 있었다. 그 사람이 아르센 뤼팽이 아니라면 또 누구겠는가?

따라서 루앙의 경찰은 전보로 보고를 받았을 것이고, 틀림없이 수많은 경관들을 대동하고 와서 이 열차가 도착하기만을 기다리고 있을 것이다. 수상한 여행객이 발견되면 신문도

할 것이고 객실 안도 꼼꼼히 조사할 것이다.

이런 사실들을 전부 알고 있었지만 나는 그다지 크게 흔들리지는 않았다. 루앙의 경찰이라고 해서 파리의 경찰들보다 크게 뛰어날 리가 없다는 사실 역시 잘 알고 있었기 때문이었다. 따라서 별 탈 없이 빠져나갈 수 있을 터였다. 개찰구에서 내 국회의원 신분증을 살짝 보여 주기만 하면 모든 문제가 해결될 것이었다.

사실은 조금 전에도 이 방법으로 생라자르 역 개찰구에 있는 직원 앞을 통과했었다. 하지만 지금은 사정이 다르다. 나는 이미 자유를 잃었다. 지금까지 써 왔던 그 어떤 방법도 쓸 수 없는 상황이었다. 루앙의 경찰서장은 운 좋게도 한 객실 안에서 손발이 묶여 어린 양처럼 얌전하게 있을 수밖에 없는, 포장을 완전히 마친, 요리만 하면 되도록 준비되어 있는 아르센 뤼팽을 발견할 것이었다. 서장은 역에 도착한 오리고기나 과일, 야채 상자를 받는 것만큼 아주 간단하게 나를 받아들이기만 하면 되는 것이었다.

그런 어처구니없는 결말을 피하기 위해서 속박당한 내가 지금 무슨 일을 할 수 있단 말인가?

열차는 베르농과 생피에르를 지나, 루앙 역으로 들어가고 있었다.

그런데 한 가지 내 관심을 끄는 문제가 있었다. 나와 직접적인 관계는 없는 문제였지만, 전문가인 내 호기심을 자극하기에 충분한 문제였다. 과연 저 남자의 의도는 무엇일까?

상대가 나 한 사람이라면 그는 루앙 역에 도착한 다음 천천히 역에서 빠져나갈 시간이 있을 것이다. 하지만 문제는 이 부인을 어떻게 처리할 것인가 하는 점이었다. 지금은 아주 조용히 몸을 사리고 있지만, 정차해서 문이 열리자마자 일대 소동을 일으키며 큰 소리로 도움을 요청할 것이 뻔했기 때문이다.

나는 바로 그 점 때문에 놀라지 않을 수 없었다. 그는 어째서 여자를 나처럼 묶어 놓지 않은 것일까? 그렇게 하기만 하면 자신의 범죄가 발각되기 전에 천천히 모습을 감출 수 있을 텐데 말이다.

그는 여전히 담배를 피우며, 가늘게 떨어지던 빗방울이 드디어 굵은 선을 그리며 떨어지기 시작한 창밖을 바라보았다. 그는 딱 한 번 뒤를 돌아보았을 뿐이었다. 그리고 내 시간표를 꺼내 들더니 페이지를 넘기기 시작했다.

부인을 바라보니 그녀는 어느새 깨어났지만, 적을 안심시키기 위해서 기절한 척하고 있었다. 하지만 담배 연기 때문에 기침을 하는 바람에 속임수라는 것이 들통 나고 말았다.

나는 참으로 불편하기 짝이 없었다. 손발이 아파서 견딜 수가 없었다. 그럼에도 불구하고 나는 끊임없이 생각했다. 이런저런 생각을 짜냈다.

퐁 드 라르슈, 우아셀……. 급행열차는 자신의 속도에 취한 듯 힘차게 달려갔다.

생테티엔…… 순간, 사내가 자리에서 일어났다. 그리고 두 걸음 우리 쪽으로 다가왔다. 그러자 부인이 다시 비명을 지르더니 이번에는 진짜로 기절해 버렸다.

하지만 그가 노리고 있던 것은 우리가 아니었다. 그는 우리 옆에 있는 창문을 열었다. 장대 같은 비가 쏟아지고 있었다. 그는 우산도 외투도 없는 듯 난처하다는 표정을 지었다. 그가 선반을 바라보았다. 거기에는 부인의 우산이 올려져 있었다. 그는 그것과 함께 내 외투도 내려 몸에 걸쳤다.

열차는 센 강의 철교를 건너고 있었다. 그가 바짓단을 걷어 올렸다. 그리고 밖을 내다보는 듯한 자세로 바깥쪽에 있는 걸쇠를 풀었다. 선로 위로 뛰어내릴 생각인 걸까? 지금 뛰어 내린다면 틀림없이 죽을 것이다. 열차가 생카트린 산 중턱에 뚫어놓은 터널로 들어섰다.

사내는 문을 열어 한쪽 다리로 첫 번째 계단을 더듬거리며 찾고 있었다. 이 무슨 미친 짓이란 말인가? 어둠 속에서 매연 과 소음이 뒤섞여 한 치 앞도 분간할 수 없는 상태였다.

그런데 갑자기 열차의 속도가 줄었다. 브레이크가 바퀴의 힘에 제동을 걸고 있었다. 속도는 점점 더 떨어지고 있었다. 터널의 이 부분에 공사가 계획되어 있으며 그 때문에 며칠 전부터 열차는 이곳을 통과할 때 속도를 줄여야 했음이 틀림 없었다. 그리고 이 사내는 그것을 알고 있었던 것이다.

따라서 사내는 나머지 한쪽 다리를 계단 위로 내리고 두 번째 계단도 내려서 문을 닫으면 가뿐히 내려설 수 있게 될 것이다.

그의 모습이 사라지자마자 차창 밖의 빛으로 인해 하얀 연기가 피어오르는 것이 선명하게 보였다. 열차는 이제 계곡 속으로 진입하고 있었다. 터널 하나를 더 지나는가 싶더니 벌써 루앙에 도착해 버렸다.

부인은 다시 정신을 차리고는 보석을 잃어버렸다는 사실을 슬퍼했다. 내가 눈짓으로 호소하자, 그녀가 그 사실을 깨닫고 내 입에 물려 있는 재갈을 풀어 주었다. 그녀는 계속해서 나를 묶고 있던 밧줄도 풀어내려 했지만, 내가 그녀를 제지했다.

"아니, 안 됩니다. 경찰에게 지금 모습 그대로를 보여 줘야 합니다. 그 자를 잡을 만한 단서를 제공해야 하니까요."

"비상경보기를 울릴까요?"

"이미 늦었습니다. 녀석이 나를 공격할 때 눌렀어야죠."

"그랬으면 날 죽였을 거예요! 그래서 제가 말씀드렸잖아요. 그 사람이 기차에 타고 있다고! 바로 알아볼 수 있었어요. 신문에 난 얼굴이랑 똑같았잖아요. 덕분에 제 보석들을 전부 잃고 말았어요."

"걱정 마십시오. 틀림없이 잡힐 겁니다."

"아르센 뤼팽이 잡힐 거라고요? 그런 일은 절대로 없을 거예요."

"그건 부인 하기에 달렸습니다. 잘 들으세요. 열차가 멈추자마자 바로 문 쪽으로 가서 큰 소리로 소란을 피우세요. 그러면 경찰과 철도원들이 올 겁니다. 그럼 그들에게 당신이 본 걸 그대로 얘기하세요. 아르센 뤼팽이 내게 가한 폭행, 그의 도주 등을 가능한 간단하게 얘기하고 녀석의 특징을 알려주는 겁니다. 중절모자에 우산, 그건 부인 것이죠. 허리 부분이 잘록한 외투 등……."

"그건 당신 것이죠?"

그녀가 말했다.

"내 거라고요? 무슨 소립니까? 녀석 것입니다. 나는 외투를 입고 있지 않았습니다."

"그 사람도 처음 들어왔을 때 외투는 입고 있지 않았던 것 같은데……."

"들고 있었습니다. 아니면 누군가 선반에 놓고 간 걸 겁니다. 어쨌든 내릴 때는 입고 내렸습니다. 중요한 건 바로 그 점입니다. 허리 부분이 잘록한 회색 외투, 기억나시죠? 아, 잊을 뻔했네……. 제일 먼저 부인의 이름을 밝히십시오. 그리고 남편의 직업도 잊지 마십시오. 그러면 틀림없이 이곳 형사들이 분발할 겁니다."

드디어 루앙 역에 도착했다. 그녀가 재빨리 문 쪽으로 가서 밖을 내다보았다. 나는 거의 명령조로 목소리를 높여서 지금부터 그녀가 해야 할 말을 그녀의 뇌리에 확실하게 각인시키려고 노력하며 말했다.

"기욤 베를라라는 제 이름도 말씀하십시오. 필요하다면 저와 아는 사이라고 말해도 상관없습니다. 그러는 편이 시간을 더 절약할 수 있을 겁니다. 중요한 건 한시라도 빨리 예비 수사를 시작해서 아르센 뤼팽을 추적하도록……. 당신의 보석을 찾아야 하니까요. 잘하실 수 있죠? 저는 남편의 친구인 기욤 베를라입니다."

"알았어요. 기욤 베를라요?"

그녀는 곧 소리를 지르기도 하고 과장된 몸짓을 보이기도 했다. 열차가 채 멈추기도 전에 한 신사가 많은 사내를 이끌고 열차로 뛰어들었다. 드디어 결판의 순간이 찾아왔다.

젖 먹던 힘까지 짜내며 부인이 외쳤다.

"아르센 뤼팽이……. 우리를 덮쳤어요. 제 보석을 빼앗겼어요. 제 이름은 르노……. 남편은 교도소 부소장이에요. 어머! 마침 저기 있었네요. 동생인 조르주 아르델이에요. 여러분도 아실 테지만……. 루앙 신용은행의 지점장이니까……."

그녀가 우리들 곁으로 다가온 한 젊은이에게 입을 맞췄다. 서장이 그에게 인사를 했다. 그러자 그녀가 우는 소리로 다시 말을 이었다.

"바로 아르센 뤼팽이었어요. 이분이 잠들어 있을 때 달려들어서 목을 졸랐어요. 이분은 남편의 친구인 베를라 씨입니다."

서장이 물었다.

"그렇다면 아르센 뤼팽은 어디에 있는 겁니까?"

"센 강을 건넌 직후 터널을 지날 때 열차에서 뛰어 내렸어요."

"틀림없는 뤼팽이었나요?"

"틀림없고말고요! 분명히 알 수 있었어요. 생라자르 역에서 본 사람도 있는 걸요. 중절모를 쓰고 있었어요."

서장이 내 모자를 가리키며 말했다.

"아닙니다. 이것과 똑같은 실크햇을 썼습니다."

"중절모였어요. 우리가 똑똑히 봤는걸요. 그리고 허리가 잘록한 회색 코트를 입고 있었어요."

르노 부인이 말했다.

"그건 맞습니다. 전문에도 허리 부분이 잘록하고 검은 벨벳으로 목깃을 댄 회색 외투에 관한 내용이 있었습니다."

"맞아요. 맞아, 검은 벨벳으로 목깃을 댔어요."

르노 부인이 기다렸다는 듯이 말했다.

나는 안도의 한숨을 내쉬었다. '잘한다. 잘하고 있어.'라며 속으로 그녀를 칭찬하지 않을 수 없었다.

드디어 경찰들이 묶여 있던 밧줄을 풀어냈다. 나는 가만히 입술을 깨물었다. 피가 돌기 시작했다. 오랫동안 불편한 자세를 취하고 있었으며 얼굴에 벌건 자국이 남을 정도로 재갈이 물려져 있었던 피해자에 어울리는 목소리로, 입에 손수건을 대고 몸을 웅크린 채 서장에게 말했다.

"서장님. 녀석은 아르센 뤼팽이었어요. 틀림없습니다. 서둘러 추적하면 틀림없이 잡을 수 있을 겁니다. 필요하다면 제가 돕겠습니다."

검찰당국의 조사를 받을 필요가 있는 차량만 열차에서 분리되었다. 열차는 르아브르를 향해서 출발했다. 나는 호기심 어린 눈길로 바라보는 구경꾼들을 지나 플랫폼을 가로질러 역장실로 안내되어 갔다.

여기서 나는 잠시 갈등을 했다. 적당한 구실을 만들어서 빠져나가 내 자동차로 도망가는 방법도 있었기 때문이었다. 여기 더 머문다는 것은 위험한 일이었다. 뭔가 사소한 일이라도 일어나거나 파리에서 전보가 한 통만 도착해도 나의 변장술은 완전히 들통 날 판이었다.

하지만 그 강도범을 나 혼자의 힘으로 잡을 수 있을까? 낯선 이곳을 혼자 돌아다닌다고 해 봐야 녀석을 잡을 확률은 거의 없었다.

'좋았어. 모든 걸 하늘에 맡기고 이대로 여기 남아 있기로 하자. 승산은 별로 없지만, 그러니 더욱 해볼 만한 일 아니겠어? 게다가 걸린 돈도 만만찮고.'

나는 마음속으로 이렇게 다짐했다.

여기서 다시 한 번 간단하게 진술을 해 달라는 말을 듣고 내가 외치듯 말했다.

"서장님, 아르센 뤼팽은 상황을 점점 자신에게 유리한 쪽으로 끌고 가고 있습니다. 역 앞에 내 자동차가 있으니, 그걸 타고 함께 추적해 보고 싶습니다만……."

서장이 무슨 말인지 알겠다는 표정으로 빙그레 웃으며 말했다.

"좋은 생각이긴 한데……. 너무 좋은 생각이라서 이미 실행 중에 있습니다."

"아, 그렇습니까?"

"그렇습니다. 부하 두 명이 자전거로 추적 중입니다. 조금 전부터."

"그런데 어디로?"

"그 터널 입구지요. 두 사람은 거기서 단서가 될 만한 것과 증거가 될 만한 걸 찾아낼 겁니다. 그런 다음 뤼팽의 뒤를 쫓겠지요."

나는 나도 모르게 어깨를 들썩였다.

"당신 부하들은 단서도 증거도 찾아내지 못할 겁니다."

"왜죠?"

"왜냐하면, 아르센 뤼팽은 틀림없이 그 누구의 눈에도 띄지 않고 터널에서 빠져나올 것이기 때문입니다. 그런 다음 처음 나온 길을 따라서 거기서부터……."

"거기서부터 루앙으로 나오겠죠. 그러면 거기서 우리들이 붙잡으면 되는 겁니다."

"그렇다면 루앙 근교를 돌아다니고 있단 말인데, 우리에게는 그게 더 유리한 상황……."

"근교를 돌아다니고 있지도 않을 겁니다."

"그럼 대체 어디에 숨어 있단 말이죠?"

내가 시계를 꺼내보며 말했다.

"지금쯤 아르센 뤼팽은 다르네탈 역 근처를 배회하고 있을 겁니다. 10시 50분, 그러니까 지금부터 22분 후에 녀석은 루앙의 북쪽 역에서 아미앵 행 열차에 오를 겁니다."

"그럴까요? 그런데 그걸 어떻게 알고 계시죠?"

"뭐, 이유는 간단합니다. 저 객실 안에 있을 때 아르센 뤼팽은 내가 가지고 있던 열차 시각표를 유심히 살펴봤습니다. 왜 그랬을 거라고 생각하십니까? 그건 그가 모습을 감춘 그 부근에 다른 철도 선로가 없는지, 만약 있다면 다른 역은 또 없는지, 그리고 그 역에 정차하는 열차는 없는지를 알아내기 위해서입니다. 나도 시간표를 살펴봤습니다. 그래서 알게 된 사실이지요."

"그렇군요. 대단하십니다. 정말 멋진 추리입니다. 놀랍습니다!"

서장이 말했다.

확고한 신념이 있었기 때문에 나 자신도 모르게 우쭐해져 너무 많은 말을 하고 말았다. 그는 깜짝 놀라서 나를 바라보았다. 그의 머릿속으로 조그만 의혹이 스치고 지나갔다는 사실을 나는 이내 깨달을 수 있었다. 하지만 그것은 아주 작은 의혹에 지나지 않았다. 당국이 각지에서 입수한 아르센 뤼팽의 사진은 너무나도 불완전했으며, 실제로 그의 앞에 있는 인물과는 너무나도 다른 아르센 뤼팽을 보여 주고 있었기 때문에 나를 알아볼 리가 없었다. 그래도 나는 왠지 모를 불안감을 애써 감추려 했다.

한동안 침묵이 이어졌다. 뭔지 확실하지는 않지만 알 수 없는 분위기가 우리들의 말문을 가로막고 있었다. 섬뜩한 전율이 내 온몸을 휘감았다. 운이 나를 내버릴 것인가? 별것 아니라는 표정으로 내가 웃으며 대답했다.

"이 정도는 아무것도 아닐지도 모릅니다. 지갑을 잃어버려서 그것을 찾고 싶다는 일념에 기지가 번쩍이게 되었으니까요. 그러니까 서장님의 부하 두 명만 붙여 주신다면 녀석을 붙잡을 수 있을 것 같은 기분도 드는데……."

"맞아요! 서장님, 부탁이니 베를라 씨 말씀대로 해 보세요." 르노 부인이 외쳤다.

고마운 그녀의 이 한마디는 참으로 결정적이었다. 유력자의 아내가 말하면 베를라라는 이 가명까지도 진짜 이름이 되며, 어떤 의혹도 미칠 수 없는 인격을 갖게 되는 것이었다.

서장이 자리에서 일어서며 말했다.

"베를라 씨, 제 말을 믿어 주십시오. 저는 무엇보다도 당신의 성공을 바라고 있어요. 저도 당신만큼 아르센 뤼팽이 체포되기를 바라고 있는 사람입니다."

그는 나를 내 자동차가 있는 곳까지 데려다 주었다. 서장이 직접 붙여 준 오노레 마솔과 가스통 들뢰베라는 두 경관이 함께 차에 올랐다. 나는 핸들을 쥐었다. 운전사가 점화관을 돌렸다. 몇 초 후, 우리는 역에서 빠져나왔다. 나는 탈출한 셈이었다.

이렇게 고도 노르망디를 둘러싼 국도를 자신의 모로 랩톤의 35마력 짜리 자동차로 기세 좋게 달리고 있다 보니 나도 모르게 자부심이 피어오르기 시작했다. 모터는 경쾌한 소리를 내고 있었다. 양옆의 나무들이 뒤로, 뒤로 달려 나가고 있었다. 자유롭고 안전한 상태에 놓이게 된 나는 이제 두 사람의 정직한 국가 권력의 대표자들과 협력해서 사소한 일을 하나 해결하기만 하면 되는 것이었다. 아르센 뤼팽이 아르센 뤼팽을 잡기 위해서 출발한 것이다!

치안을 위해 애쓰고 있는 가스통 들뢰베와 오노레 마솔이여! 자네들의 도움이 내게 얼마나 커다란 힘이 되어 주었는지. 자네들이 없었다면 난 어찌 되었겠는가? 자네들이 없었다면 교차로에서 난 몇 번이고 잘못된 길로 접어들었을 걸세. 자네들이 없었다면 아르센 뤼팽은 길을 잃었을 걸세. 그리고 녀석은 도망쳤을 것이고!

하지만 모든 문제가 해결된 것은 아니었다. 가야 할 길은 아직 멀고 험했다. 내게는 무엇보다도 녀석이 가져간 서류를 되찾아야만 하는 중요한 일이 남아 있었다. 무슨 일이 있어도 이 두 조수들이 그 서류에 코를 가져다 대게 해서는 안 된다. 그러니 그들의 손에 넘겨줄 수는 더더욱 없는 일이었다. 그들을 이용하기는 하지만, 나는 그들과 따로 행동을 해야만 했다. 이것이 내가 가장 바라는 바였다. 하지만 그것은 쉽게 해낼 수 있는 일이 아니었다.

우리는 열차가 떠난 지 3분이 지나서야 다르네탈 역에 도착할 수 있었다. 하지만 나는 허리 부분이 잘록하고 목에 검은 벨벳을 댄 회색 외투를 입은 사내가 아미앵까지 가는 2등석 표를 샀다는 말을 듣고 매우 만족했다. 나의 탐정으로서의 데뷔는 성공적이라고 할 수 있었다.

들뢰베가 내게 말했다.

"그 열차는 급행이니까 19분 뒤에 몽테롤리에 뷔시 역에 정차할 겁니다. 만약 우리들이 아르센 뤼팽보다 먼저 그곳에 도착하지 못한다면 그는 아미앵으로 직행할 수도 있고, 열차를 바꿔 타고 클레르로 가서 디에프나 파리로 갈 수도 있습니다."

"몽테롤리에는 얼마나 떨어져 있죠?"

"23킬로미터입니다."

"19분에 23킬로미터라……. 우린 녀석보다 먼저 도착할 수 있습니다."

아슬아슬한 거리와 시간이었다. 충실한 나의 애마인 모로 렙톤이 이와 같은 열의와 정확함으로 나의 초조함을 달래 준

적도 없었다. 나의 의지를 핸들이나 레버를 통해서가 아니라 직접 자동차에게 전달하고 있는 듯한 느낌이 들었다. 자동차가 나의 소망과 집념을 알고 있는 듯했고, 파렴치한 아르센 뤼팽에 대한 나의 증오심을 이해하고 있는 듯했다.

비겁한 녀석! 배신자! 나는 과연 그 녀석에게 이길 수 있을까? 아니면 이번에도 녀석이 국가 권력을, 내가 대리로 수행하고 있는 국가 권력을 가지고 놀 것인가?

"오른쪽으로!"

들뢰베가 외쳤다.

"왼쪽으로! 똑바로!"

우리는 미끄러지듯 달려 나갔다. 이정표들은 우리들이 다가가면 모습을 감추는 약하고 가련한 동물처럼 보였다.

그런데 모퉁이를 돌아서자 갑자기 연기가 피어오르고 있는 것이 보였다. 급행열차였다.

1킬로미터 정도 앞서거니 뒤서거니 치열한 경쟁이 계속되었다. 하지만 처음부터 승부가 결정된 것이나 다름없는 불공평한 경쟁이었다. 도착하고 보니 우리는 열차 길이의 20배 정도 되는 거리를 앞질러 있었다.

단 3초 만에 우리는 이등열차가 멈춰 서는 곳 앞으로 달려갔다. 문이 열렸다. 몇몇 사람들이 열차에서 내려왔다. 우리가 찾는 녀석의 모습은 보이지 않았다. 우리는 열차 안을 살피고 돌아다녔다. 하지만 아르센 뤼팽의 모습은 어디에서도 보이지 않았다.

"아뿔싸! 열차와 나란히 서서 달릴 때 자동차 안에 있는 내 모습을 보고 열차에서 뛰어내린 게 틀림없어."

차장이, 역에 들어서기 200미터 전쯤에서 선로의 제방으로 뛰어내리는 사람을 봤다고 증언해서 내 추측을 뒷받침해 주었다.

"앗, 저기……. 지금 건널목을 건너는 저 남자가 바로 그 사람입니다."

나는 달리기 시작했다. 두 조수에게 따라오라고 말하고 싶었지만 결국 그를 따라잡은 것은 한 사람뿐이었다. 마솔만이 속도나 지구력 면에서 뛰어난 주자였기 때문이었다.

순식간에 마솔과 도망자 사이의 거리가 좁혀졌다. 사내가 마솔이 따라오고 있다는 사실을 눈치챘다. 울타리를 뛰어넘어 재빨리 제방 쪽으로 도망치더니 제방을 기어오르기 시작했다. 그러더니 작은 숲 속으로 숨어들었다.

우리가 그 숲이 시작되는 곳으로 가 보니 마솔이 거기서 우리들을 기다리고 있었다. 우리와 따로 행동해서는 안 될 것 같아서 추적을 멈췄다고 했다.

"잘했소. 그만큼 달렸으니 녀석도 지쳤을 것이 틀림없소. 이제 녀석은 잡은 거나 다름없소."

내가 그에게 말했다.

나는 어떻게 해야 혼자 도주하고 있는 녀석을 잡을 수 있을

지를 생각하며 부근을 수색했다. 빼앗긴 것들이 경찰의 손에 넘어가 귀찮은 취조를 받은 뒤에 되돌려 받지 않도록 하기 위해서 나 혼자 힘으로 그것을 되찾고 싶었다. 결국 나는 동료들 곁으로 돌아왔다.

"이렇게 하면 금방 잡을 거요. 마솔 씨, 당신은 왼쪽으로 돌아가 녀석을 기다리고 계시오. 들뢰베 씨, 당신은 오른쪽을 맡아 주시오. 그리고 각자 위치에서 이 숲의 뒤쪽을 감시하기 바라오. 그렇게 하면, 녀석이 당신들의 눈에 띄지 않고 이 숲을 빠져 나가기 위해서는 이 웅덩이 길을 통하는 수밖에 없는데, 그곳은 내가 지키겠소. 만약 그래도 녀석이 나타나지 않는다면 내가 안으로 뛰어들겠소. 그런 다음에 녀석을 어느 한쪽으로 몰겠소. 그러니 당신들은 그저 기다리고 있기만 하면 되는 거요. 아! 한 가지 잊은 게 있군. 위험이 닥치면 총을 쏴서 서로에게 알리도록 합시다."

마솔과 들뢰베가 각각 지정한 방향으로 갔다. 그들의 모습이 보이지 않을 때까지 기다렸다가 나는 숲 중앙으로 들어섰다. 모습이 보이지 않도록, 발소리가 들리지 않도록 주의에 주의를 거듭하며 안으로 들어갔다. 이곳은 사냥을 위해서 만들어진 울창한 숲으로, 몸을 웅크리고 헤치고 나가야만 하는 푸른 잎들의 터널 같은 오솔길이 여러 갈래로 갈라져 있었다.

오솔길 한쪽 끝으로 공터가 있었는데 젖은 풀 위에 발자국이 찍혀 있었다. 나는 나무들 사이를 비집고 나가면서 그 발자국을 따라갔다. 얼마쯤 가다 보니 회반죽을 발라 지은, 반쯤 무너져 내린 폐가가 한 채 서 있는 낮은 언덕의 기슭이 나왔다.

'녀석은 틀림없이 저기 있을 거야. 주위를 살피기에 아주 좋은 장소로군.'

나는 이렇게 생각했다.

나는 건물 가까이까지 기어올랐다. 가벼운 소리가 들려와 그 안에 사람이 있음을 알려주었다. 그랬다. 건물의 갈라진 틈으로 이쪽을 등진 녀석의 모습이 보였다. 반동을 이용해서 나는 녀석에게 달려들었다. 녀석은 손에 들고 있던 권총으로 나를 겨누려고 했다. 하지만 나는 그럴 틈을 주지 않았다. 그리고 녀석의 두 팔이 자기 몸 밑으로 깔려 비틀어지도록 녀석을 쓰러뜨린 뒤 한쪽 무릎으로 가슴을 짓눌렀다.

그의 귓가에 입을 대고 내가 말했다.

"잘 들어라, 이 풋내기 녀석아! 난 아르센 뤼팽이다. 조용히 내 서류들과 부인의 가죽 꾸러미를 내놔라, 어서…… 그러면 네 녀석을 경찰의 손아귀에서 벗어나게 해 주고 내 동료로 삼아 주지. 어떻게 할 건지 대답해라."

"알겠습니다."

녀석이 속삭이듯 말했다.

"고마운 말이로군. 오늘 아침, 너는 아주 멋지게 일을 해치웠어. 그 정도라면 쓸만할 게야."

그제야 나는 자리에서 일어났다. 그런데 녀석이 주머니 속을 뒤적이더니 안에서 커다란 칼을 꺼내 갑자기 내게로 달려들었다.

"멍청한 녀석!"

내가 외쳤다.

나는 한 손으로 그의 공격을 막았다. 그리고 나머지 한쪽 손으로 그의 경동맥을 힘껏 내리쳤다. 이른바 당수라고들 말하는 것이었다. 녀석은 정신을 잃고 쓰러졌다.

나는 내 서류들과 지갑을 찾아냈다. 그런 다음 그의 지갑을 꺼내 보았다. 거기서 봉투 한 장이 나왔는데, 봉투에는 '피에르 옹프레이'라는 이름이 적혀 있었다.

나는 몸이 굳어 버렸다. 피에르 옹프레이는 오퇴유의 라퐁텐가의 살인범이다! 피에르 옹프레이는 델보아 부인과 두 딸을 목 졸라 죽인 녀석이다. 나는 몸을 굽혀 녀석을 들여다보았다. 그랬다. 그 객실 안에서 처음 그를 보았을 때, 낯익은 얼굴이라는 생각이 들었던 것도 바로 그 때문이었다.

하지만 시간이 없었다. 나는 봉투 속에 백 프랑 짜리 지폐 두 장과 명함을 넣었다. 명함 뒤쪽에는 이런 말을 적어 놓았다.

'아르센 뤼팽이 동료 오노레 마솔과 가스통 들뢰베에 게 감사의 뜻으로 드림.'

나는 이것을 르노 부인의 가죽 꾸러미와 함께 눈에 잘 띄는 방의 중앙 부분에 놓았다. 위험에서 구해 준 그 친절한 부인에게 어찌 이것을 돌려주지 않을 수 있겠는가!

하지만 나는 여기서 조금이라도 값나가 보이는 것은 전부 내가 가져갔음을 고백하지 않을 수 없다. 소라껍데기로 만든 빗과 텅 빈 지갑만을 남겨 둔 채……. 어쩔 수 없지 않은가? 직업은 직업이니. 그리고 그녀의 남편은 너무나도 수치스러운 직업을 가지고 있지 않은가?

녀석을 처치해야만 했다. 녀석이 움직이기 시작했다. 어떻게 하면 좋을까? 내게는 이 녀석을 도울 자격도 벌할 자격도 없었다.

녀석의 권총을 집어 들어 한 발 쏘았다.

'두 형사가 달려와 알아서들 처리하겠지. 모든 걸 자네 운에 맡기겠네.'

나는 이렇게 생각한 다음, 전속력으로 달려 그 웅덩이 길에서 벗어났다.

20분 후, 조금 전 녀석을 추격할 때 봐 두었던 비스듬히 가로지른 한 줄기 길이 나를 자동차가 있는 곳까지 안내해 주었다.

그리고 4시에 나는 루앙의 친구에게 뜻밖의 일이 생겨서 방문을 뒤로 미룰 수밖에 없겠다는 소식을 전보로 전했다.

여기서만 밝혀 두겠는데 나는 두려웠다. 이제는 이곳 형사들도 일이 어떻게 된 것인지를 알았으니, 이곳을 다시 방문하는 일은 무기한 연기할 수밖에 없었다. 그들에게 있어서 이는 상당히 아쉬운 일일 것이다.

몇 개의 도시를 거쳐서 6시에 파리로 돌아왔다.

석간을 통해서, 나는 경찰들이 피에르 옹프레이를 체포했다는 사실을 알 수 있었다.

다음 날 — 세련된 자기선전의 효과는 결코 경시할 만한 것이 아니니 —〈에코 드 프랑스〉지에 다음과 같은 선정적인 기사가 실렸다.

『어제, 뷔시 부근에서 복잡한 사건의 끝에 아르센 뤼팽이 피에르 옹프레이를 체포하는 데 성공했다. 라 퐁텐 가 살인 사건의 범인은 이번에도 파리 발 르아브르 행 열차 안에서 교도소 부소장의 부인인 르노 마담의 귀중품을 강탈했었다. 아르센 뤼팽은 르노 부인을 위해서 귀중품이 들어 있던 가죽 꾸러미를 되찾은 것 외에도 이 극적인 체포를 도운 두 형사에게도 후한 보상을 했다.』

여왕의 목걸이

드뢰 수비즈 백작 부인은 일 년에 두어 번, 그러니까 오스트리아 대사관에서 열리는 무도회나 빌링스톤 부인이 여는 저녁 모임처럼 중요한 행사가 있을 때만 자신의 눈처럼 하얀 목 위에 '여왕의 목걸이'를 걸쳤다.

그 목걸이는 영국 왕가에 보석을 대고 있던 보석상 뵈머와 바상즈가, 프랑스 국왕 루이 15세가 아끼던 뒤바리 부인을 위해 바치려고 했던 것이다. 그런데 드 라 모트 백작의 부인인 잔 드 발루아가 남편과 그의 공모자인 레토 드 빌레트의 도움을 얻어 1785년 2월의 어느 날 밤에 중간에서 가로챘다는 전설적인 목걸이였다.

정확하게 말하자면 목걸이의 틀만이 진품이었다. 레토 드 빌레트가 보관하고 있는 동안, 라 모트 백작과 그의 아내가 그것을 만든 보석상 뵈머가 고생 끝에 손에 넣은 멋진 다이아몬드를 전부 뜯어내서 따로따로 팔아 버렸기 때문이다. 그 후 그는 이탈리아에서 남겨진 목걸이 틀을 추기경의 조카이자 유산 상속자인 가스통 드 드뢰 수비즈에게 넘겼다.

드뢰 수비즈는 추기경의 조카이자 유산 상속자이기도 했지만, 엄청난 파산 위기를 큰아버지의 도움으로 간신히 모면했던 인물이다. 그는 큰아버지를 기리기 위해서 영국의 보석상 제페리스가 소유하고 있던 다이아몬드 몇 개를 다시 사들이고, 부족한 부분은 크기는 똑같지만 질은 매우 떨어지는 다이아몬드로 보충하여 뵈머와 바상즈가 처음 만들었을 때와 똑같은 모습으로 '속박의 목걸이'를 멋지게 복원해 냈다.

드뢰 수비즈 일가 사람들은 약 1세기라는 오랜 세월 동안 이 역사적인 목걸이를 가보로 여기며 자랑스러워해 왔다. 여러 가지 일들로 일가의 자산이 줄어들었지만, 그들은 국가적으로 귀중한 이 유품을 팔기보다는 절약하는 생활을 택했다. 특히 백작 자신은, 세상 사람들이 조상 대대로 내려오는 저택을 소중히 여기듯 이 목걸이를 소중하게 여겼다.

그는 만약을 위해서 리용 신용은행의 금고를 빌려 그곳에 목걸이를 보관해 두었다. 아내가 그것을 걸고 싶다고 말하면 그가 직접 은행으로 가서 가져온 뒤, 다시 자신이 직접 은행으로 가져가곤 했다.

그날 밤, 카스티유 궁에서 벌어진 연회에서 — 이는 금세기 초에 일어난 사건임을 알아 두시기 바란다. — 백작 부인은 모든 사람의 눈길을 사로잡았다. 백작 부인의 아름다움은 그 날 밤 연회를 연 크리스티앙 왕의 눈에까지 띌 정도였다. 그 목걸이는 요염한 목 주위에서 눈부시게 빛났으며, 다이아몬 드의 수많은 단면들이 샹들리에의 불빛을 받아 마치 불꽃처 럼 반짝였다. 이 고귀한 목걸이의 아름다움을 이처럼 자연스 럽고 품위 있게 소화해 낼 수 있는 사람은 백작 부인 외엔 아무도 없을 것 같았다.

낡은 생제르맹 저택의 침실로 부부가 돌아왔을 때, 드뢰 백작은 그날 밤에 맛보았던 두 가지 승리를 만끽하며 자신에 게 박수를 보내고 싶을 정도로 흡족해 했다. 그의 아내와 그리 고 벌써 4대에 걸쳐서 가문의 이름을 드높이는 데 도움을 준 목걸이가 자랑스러워서 견딜 수 없었던 것이다. 그의 아내 또한 자신의 유치한 허영심을 이 목걸이로 어느 정도 달래고 있었는데, 이는 그녀의 교만함을 드러내는 단면이기도 했다.

그녀는 목에서 풀고 싶지 않다는 생각이 들기도 했지만 목 걸이를 풀어 남편에게 건네주었다. 백작은 마치 처음 보는 것처럼 자랑스러운 마음으로 그것을 바라보았다. 그런 다음 추기경의 문장이 새겨진 붉은 가죽 상자에 목걸이를 집어넣 었다. 그리고 침실 옆에 있는 골방으로 들어갔다. 그곳은 침실 과는 완전히 분리되어 있었는데, 유일한 출입구는 침대 부근 에 있었다. 그는 평소와 다름없이 모자 상자와 속옷가지들이 산더미처럼 쌓여 있는 높은 선반 위에 목걸이가 담긴 상자를 감춰 두었다. 그리고 침실로 돌아와 문을 잠근 다음 옷을 갈아 입었다.

다음 날 아침, 드뢰 백작은 점심을 먹기 전에 리용 신용은행에 갈 생각으로 아홉 시에 일어나 외출할 채비를 하였다. 그리고 커피를 한 잔 마신 다음 마구간으로 가서 두어 가지 일을 지시했다. 자신이 아끼는 말 한 마리가 마음에 걸려 정원으로 데리고 나와 걸어 보게도 하고 달려 보게도 했다. 그런 다음 아내 곁으로 돌아왔다.

그녀는 아직도 침실에서 나오질 않았다. 몸종의 도움을 받아가며 머리 손질을 하고 있는 중이었다. 그녀가 물었다.

"외출하실 건가요?"

"응……. 저걸 갖다 놓고 오겠소."

"아, 참! 그렇죠……. 그래야 안심을 하죠."

그가 골방으로 들어갔다. 몇 초 후에 그가 아내에게 물었다. 평소와 별반 다를 바 없는 목소리였다.

"여보, 그 목걸이 당신이 꺼냈소?"

그녀가 대답했다.

"아니요, 전 아무것도 꺼내지 않았는데요."

"하지만 없는 걸."

"그럴 리가……. 저는 그 문조차도 열지 않았는걸요."

골방에서 나온 그는 하얗게 질린 얼굴로 더듬거리면서 들릴락 말락 하게 말했다.

"다, 당신이 꺼내지 않았다고……? 당신이 아니라면……? 그럼 이게 어떻게 된 거지?"

그녀는 자리에서 벌떡 일어나 남편이 있는 곳으로 달려갔다. 두 사람은 모자 상자가 떨어져도 개의치 않으면서 산더미처럼 쌓인 속옷가지들을 파헤쳤다. 그러는 동안 백작은 계속 중얼거렸다.

"소용없는 짓이야. 다 쓸데없는 짓이라고. 여기에, 바로 이 선반 위에 올려놓았는데……."

"하지만 착각할 수도 있잖아요."

"여기에 올려놨었다고, 이 선반 위에. 다른 선반이 아니야."

그 방은 꽤 어두운 편이었기 때문에 두 사람은 촛불을 밝혔다. 두 사람은 방해가 되는 옷가지들을 전부 치웠다. 결국 그 좁은 방 안에 아무것도 남지 않게 되고서야 두 사람은 그 유명한 '여왕의 목걸이'가 사라졌다는 사실을 인정해야만 했다.

단호한 성격을 가진 백작 부인은 조금도 지체하지 않고 곧장 경찰서장인 발로르브에게 이 사실을 알렸다. 그녀는 이미 그의 명석함과 민첩함을 잘 알고 있었다.

일단 상황에 대하여 자세한 설명을 들은 그가 물었다.

"백작님, 지난밤에 침실로 들어온 사람이 아무도 없었다고 확신하실 수 있습니까?"

"확신합니다. 나는 깊게 잠들지 못합니다. 그리고 무엇보다도 이 침실에는 걸쇠가 걸려 있었습니다. 오늘 아침에 아내가 몸종을 불렀을 때, 내가 그것을 직접 풀었습니다."

"골방으로 들어가는 다른 통로는 없다고 하셨죠?"

"하나도 없습니다."

"창은?"

"있기는 있지만 폐쇄한 지 오랩니다."

"한번 보여 주십시오."

촛불을 밝혔다. 발로르브 서장은 창문 높이의 절반만 나무 상자로 막혀 있고, 상자는 창문에 완전히 밀착되어 있지 않다는 사실을 사람들에게 환기시켰다.

"하지만 소리를 내지 않고서는 이것을 움직일 수 없을 만큼 밀착되어 있습니다."

드뢰 백작이 말했다.

"이 창은 어디와 통합니까?"

"작은 안뜰과 연결되어 있습니다."

"위에도 층이 더 있습니까?"

"이 위에 두 개 층이 더 있습니다. 하지만 하인들이 사는 4층까지 촘촘한 철조망을 쳐 놓았습니다. 그래서 이 방이 이렇게 어두운 겁니다."

그 뒤, 상자를 옮겨 보고 나서야 창이 닫혀 있다는 사실을 깨달았다. 외부에서 누군가가 창을 통해서 침입했다면 이렇게 되어 있지는 않았을 것이다.

백작이 자신의 의견을 말했다.

"만약 그 누군가가 침실을 통해서 나갔다면……."

"그랬다면 백작님은 오늘 아침에 걸쇠가 걸려 있는 걸 보지 못했을 겁니다."

한동안 생각에 잠겨 있던 서장이 부인에게 질문을 던졌다.

"부인, 어젯밤에 목걸이를 하실 거라는 사실을 주위 사람들도 알고 있었습니까?"

"알고 있었지요. 나는 결코 그 사실을 감추거나 하지 않았으니까요. 하지만 우리가 그걸 골방에 숨겨 둔다는 사실은 아무도 몰랐을 거예요."

"정말 아무도요?"

"아무도 몰라요. 아, 어쩌면……."

"부인, 제발 확실하게 말씀해 주십시오. 그게 가장 중요한 점이니까요."

부인이 남편을 보고 말했다.

"저 지금 앙리에트를 생각하고 있었어요."

"앙리에트 말인가? 그녀 역시 이곳에 대해서는 모를 거요."

"정말 그렇게 생각하세요?"

"그분은 누구시죠?"

"여학교 시절의 친구인데 기술자와 결혼하기 위해서 가족과의 연을 끊은 사람이에요. 남편이 죽은 뒤로 아들 하나와 살고 있는데, 그들에게 제가 이 저택의 한 방을 내줬어요."

그런 다음 부인은 조금 말하기 힘들다는 투로 말했다.

"그는 여러 가지로 저를 도와주고 있어요. 재주가 많은 여자거든요."

"몇 층에 살고 있습니까?"

"저희와 똑같은 층이에요. 그렇게 떨어져 있지도 않고……. 이 복도 끝에 있는 방이에요. 그리고 보니…… 그 여자가 쓰고 있는 부엌의 창이……."

"저 안뜰에 면하고 있단 말이죠?"

"맞아요. 우리 방의 창과 마주 보고 있어요."

이 말 뒤에 한동안 침묵이 흘렀다.

잠시 후, 발로르브 서장은 침묵을 깨려는 듯 앙리에트가 살고 있는 곳으로 안내해 달라고 말했다.

사람들이 찾아갔을 때, 그녀는 바느질을 하고 있었다. 예닐곱 살 정도로 보이는 어린 아들 라울은 그녀 옆에서 책을 읽고 있었다. 그녀를 위해서 마련한, 벽난로도 없는 방 한 칸과 부엌으로 사용하고 있는 창고뿐인 초라한 공간을 보고 서장은 무척 놀랐다.

서장에게서 도난 사고가 있었다는 얘기를 들은 그녀는 깜짝 놀라는 표정을 지어 보였다. 전날 밤, 그녀는 백작 부인의 몸단장을 도왔으며 부인의 목에 직접 목걸이를 걸어 주기까지 했었다.

"어떻게 된 일이죠? 어떻게 그런 일이 있을 수 있죠?"

그녀가 외쳤다.

"뭔가 짚이는 게 없습니까? 뭔가 의심되는 점이라도? 범인이 당신의 방을 통과했을지도 모릅니다."

자신이 의심을 받게 될지도 모른다는 사실을 꿈에도 생각지 못한 그녀가 웃으며 대답했다.

"하지만 저는 방 밖으로 전혀 나가질 않았는걸요. 원래 외출은 전혀 하지도 않고……. 그리고 못 보셨나요?"

그녀가 창고의 문을 연 뒤 말을 이었다.

"보세요. 저쪽까지 족히 3미터는 될 거예요."

"왜 범인이 저쪽으로 들어갔을 거라고 생각하는 거죠?"

"그야…… 목걸이를 저쪽 방에 두지 않았었나요?"

"당신은 그 사실을 어떻게 알고 있습니까?"

"어머! 밤에는 목걸이를 저기에 둔다는 사실을 진작부터 알고 있었어요. 내가 있을 때 그런 얘기를 한 적 있었는걸요."

아직 젊지만 슬픔으로 시들어 버린 그녀의 얼굴에는 체념의 빛이 역력하게 드러났다. 하지만 잠깐의 침묵 속에서 어떤 위험을 감지한 듯했다. 그녀는 아들을 꼭 끌어안았다. 아들은 어머니의 손을 잡더니 거기에 부드럽게 키스를 했다.

"설마 그 여자를 의심하는 건 아니겠죠? 그녀라면 내가 보장할 수 있습니다. 세상 누구보다도 정직한 여자입니다."

두 사람만 남았을 때 드뢰 백작이 서장에게 말했다.

"아닙니다! 저도 백작님과 같은 생각입니다. 저는 그녀가 자신도 모르는 사이에 공범자를 도왔을지도 모른다고 잠시 생각했을 뿐입니다. 하지만 그런 생각은 버려야 한다는 사실을 인정하지 않을 수 없군요. 그 생각은 제가 직면하고 있는 이 문제를 해결하는 데 조금도 도움을 주지 않으니까요."

수사는 더 이상 진전되지 못했다. 그 후, 예심판사가 이 사건에 대해서 추가 조사를 했다. 하인들을 신문하기도 하고, 걸쇠의 상태를 살피기도 했으며, 골방으로 난 창을 실제로 여닫기도 하고……. 하지만 모두 헛수고였다. 걸쇠는 완벽했고, 밖에서는 골방의 창을 열 수도 닫을 수도 없다는 것은 분명했다.

수사가 앙리에트에게 집중되기 시작했다. 모두가 설마라고 생각하면서도, 결국에는 그녀를 생각하지 않을 수 없었기 때문이었다.

그녀에 대한 조사가 철저하게 행해졌다. 그 결과 그녀가 3년 동안 저택 밖으로 단 네 번밖에 나가지 않았다는 사실을 알게 되었다. 게다가 네 번 모두 뚜렷한 목적이 있었다는 사실을 확인할 수 있었다.

그녀는 실질적으로 드뢰 부인의 심부름과 바느질을 도맡아 해 왔다. 그런 그녀를 부인이 매우 엄하게 대했다는 사실을 모든 하인들이 은연중에 증언했다.

"만약 우리가 범인을 알고 있다 하더라도 그가 어떤 방법으로 목걸이를 훔쳐 냈는지에 대해서는 전혀 알지를 못합니다. 우리는 두 가지 장애물의 방해를 받고 있습니다. 즉 문과 창이 방해가 된다는 말입니다. 그리고 두 가지 의문에 사로잡혀 있습니다. 대체 어떻게 해서 방 안으로 숨어들었고, 더욱더 알 수 없는 것은 범인이 어떻게 걸쇠가 걸린 문과 폐쇄된 창을 그대로 남겨 둔 채 밖으로 도망칠 수 있었느냐는 것입니다."

일주일이나 수사를 했지만 결국은 서장과 같은 결론밖에는 얻지 못한 예심판사가 말했다.

넉 달에 걸친 수사 끝에 판사는 드뢰 부인이 급하게 돈 쓸 데가 생겨서 그 여왕의 목걸이를 팔아 치운 것이라고 내심 추측하며, 이번 사건에 대한 수사를 일단락 짓기로 했다.

아무튼 그 귀중한 목걸이 도난 사건은 드뢰 수비즈 부부에게 오랫동안 치유되지 않을 깊은 상처를 남겼다. 보물을 도둑 맞았다는 소문이 퍼지자, 그 보물에 의해서 유지되던 그들의 신용이 땅에 떨어져 냉혹하기 짝이 없는 고리대금업자들로부터 시달림을 받게 되었다. 그들은 가재도구를 팔기도 하고 담보를 잡히기도 하는 등 살을 깎아 내는 듯한 아픔을 겪어야만 했다. 그들을 구제해 준 먼 친척의 막대한 유산 증여가 없었다면 그들은 당연히 파산해 버리고 말았을 것이었다.

그리고 그들은 귀족으로서의 체면을 잃게 됨은 물론 자존심에도 커다란 상처를 입었다. 그런데 이상한 것은 부인이 여학교 시절의 친구였던 앙리에트에게 지나치다고 할 만큼 야박하게 대했다는 점이다. 그녀는 이 친구를 진심으로 미워

했으며, 공공연하게 친구를 범인 취급했다. 처음에는 친구를 4층에 있는 하인들이 쓰는 공간으로 내몰더니, 결국에는 아무런 예고도 없이 저택에서 내쫓아 버렸다.

그 뒤로는 별다른 문제없이 시간이 흘렀고, 백작 부부는 자주 여행을 떠났다.

다만 이 기간 동안에 한 가지 주목할 만한 일이 벌어졌다. 앙리에트가 떠난 지 몇 개월 후, 백작 부인은 한 통의 편지를 받았다. 그 편지를 읽고, 부인은 놀라지 않을 수 없었다.

'부인, 뭐라 감사의 말씀을 드려야 할지 모르겠습니다.

그걸 보내 주신 건 바로 당신이겠죠? 당신 외에 누가 보냈겠습니까? 당신 외에 제가 이런 오지에서 숨어 살고 있다는 사실을 아는 사람은 없으니까요. 만약 제가 잘못 알고 있는 것이라면 용서해 주시기 바랍니다.

그리고 그저 지난날 베풀어 주신 당신의 호의에 감사의 말씀을 드리는 것이라고만 알아주시기 바랍니다 ……'

앙리에트는 무슨 말을 하고 있는 걸까? 현재는 물론이고 과거에 그녀에게 베풀었던 백작 부인의 호의란, 결국 불공평하고 야박한 처사 외에는 아무것도 없질 않았는가? 그런데도 감사를 한다니? 이건 또 무슨 말인가?

나중에 설명을 강요당하자, 앙리에트는 서류도 아니고 우편으로 도착한 편지에 천 프랑 짜리 지폐 두 장이 동봉되어 있었다고 대답했다. 그 봉투에는 파리 소인이 찍혀 있었으며, 누가 보더라도 억지로 꾸며서 쓴 것이라 짐작되는 필적으로 받는 사람의 주소만이 적혀 있을 뿐이었다.

이 2천 프랑의 출처는 어디일까? 누가 보낸 것일까? 사법당국이 조사에 나섰다. 하지만 오리무중 속에서 무슨 단서를 찾을 수 있겠는가?

그런데 이와 똑같은 일이 일 년 뒤에도 일어났다. 그리고 세 번째, 네 번째 해에도…… 6년간 계속되었다. 다른 점이 있다면 5년, 6년째 되던 해에는 금액이 두 배로 뛰었다는 사실이다. 덕분에 갑작스런 병으로 쓰러졌던 앙리에트는 충분한 치료를 받을 수 있었다.

그런데 다른 문제가 생겼다. 우체국에서 현금을 동봉하는 것은 절차에 어긋난다는 이유로 이들 편지 중 한 통을 몰수했고, 마지막 두 통은 적법한 절차를 밟아 반송되었다.

그중 먼저 보내진 한 통은 생제르맹 우체국 소인이 찍혀 있었고, 다른 한 통은 쉬렌 우체국 소인이 찍혀 있었다. 먼저 보낸 편지의 발신인은 앙크티, 나중에 보낸 편지의 발신인은 페샤르였다. 물론 주소는 모두 꾸며 낸 것이었다.

6년 후 앙리에트가 죽었기에, 수수께끼는 풀리지 않은 채 묻히는 듯했다.

위의 일들이 세상에 널리 알려졌으며 사건이 가지고 있는 특성 때문에 끓어오르는 세상의 관심을 막을 수가 없었다.

18세기 후반 프랑스 전역을 들끓게 한 지 120년이 지난 지금, 다시 한 번 감동을 불러일으키고 있는 그 목걸이의 기구한 운명에 대해서 사람들은 이야기했다.

하지만 지금부터 내가 하려는 이 이야기는 그 누구에게도 알려지지 않은 사실이다. 알고 있는 사람은 주요 당사자들과 백작이 절대 비밀에 부쳐줄 것을 요구한 몇몇에 불과하다. 그러나 그들이 곧 그 약속을 깨고 비밀을 입 밖에 낼 것이 뻔하기 때문에 내가 떳떳하게 이 이야기를 공개하는 것이다. 그럼으로써 사람들은 이 사건을 푸는 열쇠를 찾게 되고, 그저께 조간신문에 실린 그 편지의 속사정을 알게 될 것이다.

그 거칠기 짝이 없는 편지는 이 사건이 드리우고 있는 어둠에다 음험함과 기괴함을 더해 주는 내용이었다.

5일 전의 일이었다. 드뢰 수비즈 백작의 집에서 점심 식사를 한 사람 중에는 그의 두 조카딸과 사촌 여동생이 섞여 있었다. 그 외에 남자로는 국회의원인 보샤스, 데사빌 재판장, 백작이 시칠리아 섬에서 알게 된 플로리아니 경, 클럽에서 알게 된 오랜 친구이자 육군 대장인 루지에르 후작이 자리를 함께 했다. 식사 후, 여자들이 커피를 가져왔다. 남자들은 자리를 떠나지 않는다는 조건으로 담배를 한 대씩 피워도 좋다는 허락을 받아냈다. 이야기가 한창 무르익었고, 아가씨 중 한 명이 재미있는 카드 점을 보기 시작했다. 그다음에는 유명한 범죄들이 화제에 올랐다. 그러자 기회 있을 때마다 백작을 놀리지 않고는 견디지 못하는 루지에르가 그 목걸이 사건을 화제로 올렸다. 물론, 드뢰 백작이 무척 싫어하는 얘기였다.

모든 사람들이 자신의 의견을 피력했다. 그들은 저마다 자신만의 논리로 이야기했고, 당연히 서로의 생각이 엇갈렸다. 개중에는 황당한 주장들도 적지 않았다.

"플로리아니 경은 어떻게 생각하세요?"

백작 부인이 물었다.

"글쎄요. 저는 아무런 의견도 관심도 없습니다."

모든 사람들이 믿을 수 없다는 표정으로 그를 바라보았다. 그도 그럴 것이 플로리아니 경은 방금 전까지 팔레르모에서 재판관을 하고 있는 아버지와 관계된 두어 가지 사건에 대해 열정적으로 이야기했기 때문이다. 그리고 아버지의 영향인지, 이런 문제에 대한 그의 관심과 판단력은 보통 사람 이상으로 보였던 것이다.

"실제로 능력 있는 탐정도 포기했던 사건을 해결한 적도 몇 번 있습니다만, 그렇다고 해서 나 자신을 셜록 홈즈 같은 사람이라고 생각해 본 적은 한 번도 없습니다. 그리고 이 사건에 관해 자세히 모르거든요."

그가 겸손하게 말했다.

모두가 이 집의 주인을 바라보았다. 썩 내키지는 않았지만 백작은 사건에 대해 간략하게 이야기하지 않을 수 없었다.

플로리아니 경은 백작의 얘기에 가만히 귀 기울였고, 깊은 생각에 잠겨 있다가 두어 가지 질문을 하기도 했다. 그런 다음 중얼거리듯 말했다.

"이상하네⋯⋯. 들은 바대로라면 그리 어려운 문제도 아닌데요."

백작이 어깨를 들썩였다. 하지만 다른 사람들은 모두 플로리아니 경 주변으로 모여들었다. 드디어 그가 무슨 교주라도된 듯한 엄숙한 어조로 말을 이었다.

"일반적으로 어떤 살인 사건이나 절도 사건의 범인을 색출할 때는 먼저 그것이 어떤 방법으로 행해졌는지를 밝혀내야합니다. 제가 보기에 이번 사건은 아주 간단합니다. 그 이유는우리가 생각할 수 있는 범위가 복수가 아닌 단수라는 점, 즉범인이 침실의 문이나 골방의 창을 통하지 않고서는 그 방으로 들어갈 수 없다는 점입니다. 그런데 안에서 걸쇠를 걸어놓은 침실 문을 밖에서는 열 수가 없습니다. 그러니까 범인은틀림없이 골방의 창을 통해서 들어온 겁니다."

"하지만 그 창은 닫혀 있었습니다. 당시 조사를 해 보고닫혀 있다는 사실을 알게 되었습니다."

드뢰 백작이 불쾌하다는 듯이 말했다. 플로리아니 경은 백작의 말에는 대답하지 않고 계속해서 말을 이었다.

"범인은 부엌의 발코니와 창틀 사이에 놓을 사다리나 판자를 준비하고 그것을 건너기만 하면 됐을 겁니다. 그리고 그 목걸이가 들어 있는 상자가……."

"조금 전에도 말했지만 창은 닫혀 있었다니까요!"

백작이 자리에서 벌떡 일어나며 외쳤다.

이번에는 플로리아니 경도 반응하지 않을 수 없었다. 하지만 백작의 그런 억지 항변에는 조금도 신경 쓰지 않는다는 듯 침착한 태도로 대답했다.

"저도 창문이 닫혀 있었다고 생각합니다. 그런데 덧창이 달려 있지 않은가요?"

"그걸 어떻게 알고 있는 겁니까?"

"이 저택이 지어질 당시의 일반적인 주택 구조니까요. 그리고 달리 들어올 곳이 없기도 하고. 만약 덧창이 달려 있지 않았다면 이번 사건은 성립되지 않았을 겁니다."

"그렇군. 덧창은 틀림없이 있습니다. 하지만 그것도 창문과 마찬가지로 닫혀 있었습니다. 아무도 거기에 신경 쓰지 않았을 정도였으니까요."

"바로 그게 잘못된 점입니다. 누군가 살펴보기만 했다면 그것이 열렸었다는 사실을 쉽게 알 수 있었을 겁니다."

"어떻게 그걸 열 수 있다는 거죠?"

"이곳의 덧창 역시 철사를 몇 겹으로 꼬아서 만든 끝부분이 고리처럼 되어 있고, 그것을 당겨서 여는 방식이 아닙니까?"

"그렇습니다."

"그리고 그 고리가 창과 상자 사이에 늘어져 있지는 않았습니까?"

"그렇습니다. 그런데 그걸 어떻게……."

"여는 방법은 이렇습니다. 유리를 절단한 뒤 생긴 그 틈 사이로 어떤 도구를 넣어서 — 가령 끝이 굽은 철 막대기 같은 것만 있으면 충분합니다. — 그 도구 끝에 고리를 끼우고 거기에 힘을 가해 여는 겁니다."

백작이 비웃듯 말했다.

"아하, 과연 그럴듯하군요. 정말 멋진 해석입니다! 하지만 너무 장담하지는 마십시오. 유리 사이에 틈새가 있을 리 없으니까요."

"틀림없이 틈이 생긴 데가 있었을 겁니다."

"말도 안 됩니다! 있었다면 틀림없이 발견했을 겁니다."

"발견하려면 그곳으로 시선을 돌려야 하는데, 누구도 그곳으로 시선을 돌리지 않았을 겁니다. 틈은 틀림없이 있을 겁니다. 그게 없다는 건 말이 안 됩니다. 접합제의 선을 따라서 유리가 세로로 갈라진 부분이 있을 겁니다."

백작이 자리에서 일어났다. 매우 흥분한 것처럼 보였다. 살롱 안을 신경질적인 걸음걸이로 두어 바퀴 맴돈 후, 플로리아니 경 곁으로 다가가 말했다.

"사건이 일어난 이후로 그 방에는 손을 대지 않았습니다. 그 누구도 그 방에 들어간 사람은 없습니다."

"그렇다면 내 말이 사실인지 아닌지 천천히 확인하실 수 있겠군요."

"당신의 그 설명은 검찰당국이 검증한 사실과 일치하는 점이 하나도 없습니다. 당신은 아무것도 보질 못했고, 아무것도 모릅니다. 그러면서도 내가 본 모든 것과 그리고 우리들이 알고 있는 모든 것과 모순되는 주장을 고집하고 있습니다."

백작이 화를 내도 플로리아니 경은 전혀 신경 쓰지 않는 모습이었다. 오히려 빙그레 웃으며 이렇게 말했다.

"저는 그저 확실하게 사건을 밝혀 보고 싶을 뿐입니다. 제가 잘못 알고 있다면 어떤 부분을 잘못 알고 있는 건지 확실하게 보여 주시기 바랍니다."

"그럼 바로 보여 드리도록 하겠습니다. 당신의 그 장황한 이야기들이……."

드뢰 백작은 두어 마디를 더 입속에서 중얼거리다가 자리에서 급하게 일어나더니 문밖으로 나가 버렸다.

누구 하나 입을 여는 사람이 없었다. 사람들은 불안한 상태에서, 지금 당장이라도 진실의 한 부분이 눈앞에 나타날 것인가를 궁금해 했다. 침묵은 점점 견디기 힘든 것이 되어 갔다.

드디어 백작이 문 너머로 모습을 드러냈다. 얼굴이 파랗게 질려 있었지만, 한편으로는 어떤 흥분에 사로잡힌 모습이었다. 그가 모든 사람들에게 떨리는 목소리로 말했다.

"제가 무례했습니다. 플로리아니 경이 워낙 생각지도 못한 말씀을 하시기에⋯⋯. 설마 그런 게 있으리라고는 꿈에도 생각지 못했기 때문에⋯⋯."

백작 부인이 덤벼들듯이 남편에게 물었다.

"대답해 보세요. 제발⋯⋯. 뭔가를 발견했나요?"

백작이 더듬더듬 대답했다.

"틈새가, 틈새가 있었어⋯⋯. 말씀하신 바로 그곳에⋯⋯. 유리에 세로로⋯⋯."

백작은 느닷없이 플로리아니 경의 팔을 잡더니 애원하는 투로 말했다.

"자, 이제 그다음 얘기를 들려주십시오. 지금까지 하신 말씀이 전부 옳다는 사실을 저도 인정하겠습니다. 하지만 그게 전부는 아닐 겁니다. 말씀해 주십시오. 대체 어떤 일이 일어났던 겁니까?"

플로리아니 경이 백작이 잡고 있던 팔을 조용히 풀었다. 그리고 한동안 침묵하고 있다가 입을 열었다.

"그럼 말씀드리도록 하겠습니다. 사건은 이런 식으로 행해졌을 것으로 생각됩니다. 드뢰 부인이 그 목걸이를 하고 연회에 참석하실 거라는 사실을 안 범인은 골방의 덧창 쪽에서 두 분이 돌아오길 기다렸습니다. 범인은 창 너머에서 두 사람을 지켜보고 있다가 당신이 그 목걸이를 숨겨 둔 장소까지도 알아냈을 겁니다. 그리고 당신이 그곳에서 나가자마자 범인은 유리를 절단해 내고 철끈 끝에 달린 고리를 힘껏 밀어냈을 겁니다."

"그렇군요. 하지만 덧창을 통해서 창의 손잡이를 잡기에는 거리가 너무 멉니다."

"창을 열 수 없었다면, 범인은 덧창을 통해서 안으로 들어갔을 겁니다."

"그건 불가능합니다. 그곳을 통해서 들어올 수 있을 만큼 체구가 작은 사내는 없을 테니까요."

"그렇다면 그건 사내가 아니었을 겁니다."

"사내가 아니면 누구란 말입니까?"

"뻔하지 않습니까? 너무 좁아서 어른이 드나들 수 없다면 어린아이가 들어간 거겠죠."

"어린아이라고요?"

"조금 전에 말씀하시지 않으셨습니까? 당신의 친구인 앙리에트 씨에게는 어린 아들이 한 명 있었다고."

"있습니다만……. 라울이라는 아들이 한 명."

"그렇다면 목걸이를 훔친 범인은 아무래도 라울인 것 같습니다."

"무슨 증거라도 있습니까?"

"증거가 있냐고요? ……증거는 얼마든지 있습니다. 가령……."

그는 입을 다물고 한동안 생각에 잠겨 있다가 다시 입을 열었다.

"가령, 다리를 이용한 것만 봐도 그 소년이 누구의 눈에 띄지 않게 외부에서 들여온 것이라고는 보기 힘듭니다. 틀림없이 주변에 있는 물건을 이용했을 겁니다. 앙리에트가 부엌으로 이용했다던 그 창고에 냄비 등을 올려놓기 위해서 벽에 선반을 매달아 놓았을 것으로 생각되는데 어떻습니까?"

"제 기억이 틀림없다면 선반이 두 개 있었습니다."

"선반을 받치고 있는 나무가 못으로 고정되어 있는지 조사해 보는 게 좋을 겁니다. 고정되어 있지 않다면 우리는 소년이 그 선반 두 장을 연결해서 다리로 사용했을 거라고 봐도 될 겁니다. 그리고 아궁이가 있다면, 거기서 그가 덧창을 열 때 사용했던 부젓가락을 발견할 수 있을지도 모르겠습니다."

백작은 말없이 밖으로 나갔다. 하지만 이번에는 앞서 백작이 나갔을 때처럼 알 수 없는 불안감을 느끼는 사람은 아무도 없었다. 그들은 플로리아니 경의 추측이 틀림없이 맞아 떨어질 것이라고 믿고 있었던 것이다.

사람들은 너무나도 자신 있게 말하는 그의 말에 귀 기울일 수밖에 없었다. 그는 사건에 대해 하나하나 추정해서 이야기하는 것이 아니라, 그 진실성을 입증할 수 있는 이야기라도 하는 듯한 태도로 이야기를 했기 때문이다.

따라서 백작이 돌아와 결과를 밝혔을 때 놀라는 사람은 아무도 없었다.

"그 꼬마 녀석이야! 틀림없이 그 꼬마 녀석이 한 짓이야! 모든 것이 그 사실을 증명하고 있어."

"판자를 보셨나요? 부젓가락도?"

"봤어요. 판자의 못이 빠져 있었습니다. 부젓가락도 아직 거기에 남아 있고요."

드뢰 수비즈 부인이 외쳤다.

"그 아이라고요? 그 아이의 엄마라고 하는 게 더 정확하지 않을까요? 이 모든 건 앙리에트가 꾸민 짓이에요. 그녀가 아들에게 시킨 짓이 틀림없다고요!"

"아닙니다. 어머니와는 전혀 관계없는 일입니다."

플로리아니 경이 단호한 어조로 말했다.

"그럴 리가 없어요! 그 두 사람은 한 방을 썼다고요. 앙리에트 몰래 아이 혼자서 그런 짓을 할 리가 없잖아요."

"틀림없이 한 방에서 살고 있었겠지요. 하지만 이 모든 일은 그 옆방에서 이루어진 일입니다. 어머니가 잠들어 있는 사이에요."

"그렇다면 그 목걸이는 어떻게 된 겁니까? 정말 그 소년이 훔친 거라면 소지품 속에서 목걸이가 나왔을 게 아닙니까?"

백작이 말했다.

"그렇지 않습니다! 소년은 언제든지 자유롭게 외출했었습니다. 가령 당신들이 그가 책을 읽고 있는 것을 본 그날도 그는 학교에서 돌아온 뒤였습니다. 검찰당국이 아무런 죄도 없는 어머니에게만 신경을 쓰고 소년의 서랍이나 교과서 사이를 살펴보지 않았다는 건 매우 안타까운 일입니다."

"당신 말이 전부 옳다고 합시다. 그렇다면 앙리에트가 해마다 받은 2천 프랑은 대체 뭐란 말입니까? 그녀가 공범자였다는 사실을 말해 주는 결정적인 단서가 아니겠습니까?"

"만약 그녀가 공범자였다면 과연 당신에게 감사의 편지를 보냈겠습니까? 게다가 그녀는 언제나 감시를 받고 있지 않았습니까? 하지만 소년은 자유로웠습니다. 소년은 언제든지 이웃 마을로 달려가 필요한 만큼의 다이아몬드를 닥치는 대로 고물상에게 팔아넘길 수 있었습니다. 단 송금은 파리에서 직접 해 달라는 조건으로. 이와 같은 방법이 해마다 반복된 것입니다."

뭐라 표현할 수 없는 불쾌함이 드뢰 수비즈 부부와 손님들의 마음을 강하게 압박했다.

플로리아니 경의 말과 태도에는, 처음 백작을 초조하게 만들었던 그 잘난 척과는 또 다른 무엇이 있었다. 일종의 비아냥거림 같은 것이라고나 할까……. 하지만 그것은 이런 경우에 어울리는 동정적이거나 우호적인 비아냥거림이 아니라 적의를 품고 있는 비아냥거림이었다.

백작은 애써 웃어넘기려 했다.

"정말 훌륭하고 흥미진진한 추리입니다! 놀랐습니다! 정말 뛰어난 상상력입니다!"

플로리아니 경이 아주 진지한 표정으로 외쳤다.

"아닙니다! 절대 그렇지 않습니다! 저는 상상만으로 말씀 드린 것이 아닙니다. 저는 일어난 상황을 있는 그대로 이야기하고 있는 겁니다."

"당신의 말이 사실일 것이라고 생각하는 근거가 도대체 뭐죠?"

"전부 당신에게서 들은 그대로입니다. 저는 궁벽한 시골에서 생활했을 그 모자에 대해서 생각해 봤습니다. 병으로 쓰러진 어머니와 보석을 팔아서 어머니를 구하려 했던 소년을 떠올려 봤습니다. 그리고 비록 구할 수는 없다 하더라도 어머니의 마지막 고통을 줄여 주고 싶었던 소년의 책략과 고심에 대해서 생각해 봤습니다. 하지만 그 어머니는 끝내 병을 이기지 못하고 죽었습니다. 그리고 세월이 흘렀습니다. 소년은 성장해서 어른이 되었습니다. 그리고 — 여기서부터는 제 상상력이 좀 지나치게 작용하고 있다는 사실을 자인하지 않을 수 없지만 — 어른이 된 그 소년이 어린 시절 자신이 살았던 곳에와 보고 싶어졌다고 상상해 봅시다. 그는 그곳에 와 봤습니다. ……한 번 생각해 보시기 바랍니다. 드라마와도 같은 감동적인 장면이 전개되었던 이 낡은 집을 찾아왔을 때, 그의 심정이 얼마나 비통한 것이었을까를……."

그의 말은 불안한 침묵 속에 있던 모든 사람들에게 여운의

꼬리를 남겼다. 그리고 드뢰 부부의 얼굴에서는 이해하려고 노력하는 필사적인 모습과 동시에 이해하기를 두려워하는 모습이 동시에 드러났다.

"대체 당신은 누구요?"

"저 말입니까? 팔레르모에서 당신과 알게 된 플로리아니입니다. 친절하게도 몇 번이고 이 집에 초대를 해 주셨던 플로리아니입니다."

"그렇다면 방금 하신 말씀은 무슨 뜻입니까?"

"아, 그 얘긴 아무것도 아닙니다. 그저 제가 잠시 상상해 본 것뿐입니다. 만약 앙리에트의 아들이 살아서 이 자리에 왔다면 어떤 마음일까를 생각해 봤습니다. 자신이 범인이었다는 사실, 어머니가 생활 기반으로 삼고 있었던 하인으로서의 위치마저 위협받고 있었다는 사실, 어머니의 불행을 그냥 보고만 있을 수 없었다는 사실을 당신들에게 말하고 싶지 않았을까 하고요. 그때 그가 느낄 기쁨을 상상해 본 것에 지나지 않습니다."

그는 의자에서 반쯤 일어나 백작 부인 앞으로 몸을 내밀더니 감동 섞인 목소리로 이야기를 계속했다.

더 이상 의심의 여지가 없었다. 플로리아니 경은 앙리에트의 아들이었다. 그의 태도 속에서, 그의 말 속에서 그 사실이 하나하나 드러나고 있었다. 뿐만 아니라 자신이 그 소년이라는 사실을 인정받고 싶어 하는 것이 그의 확실한 목적, 아니 그의 뜻이라는 사실을 알 수 있었다.

백작은 망설였다.

이 대담하기 짝이 없는 인물에 대해서 어떤 태도를 취해야 하는가? 벨을 울려서 하인들을 불러야 하는 것일까? 한바탕 소동을 일으켜야 하는 것일까? 지난날 자신들을 파산 직전에까지 이르게 한 이 사내의 정체를 밝혀야만 하는 것일까?

하지만 그러기에는 너무 많은 시간이 흘러 버렸다. 그리고 소년이 범인이었다는 우습기 짝이 없는 이 말을 누가 믿겠는가……. 역시 무슨 얘긴지 이해하지 못한 것 같은 시늉을 하면서 이 상황을 모면하는 것이 가장 좋을 듯싶었다.

이렇게 생각한 백작은 플로리아니에게 다가가 밝은 목소리로 말했다.

"정말이지 기상천외하고 즐거운 얘기였습니다. 당신의 그 소설이 아주 마음에 듭니다. 그런데 그 효자의 표본이라고 할 만한, 감동을 전해 준 젊은이는 어떻게 됐다고 생각하십니까? 앞길이 창창한 젊은이가 자신의 길을 포기하지 말았으면 하는데요."

"물론 그렇게 허튼 짓은 하지 않았을 겁니다."

"그랬겠지요. 그렇게 화려하게 데뷔했을 정도였으니까요! 고작 여섯 살의 나이에 마리 앙투아네트마저도 매혹시킨 그 유명한 '여왕의 목걸이'를 훔쳐 냈으니까요!"

백작의 말에 플로리아니가 맞장구치듯 말했다.

"훔친 것도 훔친 거지만, 자신에게는 털끝만큼의 피해도 주지 않았죠. 그 누구도 유리를 잘라 냈다는 사실을 눈치채지 못했으며, 쌓인 먼지 위에 남아 있는 자신의 흔적을 지우기 위해서 그것을 닦아 창틀이 깨끗해졌다는 사실도 누구 하나 깨닫지 못했습니다. ……당시에 소년이 자부심을 느꼈다고 해도 조금도 이상할 게 없을 겁니다. 도둑질이란 이렇게 간단한 것일까? 훔치려고 마음먹고 손을 내뻗기만 하면 그것으로 모든 게 끝이란 말인가……? 제 생각에 소년은 그 뒤로도 수많은 도둑질을 생각해 냈을 겁니다."

"그리고 손을 내밀었겠죠?"

"내민 것도 그냥 내민 게 아니라 두 손을 내밀었죠."

플로리아니가 웃으며 덧붙였다. 그곳에 있는 사람들은 싸늘한 전율과도 같은 것을 느끼지 않을 수 없었다.

플로리아니라 자칭하는 이 사람은 과연 어떤 비밀을 갖고 있는 것일까? 여섯 살의 나이에 이미 천재적인 태도를 보여 준 이 남자는 지금 어떤 사람이 된 걸까? 그리고 지금 하는 행동은 옛 추억을 쫓는 호사가의 장난인지, 아니면 조그만 원한을 풀고 싶어서 벌이는 객기인지 알 수가 없었다. 대담하다고 해야 할지, 광기어린 행동이라 해야 할지……. 게다가 우아한 신사답게 모든 예의범절을 지켜가면서 본인이 범죄를 저지른 피해자의 집에 뛰어든 이 괴물 같은 사람은 과연 어떤 속내를 감추고 있는 것일까?

그가 자리에서 일어났다. 그리고 마지막 인사를 하기 위해서 백작 부인에게로 다가갔다. 그러자 그녀는 자리에서 일어나 한발 뒤로 물러났다. 그가 빙그레 웃었다.

"이런! 부인, 두려우신가요? 그렇다면 제가 너무 자극적인 마술을 부렸군요."

곧 그녀가 마음을 다잡고 품위를 지키며 말했다.

"아니에요. 그 효심 깊은 아들의 얘기는 아주 감명 깊게 들었습니다. 저도 제 목걸이가 그렇게 멋진 운명을 개척할 기회를 제공했다는 사실에 만족하고 있어요. 하지만 이런 생각은 해 보지 않으셨나요? 그 여자…… 앙리에트의 아들은 천성에 따라서 그런 짓을 했다고."

순간 날카로운 비수가 꽂힌 듯한 아픔을 느끼며 그는 몸을 떨었다. 그리고 말했다.

"저도 그렇게 믿고 있습니다. 그 사건 이후, 소년이 올바른 길을 걷지 않았다는 사실을 봐도 그 천성이 매우 뿌리 깊은 것이라는 사실을 알 수 있었으니까요."

"무슨 뜻이죠?"

"그럴 수밖에요. 부인도 아시다시피 다이아몬드는 대부분 가짜였으니까요. 진품은 영국의 보석상에게서 사들인 몇 개에 불과했습니다. 그 외의 것들은 생활비를 충당하기 위해서 하나씩 내다 팔았습니다."

백작 부인이 위압적인 태도로 말했다.

"그래도 역시 그것은 '여왕의 목걸이'였어요. 앙리에트의 아들은 그 점을 이해하지 못했던 듯하군요."

"부인, 그 소년은 충분히 이해하고 있었을 겁니다. 진품이든 모조품이든, 그 목걸이는 남들에게 보이기 위한 과시용이었다는 사실을…… 껍데기에 지나지 않았다는 사실을."

드뢰가 말을 꺼내려 하자 부인이 그를 저지했다.

"당신이 말씀하시는 그 사람에게 염치라는 것이 조금이라도 있다면……."

그녀는 플로리아니의 너무나도 냉정한 눈빛에 기가 꺾였는지 도중에서 말을 끊었다.

그가 그녀를 똑바로 바라보며 물었다.

"그 사람에게 염치라는 것이 조금이라도 있다면, 어쩌란 말씀이시죠?"

그녀는 이 남자를 상대로 이런 식으로 말을 해 봐야 하나도 득될 것이 없다는 사실을 깨달았다. 자존심에 상처를 입었다는 사실에 분노가 치밀었지만, 자신도 모르게 아주 정중한 말투로 되돌아와 있었다.

"전설에 의하면, 레토 드 빌레트가 '여왕의 목걸이'를 손에 넣어 잔 드 발루아와 함께 다이아몬드를 떼어 냈을 때도 그 틀만큼은 손을 댈 수 없었다고 합니다. 다이아몬드는 일종의 장식 부속품에 지나지 않으며 틀이야말로 중요한 작품, 예술가의 창작이라는 사실을 알고 그것을 존중한 겁니다. 그 소년도 이 사실을 알고 있다고 생각하시나요?"

"나는 아직도 그 틀이 존재한다는 사실을 믿어 의심치 않습니다. 그 소년도 그것을 소중히 간직하고 있습니다."

"그렇습니까? 만약 그 소년을 만나게 된다면 제 말 좀 전해 주세요. 그는 한 일족의 소유물이자 영광인 보물 하나를 부당하게 소유하고 있다고요. 그리고 가령 그가 '여왕의 목걸이'에서 다이아몬드를 떼어 냈다 하더라도 그건 여전히 드뢰 수비즈 가문의 소유물이라고요. 그것은 우리의 이름과 명예와 마찬가지로 우리한테는 귀한 소유물이니까요."

플로리아니 경이 간단하게 대답했다.

"만나면 꼭 전해 드리도록 하겠습니다, 부인."

그는 그녀에게 인사를 했다. 백작과 자리에 있던 사람들에게도 차례차례 인사를 한 뒤 밖으로 나갔다.

나흘 후, 드뢰 부인은 침실 테이블 위에 추기경의 문장이 새겨진 붉은 가죽 상자가 놓여 있는 것을 발견했다. 그녀는 그 상자를 열어 보았다. 안에는 '여왕의 목걸이'가 있었다.

일관성과 논리를 추구하는 사람의 일생은 모든 것이 한 가지 목표를 향해서 나아가야 한다. ─ 그리고 약간의 선전은 언제나 방해가 되지 않는 법이다.

다음 날 〈에코 드 프랑스〉지는 다음과 같은 놀라운 기사를 실었다.

　　『지난날 드뢰 수비드 가문에서 도난당했던 그 유명한 장신구 '여왕의 목걸이'가 아르센 뤼팽에 의해서 발견되었다. 아르센 뤼팽은 지체하지 않고 그것을 정당한 소유자의 손에 넘겼다. 이 섬세하고 기사도적인 행동에 그저 갈채를 보낼 뿐이다.』

세븐 하트

언제나 어떤 한 가지 일이 문제가 된다. 그리고 '내가 아르센 뤼팽을 어떻게 알게 되었지?'라는 질문이 때때로 머릿속에 떠오른다.

내가 그를 알고 있다는 사실을 의심하는 사람은 거의 없다. 이 종잡을 수 없는 인물에 대해서 내가 모아온 여러 가지 사실들, 내가 이야기하는 반박할 수 없는 사실들, 내가 제출하는 새로운 증거들, 세상 사람들이 단순히 외면적인 현상만을 보고 그 내밀한 이유와 눈에 띄지 않는 관련성에도 깊이 관여할 수 없는 어떤 행동에 대한 나의 해석 등이 모든 것을 확실하게 증거하고 있다.

뤼팽의 생활 자체가 다른 사람과 친교라는 것을 맺지 못하는 상황이었지만, 적어도 그와 나 사이에는 끊임없이 교환되고 있는 교우 관계가 존재하고 있었다.

그런데 나는 그와 어떻게 아는 사이가 되었을까? 무슨 연유로 나는 그의 전기를 기술하는 기회를 얻게 된 것일까? 그것이 왜 다른 사람이 아닌 나였을까?

이에 대한 답은 아주 간단하다. 그것을 결정지은 것은 나의 자격과는 아무런 상관도 없는 단순한 우연이었다. 우연히 그가 지나가는 길에 서 있다가 만나게 된 것이라고나 할까…….

그의 모험 중 기묘하고도 비밀스런 일에 내가 휘말리게 된 것도 순전히 우연이었다. 또한 그가 멋지게 연출한 드라마 — 복잡하고 기괴하며 지금 그것을 이야기하려 해도 일종의 당혹감을 느끼게 될 정도로 수많은 우여곡절이 있는 드라마의 등장인물이 될 수 있었던 것도 순전히 우연이었는데, 지금도 그걸 떠올리면 가슴이 오그라드는 것만 같다.

첫 번째 이야기는 오랫동안 세상에서 화젯거리가 되었던 것으로, 6월 22일에서 23일 사이의 밤에 연출되었다. 여기서 미리 말해 두겠는데, 당시 내가 그렇게 이상한 행동을 취했던 것은 집으로 돌아올 때 비정상적인 정신 상태에 놓여 있었기 때문이다.

그날 밤 나는 친구들과 함께 '라 카스카드'라는 레스토랑에서 저녁을 먹었다. 그리고 집시들이 쓸쓸한 왈츠를 연주했던 그날 저녁 내내, 우리는 담배를 피우면서 살인과 절도 등 끔찍하고 음울한 사건들에 대해 이야기를 했다. 하지만 이는 잠자리에 들기 전에 나누는 얘기로는 적당하지 않은 내용이었다.

생마르탱 부부는 자동차로 귀가했다. 장 다스프리 — 성격이 느긋하고 매력적인 다스프리는 6개월 후에 모로코 국경에서 무참히 살해되었다. — 와 나는 어둡고 후텁지근한 밤길을 걸어서 돌아왔다. 일 년 전부터 나는 뇌일리의 마이요 대로에 위치한 작은 호텔에 머물고 있었는데, 그 앞에 도착했을 때 장 다스프리가 이렇게 물었다.

"자네는 무섭지 않은가?"

"무슨 소리지?"

"이 건물은 외따로 떨어져서 이웃도 없고…… 주위에 있는 거라곤 오직 공터들뿐…… 나는 결코 겁쟁이는 아니지만 그래도 역시……"

"왜 갑자기 겁을 주는 거야?"

"아닐세! 다른 뜻이 있어서 이런 말을 하는 건 아니고, 아마도 생마르탱 부부가 얘기한 범죄자들에 대한 이야기 때문인 것 같네."

작별의 악수를 나눈 뒤 그는 멀어져 갔다. 나는 열쇠를 꺼내 문을 열었다.

"나 참! 앙투안, 촛불을 켜 두는 것을 잊었군."

내가 중얼거렸다. 순간 나는 앙투안이 집에 없다는 사실을 떠올렸다. 그에게 휴가를 주었던 것이었다.

그러자 갑자기 암흑과 침묵이 불안하게 느껴졌다. 나는 손으로 더듬어 가면서 가능한 한 빠른 걸음으로 2층에 있는 침실로 올라갔다. 그리고 평소와는 달리 잽싸게 문을 자물쇠로 잠그고 빗장까지 채웠다. 그런 다음 초에 불을 밝혔다.

초에 불을 붙이자 비로소 마음이 진정되는 것 같았다. 그래도 나는 가방에 있던 권총을 꺼내 두었다. 사정거리가 먼 대형 권총이었다. 나는 그것을 침대 머리맡에 놓고 잠자리에 들었다. 그리고 평소와 다름없이 침대 옆 테이블 위에 있던 책을 집어 들었다.

그런데 이게 어찌 된 일인가. 어젯밤 읽은 곳을 표시하려고 끼워 두었던 페이퍼 나이프 대신 다섯 군데가 빨간 밀랍으로 봉인된 봉투가 들어 있었다. 나는 서둘러 그것을 빼 보았다. 내 이름과 주소 외에 '긴급'이라는 말이 덧붙여져 있었다.

편지였다! 내게 온 편지였다! 이걸 누가 여기에 갖다 놓은 것일까? 나는 신경을 곤두세운 채 봉투를 뜯었다.

편지에는 다음과 같은 내용이 적혀 있었다.

'이 편지를 개봉한 이후부터는 무슨 일이 일어나든, 무슨 소리가 들리든 움직여서는 안 된다. 꼼짝도 해서는 안 된다. 소리를 질러서는 더더욱 안 된다. 아니면 당신의 생명이 위태로워질 것이다.'

나도 결코 겁쟁이는 아니다. 그리고 닥쳐올 위험에 남들만큼 훌륭하게 맞설 수 있으며, 우리들의 상상이 빚어내는 가공의 위험을 가볍게 웃어넘길 수도 있는 사람이다. 그러나 거듭 말하겠지만, 그날 밤 나는 평소와 달리 무척 예민해져 있었으며 온몸의 신경이 곤두선 듯한 이상한 정신 상태에 빠져 있었다. 게다가 거기에는 설명하기 힘든 기분 나쁜 무엇인가가 있어서, 제아무리 강심장이라 할지라도 마음이 흔들리지 않을 수 없었다.

편지를 잡고 있는 손에 나도 모르게 힘이 들어갔다. 나는 그 협박문을 몇 번이고 되풀이해서 읽었다.

'꼼짝도 해서는 안 된다. 소리를 질러서는 더더욱 안 된다. 아니면 당신의 생명이 위태로워질 것이다.'

이 무슨 황당무계한 소리란 말인가? 이런 건 그저 장난에 지나지 않는다. 때문에 저급한 농담에 지나지 않는다고 치부해 버렸다. 그래서 나는 하마터면 크게 소리 내어 웃을 뻔했다. 하지만 무엇이 그런 나의 마음을 방해했던 것일까? 정체를 알 수 없는 어떤 두려움이 내 목구멍을 막아 버렸다.

하다못해 촛불이라도 불어서 끄고 싶은 마음이었다. 하지만 그럴 수가 없었다. '꼼짝도 해서는 안 된다. 아니면 당신의 생명이 위태로워질 것이다.'라고 적혀 있었기 때문이다.

때로는 강력한 자기암시가 현실 이상으로 강력한 위력을 발휘할 때가 있다. 그러니 이런저런 잡다한 생각은 집어치우고 그냥 잠을 자는 수밖에 달리 방법이 없었다. 나는 애써 눈을 감았다.

바로 그 순간, 어떤 미세한 소리가 침묵을 깨뜨렸다. 뒤이어 삐걱거리는 소리가 들려왔다. 그것은 서재로 쓰고 있는 방에서 들려오는 듯했다. 서재와 침실 사이에는 작은 방이 하나 있을 뿐이었다.

실제로 다가온 위험이 나를 흥분하게 만들었다. 그리고 내가 자리에서 일어나고 싶어 한다는 것을, 권총을 쥐고 싶어 한다는 것을, 서재로 쓰고 있는 방으로 달려가고 싶어 한다는 것을 깨달았다. 그럼에도 불구하고 나는 자리에서 일어나지 않았다. 내가 누워 있는 곳의 왼쪽 창에 달아 놓은 커튼 자락이 흔들렸기 때문이다.

더 이상 의심의 여지가 없었다. 커튼 자락은 틀림없이 움직였다. 그것은 아직도 움직이고 있다! 그리고 나는 봤다. — 오! 나는 분명히 봤다. — 창과 커튼 사이에, 그 좁은 공간에 사람이 숨어 있는 것을……

그 사람도 나를 보고 있었다. 그는 틀림없이 성긴 커튼을 통해서 나를 지켜보고 있었던 것이다. 그제야 나는 모든 사실을 파악할 수 있었다. 다른 녀석들이 저쪽 방에서 물건을 밖으로 훔쳐 내는 동안 저 녀석이 나를 꼼짝 못하게 감시하고 있다는 사실을……

자리에서 일어날까? 권총을 쥐어 볼까? 하지만 그것은 불가능한 일이었다. 몸을 조금만 움직여도, 조금만 부스럭거려도 저 녀석이 나를 가만두지 않을 것이기 때문이다.

순간 격렬한 소리가 집안 전체를 흔들어 놓았다. 뒤이어 처음보다는 작지만 두 번째, 세 번째 충격음이 이어졌다. 그것은 튀어나온 것을 박아 넣는 망치질 소리 같았다.

나의 혼란스러워진 머릿속은 간신히 이런 생각만을 할 수 있을 뿐이었다. 그 외에도 여러 가지 소리들이 한꺼번에 들려왔다. 굉장한 소음이었다. 이것으로 녀석들이 마음 놓고 일하고 있다는 사실을 알 수 있었다.

편지의 글은 옳았다. 나는 조금도 움직일 수가 없었다. 비겁하기 때문일까? 아니다. 그것은 오히려 무기력 상태라고 보는 편이 정확할 것이다. 손가락 하나도 까딱할 수가 없었다.

그리고 이는 현명한 처사이기도 했다. 그렇다. 무엇 때문에 싸움을 벌이겠는가. 저기 있는 사내의 뒤에서 그의 목소리를 듣고 달려올 녀석들이 십여 명은 족히 될 텐데 말이다. 두어 개의 장식용 카펫과 몇몇 골동품을 지키기 위해서 목숨을 걸 필요는 없지 않은가.

이와 같은 고문은 하룻밤 내내 계속되었다. 정말이지 견디기 힘든 시간이었다. 나는 불안함에 떨어야 했다. 소리가 멈추기는 했지만 당장이라도 다시 시작될 것만 같아 나는 잠시도 경계를 늦출 수가 없었다.

그리고 저 사내! 무기를 손에 든 채 나를 감시하고 있는 저 사내! 나는 두려움에 떨면서 그에게서 시선을 떼지 않았다. 내 심장은 격렬하게 고동쳤고, 온몸이 진땀에 젖어 축축했다.

얼마쯤 시간이 흘렀을까. 갑자기 편안한 기운이 온몸을 감싸는 것 같았다. 우유를 배달하는 귀에 익은 마차 소리가 거리에서 들려오고, 그와 동시에 희미하기는 하지만 새벽 기운이 닫힌 덧문 사이로 새어 들어왔기 때문이다.

이윽고 방 안이 환해지며, 길가에서 왁자한 마차 소리가 들려왔다. 간밤의 모든 악몽이 사라지고 있었던 것이다.

나는 그제야 처음으로 침대 옆 테이블로 손을 뻗었다. 조용히 아무 일도 없었다는 듯이. 내 정면에서는 아무것도 움직이는 것이 없었다. 나는 옆쪽 커튼이 불거져 나온 부분을 노려보면서 정확한 위치를 파악하고 있었다. 나는 내가 해야 할 동작들을 치밀하게 계산했다. 그리고 재빨리 권총을 손에 쥐고 방아쇠를 당겼다.

그리고는 냅다 소리를 지르며 침대를 박차고 나와 커튼 쪽으로 달려갔다. 커튼과 유리에 총알이 관통한 흔적이 남아 있었다. 하지만 그 사내를 해치우지는 못했다. 거기에는 아무도 없었던 것이다.

아무도 없었다고? 그렇다면 나는 밤새도록 부풀어 오른 커튼의 주름을 보고 환각에 빠져 있었단 말인가? 그렇다면 저쪽 방에서 들려온 소리는 무엇이었지? 그리고 그 도둑놈들은 어떻게 된 것인가……. 나는 울컥 화가 치밀어서 자물쇠를 허겁지겁 풀고서 방문을 열었다. 작은 방을 건너서 다시 문 하나를 열었다. 그리고 서재로 뛰어 들어갔다.

그 순간 놀라움에 온몸이 굳어 버리는 듯했다. 멍하게 숨을 헐떡이며, 애초에 그 사내가 없었다는 사실을 알았을 때보다도 더 큰 충격을 받았다.

주위를 둘러보니 모든 게 제자리에 있었다. 내가 도둑맞았을 것이라고 생각했던 것들, 가구와 유화와 대대로 내려오던 벨벳과 비단 장식들이 멀쩡하게 그대로 놓여 있었다.

순간 당혹감에 사로잡혀 멍해졌다. 실제로 들려왔던 소란스런 소리, 물건을 나르는 듯한 소리는 과연 무엇이었단 말인가? 나는 서재를 둘러보았고 벽면을 살펴봤다. 그리고 낯익은 물품들의 목록을 하나하나 작성해 봤다. 무엇 하나도 없어진 것이 없었다. 특히 나를 맥 빠지게 한 것은 도둑들이 이곳에 왔다 갔다는 흔적조차 없었다는 사실이다. 위치가 흐트러진 의자 하나, 남겨진 발자국 하나도 존재하지 않았다.

"이럴 수가. 난 미치지 않았어. 틀림없이 소리를 들었다고!"

머리를 양손으로 감싸 쥐고 혼자 중얼거렸다.

모든 신경을 집중해서 꼼꼼하고 면밀하게 서재 안을 살펴보았다. 하지만 헛수고였다. 이것도 하나의 발견이라고 할 수 있다면 완전한 헛수고는 아니었지만……. 바닥 위에 깔아 놓은 조그만 페르시아 카펫 밑에서 카드놀이에 쓰는 카드 한 장을 발견했다. 그것은 세븐 하트였다. 프랑스에서 흔히 볼 수 있는 카드였는데, 묘한 부분이 있어서 내 시선을 끌었다. 일곱 개의 붉은 하트 모양의 각 밑쪽 끝부분에 조그만 구멍이 뚫려 있었던 것이다. 송곳 끝으로 뚫은 것으로 보이는 규칙적인 구멍이었다.

이것이 전부였다. 카드 한 장과 책갈피 사이에 끼워져 있던 편지 한 장. 그 외에 달라진 것은 아무것도 없었다. 이것들만으로도 내가 그저 악몽에 시달린 것이 아니었다는 사실을 증명할 수 있을까?

나는 하루 종일 서재 안을 살펴봤다. 그곳은 이 고즈넉한 호텔에 어울리지 않을 정도로 큰 방이었다. 이곳의 장식을 잠깐 보는 것만으로도 이 호텔을 지은 사람의 취향이 독특하다는 사실을 알 수 있다.

바닥은 색색의 작은 돌조각으로 모자이크를 해 놨는데 커다랗게 대칭이 되는 모양을 하고 있었다. 그리고 모자이크가 붙어 있는 판자로 벽면을 뒤덮었다. 폼페이 양식의 우화가 있는가 하면, 비잔틴 양식의 그림도 있었고, 중세풍의 벽화 같은 것도 있었다. 바쿠스가 술통에 걸터앉아 있는 모습도 있었으며, 꽃처럼 하얀 턱수염을 기른 황제가 금관을 끌어안은 채 오른손에 단검을 쥐고 있는 모습도 있었다.

아틀리에처럼 높은 곳에 커다란 창문이 하나 있었다. 이 창문은 밤이 되면 언제나 열어 두는데 도둑들은 이 창을 통해서 사다리로 침입해 들어온 듯했다. 하지만 거기에도 무슨 확증이 있는 것은 아니었다. 그저 흙을 다져 놓았을 뿐인 정원 바닥에 사다리를 놓았던 흔적이 있을 법한데도 흔적다운 흔적은 어디에도 남아 있지 않았다. 호텔을 둘러싸고 있는 공터의 풀밭도 멀쩡했다.

고백하건대 경찰에 신고할 마음은 조금도 들지 않았다. 내가 겪은 일이 하도 이상한 것이어서 장난을 치고 있는 것이라고 여겨지거나 비웃음을 산다 해도 할 말이 없기 때문이었다. 하지만 이틀이 지나서도 ― 그날은 당시 내가 연재하고 있던 〈질 블라스〉 지에 시평(時評) 원고를 보내는 날이었다. ― 그날 밤의 일이 머리에서 떠나지 않았기 때문에 나는 그것에 대한 긴 글을 썼다.

이 기사가 사람들 눈에 띄지 않는 것은 아니었지만, 사람들은 이를 진지하게 받아들이는 것 같지 않았다. 오히려 만들어 낸 얘기라고 생각하고 있다는 사실을 알게 되자 당황스러웠다. 생마르탱 부부는 그 기사를 가지고 나를 놀려대기까지 했다. 하지만 이 방면에 조예가 깊은 다스프리만은 일부러 나를 찾아와 주었다. 그리고 사건의 전말을 들은 뒤, 여기저기를 조사했지만 알아낸 것은 아무것도 없었다.

그 후 이삼 일 정도 지난 날 아침, 현관의 벨소리가 요란스럽게 울렸다. 하인인 앙투안이 방으로 들어와 어떤 남자가 얘기를 나누고 싶어 하는데, 자신의 이름을 밝히지 않았다고 했다. 나는 그를 안으로 안내하라고 말했다.

마흔쯤 되어 보이는 사람이 방 안으로 들어왔다. 짙은 갈색 머리카락, 힘이 넘쳐나는 듯한 얼굴, 낡았지만 깨끗하고 세련

되어 보이는 차림의 남자였는데, 태도는 어딘지 모르게 거칠어 보였다. 그는 인사도 없이 불쑥 쉰 목소리로 말했다. 그 목소리는 그 사람의 사회적 지위가 대단치 않다는 것을 증명할 만큼 탁하고 경망스러웠다.

"여행 중에 들렀던 한 카페에서 〈질 블라스〉지를 봤습니다. 거기서 선생님이 쓰신 글을 읽었죠. 매우…… 흥미로운 얘기였습니다."

"아, 감사합니다."

"그래서 저는 여행을 중단하고 이렇게 돌아왔습니다."

"네?"

"선생님과 얘기를 나누고 싶어서요. 글에 쓴 내용이 전부 사실입니까?"

"전부 사실입니다."

"혹시 꾸며 낸 부분은 한 군데도 없습니까?"

"없습니다."

"그렇다면 도움이 될 만한 정보를 제공하고 싶습니다."

"말씀해 보십시오."

"아직은 안 됩니다."

"안 되다니요?"

"말씀드리기 전에 그것이 전부 사실인지 확인을 해 봐야겠습니다."

"그것을 어떻게 확인한다는 말입니까?"

"나 혼자 이 방에 있게 해 주십시오."

나는 놀란 얼굴로 그를 가만히 바라보았다.

"무슨 얘기를 하는지 잘 모르겠습니다만……."

"선생님의 글을 읽고 제가 생각해 낸 일입니다. 우연일지도 모르지만, 내용의 어떤 부분이 내가 알고 있는 한 사건과 신기할 정도로 일치합니다. 그것을 밝히기 위한 유일한 방법은 잠시 동안 이 방에 저 혼자 있는 것뿐입니다."

나는 잠시 생각에 잠겼다. 이 말 뒤에 무엇이 숨겨 있는 것일까? 그런데 그 말을 할 때 남자의 얼굴에 왠지 불안해하는 기색이 스쳐갔다. 헌데 이것은 나중에야 떠오른 느낌이었고, 당시에는 조금 놀라기는 했지만 그의 요구가 특별히 이상하다고는 생각하지 않았다. 매우 특이한 요구였기 때문에 오히려 호기심이 생겼다.

내가 대답했다.

"그렇게 하십시오. 시간은 얼마나 필요합니까?"

"3분이면 충분합니다. 그 이상은 걸리지 않을 겁니다. 3분이 지나면 제가 선생님이 계신 곳으로 가겠습니다."

나는 방에서 나왔다. 아래층으로 내려온 나는 시계를 꺼내 보았다. 1분이 지났다. 곧 2분이……. 그런데 왜 이렇게 숨이 차오르는 걸까? 그 순간이 왜 그토록 엄숙하게 느껴진 걸까?

2분 30초……. 2분 45초…….

그런데 그때 갑자기 총성이 들렸다.

나는 빠른 걸음으로 계단을 올라갔다. 그리고 문을 열어젖히고 방으로 뛰어들었다.

"으악!"

나도 모르게 공포에 질려 소리를 질렀다.

방 한가운데에 남자가 쓰러져 있었다. 왼쪽으로 쓰러져 움직이질 않았다. 그의 머리에서 뇌수가 섞인 피가 흘러내리고, 손목 옆에 떨어져 있던 권총에서는 아직도 연기가 피어오르고 있었다.

나는 반사적으로 몸을 움츠렸다. 하지만 그게 전부였다.

이 처참한 광경 외에도 나를 놀라게 한 것이 한 가지 더 있었다. 나는 그것 때문에 도움을 청하는 소리도 지르지 못했으며, 사내의 숨이 아직 붙어 있나 확인하기 위해서 그를 살펴보지도 못했다. 그에게서 두 걸음 정도 떨어진 바닥에 세븐 하트 카드가 한 장 떨어져 있었기 때문이다.

나는 그것을 주워들었다. 일곱 개의 붉은 하트의 밑쪽 끝 부분에 각각 하나씩 구멍이 뚫려 있었다.

30분 후, 뇌일리 경찰서장이 찾아왔다. 뒤를 이어서 의사가 그리고 그 뒤를 이어서 치안국장인 뒤두이가 왔다. 나는 시체에 손을 대지 않았다.

검증은 아주 간단히 끝났다. 단서가 될 만한 것을 하나도 찾아내지 못했기 때문이었다. '하나도'라고 말을 해서 안 된다면 '조금밖에'라고 말을 하겠다.

죽은 자의 주머니 속에서는 어떤 서류도 발견되지 않았다. 옷에도 이름이 새겨져 있지 않았으며, 속옷에도 이니셜 따위는 전혀 없었다. 결국 그가 누구인지를 밝혀낼 만한 단서는 어디에도 없는 셈이었다. 게다가 서재는 조금도 흐트러진 흔적이 없었다. 가구의 위치도 그가 들어오기 전과 똑같았고, 모든 것이 있어야 할 곳에 그대로 놓여 있었다.

그렇다고 해서 이 사내가 단순히 자살을 하기 위해 이곳에 온 것도 아닐 텐데, 어쨌든 일을 저지르고 말았다. 하지만 그가 자살을 결심한 데는 어떤 이유가 있었을 것이다. 어쩌면 그것은 그가 이 방에서 혼자 있던 3분 동안에 확인한 어떤 새로운 사실 때문이 아니었을까……

그렇다면 그것은 과연 무엇일까? 그는 과연 무엇을 봤던 것일까? 무엇을 깨닫게 된 것일까? 어떤 무시무시한 비밀을 발견한 것일까? 하지만 단서가 될 만한 것은 아무것도 발견되지 않았다.

초동 수사가 끝나갈 무렵, 뜻밖의 사건 하나가 모두의 눈을 얼어붙게 만들었다. 경찰관 두 명이 몸을 숙여 시체를 들어 올린 뒤, 들것으로 옮겼다. 그런데 그 순간 주먹을 쥐고 있던 시체의 왼손이 펼쳐지며 그 속에서 명함 한 장이 떨어졌다.

이 명함에는 이렇게 적혀 있었다.

'조르주 앙데르마트, 베리 가 37번지'

이것은 과연 무슨 뜻일까? 조르주 앙데르마트는 파리의 막강한 은행가 중 한 사람이다. 그는 프랑스 철강 산업을 위해 막대한 자금을 지원한 인물로서, 금속조합의 창립자이자 회장이다. 그는 호화스러운 사두마차와 자동차, 경주마 등을 소유하고 있었으며, 사교계의 유명인사로서 그의 집에서는 자주 연회가 열렸다. 사람들은 그의 연회에 초대받는 것을 영광으로 알았으며, 정숙하고 아름다운 부인을 두고 있다고 소문이 자자했다.

"죽은 자의 이름일까요?"

내가 어물거리는 목소리로 묻자, 치안국장이 허리를 굽혀 시체를 들여다보며 말했다.

"아닙니다. 앙데르마트 씨는 얼굴이 창백하고 백발이 섞여 있습니다."

"그렇다면 왜 이 명함을 쥐고 있을까요?"

"전화 좀 쓸 수 있을까요?"

"네, 복도에 있습니다. 안내하겠습니다."

그는 전화번호부를 뒤적이더니, 415-21번을 호출했다.

"여보세요. 앙데르마트 씨 댁이죠? 아, 그래요. 그럼 치안국장인 뒤두이가 마이요 대로 102번지에서 기다린다고 전해 주십시오. 아주 급한 일입니다."

20분 뒤, 앙데르마트가 자동차에서 내려 안으로 들어왔다.

경찰서장이 먼저 여기까지 와 달라고 한 이유를 설명한 뒤, 그를 시체가 있는 곳으로 안내했다. 순간, 그의 얼굴이 놀람으로 굳어졌다. 그리고 마치 주위에 아무도 없다는 듯 낮은 목소리로 이렇게 중얼거렸다.

"에티엔 바랭."

"이 사람을 알고 계십니까?"

"아니…… 글쎄요. 안다고 할 수도 있으려나…… 그저 얼굴을 알고 있을 정도입니다. 이 사람의 형이……."

"이 사람에게 형제가 있습니까?"

"그렇습니다. 알프레드 바랭이라는 사람인데……. 예전에 나에게 부탁할 게 있다고 찾아온 적이 있었어요. 무슨 내용인지 지금은 기억나지 않습니다만……."

"어디 살고 있나요?"

"두 형제가 함께 살고 있었는데…… 프로방스 가(街)였던 걸로 기억합니다."

"혹시 이 사람의 자살 이유에 대해서 뭔가 짐작 가는 거라도 있습니까?"

"전혀 없습니다."

"그런데 이 사람이 왜 당신 명함을 갖고 있을까요?"

"글쎄요…… 전혀 알 수가 없군요. 그저 단순한 우연이 아닐까요?"

"물론 우연일 수도 있겠습니다만…… 그 점에 대해서도 곧 사실이 밝혀지겠죠."

우연이라……. 그렇다면 이것이야말로 참으로 기이한 우연이 아닌가. 왠지 그 자리에 있던 모든 사람들이 그렇게 생각하고 있다는 인상을 받았다. 그리고 다음 날 신문에서도, 내가 이 사건에 대해서 들려준 친구들에게서도 똑같은 인상을 받았다.

두 번의 사건이 모두 내가 묵고 있는 방에서 일어났고, 일곱 개의 작은 구멍이 뚫린 세븐 하트가 두 번이나 발견된 이유가 무엇일까? 어쩌면 이 명함 속에 수수께끼 같은 사건을 푸는 열쇠가 들어 있을지도 모른다는 생각이 들었다. 그렇다면 그 명함을 단서로 어떻게든 진상을 밝혀내야 한다…….

하지만 기대와는 달리 앙데르마트는 그 어떤 단서도 제공하지 않았다.

"제가 알고 있는 것은 모두 말씀드렸습니다. 이 외에 더 이상 드릴 말씀이 없습니다. 이 명함을 보고 가장 놀란 사람은 바로 납니다. 여러분과 마찬가지로 나도 이 일이 신속히 밝혀지기를 바랍니다."

그는 이렇게 되풀이할 뿐이었다.

하지만 사건은 해결의 실마리가 보이지 않은 채 계속 미궁에 빠져들었다.

조사 결과, 바랭 형제는 스위스 출신으로 수많은 가명을 사용하며 파란만장한 삶을 살아왔다는 사실이 밝혀졌다. 도박장에 드나들기도 했으며, 몇몇 외국인과 어울려 절도 행각을 벌이는 등으로 매우 위험한 삶을 살아왔다는 것이었다. 6년 전에 바랭 형제가 살고 있었다는 프로방스 가 24번지도 조사를 해 봤지만, 그들의 행방을 아는 사람은 아무도 없었다.

솔직히 말하면, 이 사건은 너무나도 모호했기 때문에 확실한 해결책을 찾아낼 수 있을까 의심스러웠다. 차라리 애써 마음에서 잊으려고 노력했을 정도였다. 하지만 나와는 달리 당시 자주 만났던 장 다스프리는 날이 갈수록 이 사건에 더욱 열을 올렸다.

그러던 어느 날, 그는 한 외국 신문에 실렸던 기사를 나에게 보여 주었다. 그리고 곧바로 프랑스의 모든 신문들이 이 사건에 대해서 다뤘으며 논평을 싣기까지 했다.

『조만간 극비의 장소에서 황제 폐하를 모시고, 미래의 해전을 변화시킬 잠수함 실험이 있을 예정이다. 한 소식통에 의하면 그 잠수함의 이름은 '세븐 하트'라고 한다.』

세븐 하트라고? 그저 단순한 우연의 일치일까? 아니면 이 잠수함과 앞서 얘기한 사건이 무슨 연관이 있는 걸까? 만약 관련이 있다면 어떤 관련일까? 여기서 일어난 일과 저 멀리서 일어난 일 사이에는 아무런 관련도 없는 것처럼 여겨지는데 말이다.

"어떻게 생각해? 때론 전혀 관계없어 보이는 일들이 같은 원인에서 비롯되는 경우도 있지 않을까……."

다스프리가 내 표정을 살피면서 말했다.

이틀 후 또 다른 기사 하나가 우리들에게 전달되었다.

『계속적으로 실험이 이어질 잠수함 '세븐 하트'의 설계가 몇몇 프랑스 기술자들에 의해 이루어졌다는 주장이 나오고 있는 가운데, 이 기술자들이 프랑스 당국에서 지원을 받지 못하자 영국 해군 쪽으로 발길을 돌렸다고 한다. 하지만 거기서도 별다른 성과를 거두지 못할 거라고 하는데, 이 소식의 사실 여부는 아직 확인된 바 없다.』

나는 그처럼 민감한 사안에 대해서는 가능한 한 깊이 관여하고 싶지 않다. 잘못했다간 괜히 터무니없는 호기심만 불러일으키기 때문이다.

다행히 외교관계에 분규를 일으킬 만한 위험은 이미 사라졌으니, 당시 커다란 반향을 일으켰던 이 사건에 대한 그리고 이른바 '세븐 하트'라 불리는 사건 해결에 일말의 단서를 제공한 〈에코 드 프랑스〉 지의 기사만은 인용해 두지 않을 수 없겠다.

기사는 살바토르라는 사람의 이름으로 게재되었는데, 비교적 상세한 해석이 붙어 있었다.

『세븐 하트' 사건의 진실

간단히 이야기하도록 하겠다. 10년 전에 루이 라콩브라는 젊은 광산 기술자가 자신이 실험 중에 있던 연구에 전념하기 위해 직장을 그만두고, 한 이탈리아 백작이 건축하고 꾸민 마이요 대로 102번지의 한 호텔을 임대했다. 그는 스위스 로잔 출신인 바랭 형제 ─ 한 사람은 조수로 실험을 도왔으며, 다른 한 사람은 출자자를 물색하는 일을 맡았다. ─ 의 소개로 금속조합을 창설한 조르주 앙데르마트를 만나 교섭에 들어갔다.

몇 차례의 만남 끝에 루이 라콩브는 자신이 추진해 온 잠수함 계획으로 조르주 앙데르마트의 관심을 끌어냈으며, 곧 실험이 마무리되면 앙데르마트의 영향력을 이용하여 당국으로부터 본격적인 개발과 실험권을 확보하자는 데 합의한 것으로 알려졌다.

2년 동안 루이 라콩브는 앙데르마트의 집을 자주 드나들었으며, 그때마다 작업 상황을 그에게 보고했다. 다년간에 걸친 노력 끝에 획기적인 방식을 발견한 루이 라콩브는 연구가 마무리되자, 앙데르마트에게 이제 활동을 개시해 줬으면 좋겠다고 말했다.

그날, 루이 라콩브는 앙데르마트의 집에서 저녁 식사를 하고 밤 11시 30분에 집으로 돌아갔는데, 이후로 행방이 묘연해졌다.

당시 신문은, 루이 라콩브의 가족이 실종 신고를 했고, 곧 이어 본격적인 수사가 진행되었다고 보도했다. 하지만 아무런 단서도 발견되지 않았다. 그래서 주변 사람들은 괴팍한 성격의 변덕쟁이로 알려진 루이 라콩브가 아무에게도 알리지 않고 어디론가 여행을 떠난 것이 아닌가 하고 추측하고 있다.

이 신빙성 없는 추측을 그대로 믿는다 하더라도 한 가지 문제가 남게 되는데, 이는 프랑스의 존망이 걸린 매우 중요한 문제이다.

그렇다면 그 잠수함의 설계도는 과연 어떻게 됐을까? 루이 라콩브가 그것을 가지고 떠난 것일까? 아니면 파기해 버린 걸까?

그 후 다각도로 조사한 바에 의하면, 그 설계도는 아직 어딘가에 존재하고 있다고 관측된다. 그것을 손에 넣은 것은 바랭 형제라고 보이는데, 그렇다면 그들은 그것을 어떻게 입수했을까? 아직 그 점은 밝혀지지 않고 있다. 그리고 그 형제는 왜 그것을 매각하려 들지 않는지도 의문으로 남아 있다. 형제는 그것을 손에 넣은 방법에 대해 추궁당하는 것을 두려워했는지도 모른다.

루이 라콩브의 설계도는 지금 이웃나라에서 보유하고 있음이 밝혀졌는데, 그 나라 대표자와 바랭 형제 사이에 교환된 서신이 그러한 사실을 뒷받침해 주고 있다. 더욱 놀라운 것은, 루이 라콩브가 설계한 잠수함 '세븐 하트'가 그 나라에서 건조되어 실험 중에 있다는 사실이다.

그렇다면 이 같은 국가적 배반 행위에 대해 국민들은 어떤 반응을 보이고 있는가. 하지만 그들의 욕심이 기대와는 전혀 다른 상황으로 나타날지도 모른다.

우리는 반대의 상황을 기대해도 좋을 만한 합당한 이유를 가지고 있으며, 반드시 우리들의 기대대로 될 것이라는 사실을 믿어 의심치 않는다.』

그리고 뒤이어서 다음과 같은 글이 덧붙여져 있었다.

『우리의 기대는 정확했다. 최근에 입수한 특별 정보에 의하면 '세븐 하트'의 실험은 실패로 돌아갔다고 한다.

바랭 형제가 팔아넘긴 설계도에는, 루이 라콩브가 실종되던 날 밤 앙데르마트 씨에게 건네준 마지막 서류가 빠져 있을 가능성이 점쳐진다. 그 서류는 설계도 전체를 이해하는 데 없어서는 안 될 중요한 요점을 적어 놓은 설명서라고 생각된다.

이 서류가 없으면 이전의 설계도는 불완전한 것이 될

수밖에 없다. 마찬가지로 설계도가 없으면 이 서류 역시 쓸모없는 쓰레기에 불과할 것이다.

따라서 지금이라도 우리의 소유물을 찾아와야 한다. 우리는 이 어려운 일을 성공시키기 위해서 앙데르마트 씨의 협력을 크게 기대하고 있다. 앙데르마트 씨는 처음부터 어딘가 석연치 않은 태도를 보여 왔는데, 이제 분명한 입장을 보여야 할 때다.

앙데르마트 씨는 에티엔 바랭의 자살 당시 알고 있는 사실들을 왜 진술하지 않았는지, 그리고 자신이 내용을 알고 있었던 서류가 없어졌다는 사실을 왜 공표하지 않았는지에 대해 이유를 밝혀야 할 것이다. 또한 왜 6년 동안이나 탐정을 고용하면서까지 바랭 형제의 뒤를 쫓았는지도 설명해야 할 것이다.

우리가 앙데르마트 씨에게 기대하고 있는 것은 말이 아닌 행동이다. 그렇게 하지 않는다면……』

노골적인 협박장이었다. 이것은 실제로 어떤 형태로 나타날 것인가? 이 기사의 필자인 살바토르라는 인물은 앙데르마트에 대해서 어떤 협박 수단을 가지고 있는 것일까?

수많은 신문기자들이 이 은행가의 사무실로 몰려들어 취재했고, 그는 인터뷰를 할 때마다 협박 기사에 대해 아예 무시하는 태도로 일관했다.

얼마 후, 〈에코 드 프랑스〉 지에 짧은 광고 하나가 실렸다.

『앙데르마트 씨는 자신의 의사와 상관없이 지금 우리
가 하는 일에 협력하고 있다.』

이 기사가 신문에 게재된 날, 다스프리와 나는 저녁 식사를
함께했다. 그날 밤, 우리는 테이블 위에 몇 종류의 신문을 펼
쳐 놓고 사건에 대해서 이야기를 나누기도 하고, 앞으로의
추이에 대해서 생각을 해 보기도 했다. 하지만 아무리 의견을
교환해 봐도 어둠 속을 헤치고 나가다 언제나 같은 장애물에
부딪치는 듯한 기분을 결국 떨쳐내지 못했다.

그런데 하인의 안내가 있었던 것도 아니고 벨이 울렸던 것
도 아니었는데 갑자기 문이 열리더니 두꺼운 베일을 쓴 한
여자가 안으로 들어왔다.

나는 자리에서 벌떡 일어나 그녀 쪽으로 다가갔다. 그러자
그녀가 내게 말했다.

"당신이 이 집의 주인이신가요?"

"그렇습니다. 하지만 저는 부인을……."

"대로 쪽 문이 열려 있더군요."

그녀가 변명하듯 말했다.

"하지만 현관문은 닫혀 있었을 텐데요?"

그녀는 대답하지 않았다. 틀림없이 부엌 쪽 계단을 이용해

서 돌아 들어온 것이라고 생각했다. 그렇다면 이 여자는 그 계단이 있다는 사실을 알고 있다는 말인데……

무거운 침묵이 흘렀다. 그녀는 다스프리를 가만히 바라보았다. 나는 얼떨결에 그를 그녀에게 소개했다. 그런 다음 그녀에게 의자를 권하면서 찾아온 이유를 물었다.

그녀가 베일을 벗었다. 갈색 머리에 이목구비가 상당히 뚜렷했다. 대단한 미인은 아니었지만, 수수하고 신중해 보이는 인상이었다. 하지만 어딘지 모르게 슬픔이 느껴지는 눈빛이 보는 사람의 시선을 붙잡았다.

그녀가 말했다.

"나는 앙데르마트 씨의 아내예요."

"앙데르마트 아내라고요?"

깜짝 놀라서 나는 부인의 말을 그대로 따라하고 말았다.

또다시 침묵이 흘렀다. 그녀가 차분한 목소리로 다시 말을 이었다.

"저, 잘 알고 계시는 그 사건 때문에 찾아온 거예요. 당신에게서 어떤 정보를 얻을 수 있지 않을까 해서……."

"하지만 부인, 저도 사실은 신문에서 보도한 내용 외에는 아는 게 없습니다. 어떤 도움을 원하는 건지 정확히 말씀해 보십시오."

"그건 저도 잘 모르겠어요……."

순간 그녀의 침착한 태도가 의심스러워졌다. 편안한 듯 보이는 그녀의 모습 속에 깊은 혼란이 감춰져 있음이 느껴졌기 때문이다.

한동안 어색한 침묵이 흘렀다. 그런데 그녀를 지켜보고 있던 다스프리가 그녀에게 다가서며 말했다.

"부인, 제가 몇 가지 질문을 드려도 될까요?"

"네, 그렇게 하세요. 그럼 저도 말을 하게 될 테니까요."

"어떤 질문을 드려도 전부 답해 주실 수 있으십니까?"

"네, 전부 말씀드리죠."

다스프리는 한동안 생각에 잠겨 있다가 입을 열었다.

"루이 라콩브 씨를 아십니까?"

"네, 남편이 소개해 줘서 알고 있었어요."

"그를 마지막으로 본 게 언제였습니까?"

"우리 집에서 식사를 한 그날 밤이요."

"그날 밤, 이제 더 이상은 그 사람을 만나지 못할 것 같다는 느낌을 받지는 않으셨나요?"

"네. 종종 밑도 끝도 없이 러시아 여행에 대한 얘기를 하곤 했지만 그건 아주 막연한 얘기였어요."

"그렇다면 다시 만날 약속을 했었습니까?"

"이틀 후, 저녁 식사를 하기로 되어 있었어요."

"그의 실종에 대해서 어떻게 생각하십니까?"

"저는 아무것도 모르겠어요."

"앙데르마트 씨는 어떻게 생각하나요?"

"그건 저도 모르지요."

"그래도……."

"그 점에 대해서는 묻지 말아 주세요."

"〈에코 드 프랑스〉지의 기사에 의하면……."

"그 기사는 바랭 형제가 그의 실종과 관계가 있는 것처럼 씌어 있죠."

"부인도 그렇게 생각하십니까?"

"네."

"무슨 근거로 그렇게 생각하십니까?"

"우리 집에서 나섰을 때, 루이 라콩브 씨는 자신의 설계도와 관계있는 모든 서류를 넣은 가방을 들고 있었어요. 이틀후 남편이 바랭 형제 중 지금 살아 있는 사람을 만났는데, 남편은 서류가 그들 형제의 수중에 있다는 증거를 잡았다고 했어요."

"그렇다면 남편은 왜 고소를 하지 않은 겁니까?"

"할 수가 없었어요."

"어째서죠?"

"그 가방 속에는 루이 라콩브 씨의 서류 외에도 다른 것이 들어 있었기 때문이에요."

"그게 뭐였습니까?"

그녀는 주저했다. 당장이라도 대답할 것 같은 모습을 보였다가 결국에는 입을 다물어 버리고 말았다. 다스프리가 다시 말을 이었다.

"그렇습니까? 남편은 그래서 경찰에 알리지 않고 그 형제를 미행했었군요. 남편은 그 서류와 함께 그 무엇 — 그러니까 그것을 미끼로 형제가 남편을 협박했을 그 위험한 것을 함께 찾으려고 했던 것이군요."

"남편뿐 아니라…… 저까지도 협박을 했어요."

"아, 부인한테까지 협박을 했다고요?"

"오히려 저를 주로 협박했지요."

그녀는 기어들어가는 듯한 목소리로 말했다.

다스프리는 그녀를 가만히 주시하고 있다가 두어 걸음 옮기더니 다시 그녀 곁으로 다가가 말했다.

"혹시 루이 라콩브에게 편지를 보낸 적이 있었습니까?"

"물론 있었지요. 남편과 친분이 있는 분이었으니까……."

"공식적인 편지 외에 루이 라콩브 씨에게 따로 편지를 쓰지 않았나요? 무례한 질문인 줄 압니다만 이해해 주시기 바랍니다. 모든 진실을 알아야 하니까요. 부인은 따로 편지를 쓰신 적이 있으시죠?"

"네, 있었어요……."

"바랭 형제가 갖고 있는 다른 것이 바로 그 편지인 거죠?"

"네, 맞아요."

"그리고 앙데르마트 씨도 그 사실을 알고 계시겠죠?"

"남편은 그걸 직접 보지는 못했어요. 하지만 알프레드 바랭이 그런 편지가 있다는 사실을 은근히 암시했죠. 만약 남편이 자신들에게 협조하지 않으면 신문사에 그것을 보내겠다고 협박했어요. 남편은 그것이 두려워서…… 소문이 날까 봐 두려워서 뒤로 물러선 거예요."

"하지만 남편은 갖은 수단을 다 동원해서 그 편지를 빼앗으려 했겠지요?"

"남편이 갖은 수단을 다 동원한 건 사실일 거예요. 하지만 알프레드 바랭과 마지막으로 대면하고 나서, 남편은 제게 심한 말을 퍼부었어요. 그런 다음 남편과 나는 한 집에서 등을 돌린 채 살고 있어요."

"그렇다면 더 이상 잃을 것도 없을 텐데 뭘 두려워하고 계시는 거죠?"

"비록 남편에게 아무 의미가 없는 존재가 되어 버렸지만 그래도 한때 남편이 나를 사랑했고……. 틀림없어요! 확신할 수 있어요. 그 헛된 편지를 보지 않았다면 남편은 아직도 나를 사랑하고 있을 거예요."

그녀가 열띤 어조로 말했다.

"하지만 부인의 남편이라면 충분히 빼앗아 올 수도 있었을 텐데……. 그 형제가 경계를 무척 철저히 한 모양이군요."

"맞아요. 절대 찾지 못할 장소에 숨겨 놨다고 큰소리를 쳤어요."

"그래서요?"

"아무래도 남편이 그 장소를 찾아낸 것 같아요."

"정말입니까? 그게 어딥니까?"

"바로 여기예요."

순간 나는 기겁을 하며 자리에서 벌떡 일어났다.

"여기라고요?"

"네. 저도 예전부터 여기가 아닐까 하고 의심했었어요. 재주가 많고 기계 만지기를 좋아했던 루이 라콩브는 시간만 나면 금고와 자물쇠 같은 걸 만들었거든요. 바랭 형제가 그런 그의 모습을 지켜봤던 거겠죠. 후에 그 형제가 그것을 내 편지와…… 다른 서류들을 숨기는 장소로 이용했던 것 같아요."

"하지만 형제는 여기에 살고 있지 않았습니다!"

내가 외치듯 말했다.

"4개월 전, 당신이 여기로 오기 전까지 이 집은 비어 있었어요. 그러니까 형제가 이곳에 물건을 감춰 뒀다고 해도 이상할 건 하나도 없어요. 자신들이 서류를 꺼낼 필요가 있을 때 당신의 존재가 방해될 거라고는 생각지 않았던 듯해요. 그런데 그들은 정작 남편을 염두에 두지 않았던 거죠. 결국 남편은 6월 22일에서 23일 밤에 그 금고를 뜯어서…… 찾고 있던 것을 빼냈던 겁니다. 그리고 그 형제에게 더 이상 자신은 그들을 두려워할 필요가 없을 뿐만 아니라 이제는 서로의 처지가 완전히 뒤바뀌었다는 사실을 알리기 위해, 일부러 명함을 남겨 두었던 겁니다. 이틀 후 〈질 블라스〉 지의 기사를 보고 에티엔 바랭은 허겁지겁 이 집을 방문했죠. 그리고 이 서재에서 금고가 텅 비었다는 사실을 확인한 거죠. 그래서 결국 그는 자살을 해 버린 거고요."

잠시 후, 다스프리가 물었다.

"하지만 그것은 단순한 추측이 아닙니까? 앙데르마트 씨는 부인에게 아무런 말도 하지 않았겠죠?"

"네, 아무런 말도 하지 않았어요."

"부인에 대한 태도에 변화는 없었습니까? 더욱 우울해졌다 거나, 아니면 더욱 다정하게 대한다거나."

"그런 건 느끼지 못했어요."

"만약 남편이 그 편지를 봤다면 과연 전과 같이 행동할 수 있었을까요? 제 생각엔, 남편은 아직 그 편지를 손에 넣지 못했습니다. 그러니까 이곳에 침입한 사람은 남편이 아니라 는 말입니다."

"그렇다면 누굴까요?"

"이 모든 일을 쥐고 흔드는 자가 있습니다. 우리들에게는 복잡한 어둠을 통해서만 희미하게 보이는, 어떤 목적을 향해 서 일을 몰고 가는 인물입니다. 처음부터 모든 것을 알고 있고, 자신이 원하는 방향으로 서서히 밀어붙이는 무서운 인간이지 요. 6월 22일 밤에 이 집에 들어온 것은 그와 그의 동료들입니 다. 부인이 말씀하신 비밀 장소를 발견한 것도, 앙데르마트 씨의 명함을 남겨 놓은 것도, 바랭 형제가 저지른 매국 행위의 증거물과 당신의 편지를 실제로 손에 쥐고 있는 것도 바로 그 사람입니다."

"그 사람이 대체 누구란 말인가?"

더 이상 참을 수가 없어서, 이번에는 내가 물었다.

"두말하면 잔소리지! 〈에코 드 프랑스〉 지에 기고했던 살바토르라는 인물이 아니면 누구겠나? 그 기사야말로 확실한 증거가 아니겠는가? 그 형제의 비밀을 꿰뚫지 않고서는 그렇게 쓸 수가 없지 않은가. 그는 그 기사를 통해서, 바랭 형제의 비밀을 알고 있는 사람들에게 일종의 메시지를 전달한 걸세."

"만약 그렇다면 그 사람이 내 편지를 갖고 있다는 얘기군요. 그러면 이번에는 그 사람이 남편을 협박하겠네요? 아, 어쩌면 좋지……."

앙데르마트 부인은 두려움으로 어쩔 줄 몰라 했다.

"그에게 편지를 쓰도록 하십시오. 그에게 부인께서 알고 있는 모든 사실을 밝히는 겁니다. 그리고 부인이 알고 싶은 모든 것을 그에게 묻는 겁니다."

다스프리가 말했다.

"도대체 무슨 말씀을 하시는 거예요?"

"그는 부인과 똑같은 일을 바라고 있습니다. 그가 목표로 하고 있는 인물은 두 형제 중 살아남은 사람, 즉 알프레드 바랭일 겁니다. 그것은 누가 봐도 알 수 있는 일입니다. 그의 적은 앙데르마트 씨가 아니라는 말이지요. 그러니까 그를 도와야 하는 것 아닙니까?"

"어떻게요?"

"루이 라콩브의 설계도를 실용화하는 데 필요한 최종 서류를 남편이 가지고 계시죠?"

"네. 남편이 가지고 있어요."

"살바토르에게 그 사실을 알리도록 하십시오. 필요하다면 그 서류를 그에게 건네주도록 하십시오. 어쨌든 우선은 그에게 편지를 써야 합니다. 그렇게 해도 당신이 잃을 건 없지 않겠습니까?"

대담하기 짝이 없는 충고였다. 한편으로는 매우 위험하게 보이는 충고이기도 했다. 하지만 앙데르마트 부인의 입장에서는 달리 선택할 방법도 없었고, 그 존재가 위험인물이라 하더라도 다스프리의 말대로 더 이상 나빠질 것도 없었다. 그리고 그가 특별한 임무를 완수해야 하는 외국인이라면, 부인의 편지에 그다지 비중을 두지 않을지도 모른다는 생각마저 들었다.

어쨌든 이는 하나의 해결책일 수 있었다. 당혹스러움에 사로잡혀 있던 앙데르마트 부인은 시도할 수 있는 방법이 있다는 사실만으로도 한시름 놓이는지, 우리 두 사람에게 감사의 뜻을 밝혔다. 그리고 사건의 추이를 알려주겠다고 약속하고서 집으로 돌아갔다.

이틀 후, 앙데르마트 부인은 자신이 받은 다음과 같은 편지를 우리에게 보내왔다.

'편지들은 거기에 없었습니다. 하지만 반드시 찾아낼 것이니 안심하십시오. 모든 일은 제가 알아서 꼼꼼하게 처리하겠습니다. S.'

나는 그 종이쪽지를 펼쳐서 읽어 보았다. 역시 6월 22일 밤에 내 책갈피에 꽂혀 있던 편지의 필체와 똑같은 것이었다. 다스프리의 말대로 살바토르가 이번 사건을 연출하고 있다는 사실을 알 수 있었다.

실제로 우리를 둘러싼 어둠 속에서 몇 줄기 빛이 보이기 시작했다. 그리고 그중 어떤 것은 의외로 밝은 빛을 띠고 있기도 했다. 하지만 아직도 수많은 점들이 어둠에 둘러싸여 있었다. 가령, 그 두 장의 세븐 하트! 나의 생각은 늘 그곳에서 막혀 버리곤 했다. 그 혼란스러운 상황 속에서 일곱 개의 작은 구멍이 뚫린 카드 두 장이 나를 놀라게 했기 때문에 내가 필요 이상으로 마음에 두고 있는 것일지도 몰랐다.

그 두 장의 카드는 이번 사건에서 어느 정도의 비중을 차지하고 있는 것일까? 어느 정도의 중요함을 그 카드에 부여해야 하는 것일까? 루이 라콩브의 설계도를 바탕으로 잠수함이 '세븐 하트'라고 명명되었다는 사실에서 어떤 결론을 이끌어내야 하는 걸까?

다스프리는 그 두 장의 카드에 커다란 관심을 보이지 않았다. 좀 더 급하게 해결해야 할 다른 문제에 신경을 곤두세우고 있는 듯했다. 그는 끈질기게 그 비밀 장소를 찾고 있었다.

"살바토르가…… 발견하지 못했던 그 편지를 어쩌면 내가 찾아낼 수도 있을 거야. 바랭 형제에게는 엄청나게 중요한 물건인데, 그걸 안전한 곳이 아닌 다른 곳으로 옮겨갔다는 게 도리어 이상한 것 아냐?"

그는 이렇게 말하면서 편지를 찾는 일에 계속 몰두했다. 서재를 샅샅이 뒤진 그는 다른 방에까지 조사의 손길을 내밀었다. 그는 집 안팎을 이 잡듯 뒤졌다. 울타리의 돌과 벽돌, 기와까지 벗겨내 보았다.

어느 날 그는 곡괭이와 삽을 들고 나타났다. 내게 삽을 건네주더니 자신은 곡괭이를 잡았다. 그리고 공터를 가리키며 말했다.

"저기로 가 보세."

별로 내키지는 않았지만 나는 그의 뒤를 따라갔다. 그는 공터를 몇 개의 구간으로 나눠 순서대로 하나씩 조사해 나가기 시작했다. 그런데 옆 공터의 담과 이쪽 담이 교차하는 지점에 가시덤불과 풀로 무성하게 뒤덮인 곳이 있었다. 그곳에 자갈과 작은 돌멩이가 산더미처럼 쌓여 있었는데, 그는 그곳을 파헤치기 시작했다. 그곳이 그의 주의를 끈 모양이었다.

나도 그를 도울 수밖에 없었다. 쨍쨍한 햇빛 아래서 우리는 한 시간 이상이나 그 작업을 계속했다. 돌들을 완전히 제거하고 그 밑의 흙 부분을 어느 정도 파내려갔을 때, 다스프리의 곡괭이 날에 뼈 조각이 걸려 나왔다. 살펴보니 그것은 사람의 뼈로, 한쪽 끝에 헝겊 조각이 붙어 있었다.

순간 등줄기에 소름이 쫙 끼쳤다. 나는 사각형으로 잘려진 조그만 철 조각이 땅 속에 박혀 있는 것을 조심스럽게 들여다보았는데, 거기에는 붉은 반점들이 묻어 있었다. 나는 허리를 굽혔다. 역시 그랬다. 철 조각은 트럼프만한 크기였고, 반점은 여기저기 빛이 바랜 붉은 색이었다. 정확히 일곱 개가 있었는데, 세븐 하트 카드의 하트 모양과 같은 위치에 있었다. 그리고 그 끝에 각각 구멍이 뚫려 있었다.

"이보게, 다스프리. 난 이번 사건에 넌덜머리가 나네. 자네가 계속 흥미를 갖는다면 말리지는 않겠네만, 난 이쯤에서 그만둬야겠어."

너무 흥분해서일까? 아니면 강렬한 태양 아래서 일한 피로 때문일까? 집 안으로 돌아오는 발걸음이 휘청거렸다. 그리고는 깊은 잠에 빠져 버렸다.

나는 48시간 동안이나 잠을 잤다. 고열에 시달렸다. 꿈속에서 침대 주위를 춤추며 맴도는, 피가 뚝뚝 떨어지는 자신의 심장을 서로의 얼굴에 내던지는 해골들에게 시달렸다.

다스프리는 변함없이 내게 충실했다. 나를 위해서 매일 3,

4시간씩 시간을 내주었다. 그동안에도 서재에서 두드려 보기도 하고, 찔러 보기도 하며 하루 종일 비밀 장소를 찾고 있는 듯했다.

"그 편지는 틀림없이 서재에 있을 거야. 내기를 해도 좋아."

그는 종종 나를 들여다보며 이렇게 말하곤 했다.

"그 얘기는 더 이상 듣고 싶지 않네."

온몸에 소름이 돋을 만큼 오싹한 기분으로 내가 대답했다.

사흘째 되던 날 아침, 어느 정도 원기를 회복한 나는 자리에서 일어났다. 풍성한 아침 식탁이 내게 기운을 불어넣어 주었다. 그리고 여섯 시쯤에 속달 한 통이 도착했다.

그 편지를 본 뒤 나는 완전히 기운을 되찾았다. 뜻하지 않게 날아온 그 편지는 나의 호기심까지 다시 되살려 놓았다.

속달에는 다음과 같은 말들이 적혀 있었다.

선생.

6월 22일에서 23일에 걸쳐 연출되었던 드라마의 제1막이 지금 종말을 향해 달려가고 있습니다. 그런데 형편상 어쩔 수 없이 두 주인공을 대결시키지 않을 수 없게 되었습니다.

그 대결이라는 것은 꼭 선생의 집에서 이루어져야만 합니다. 그런 이유로 오늘 밤, 댁을 우리에게 빌려 달라는 청을 하기 위해서 편지를 드립니다. 9시에서 11시까지, 두 시간 동안 하인들을 다른 곳에 가 있도록 해 주십시오. 당신을 위해서나 대결을 펼칠 두 사람을 위해서 무대를 빌려 주시기를 청하는 것입니다. 지난 6월 22일에서 23일에 걸친 밤에 제가 당신의 소유물에 얼마나 주의를 기울였는지를 잘 알고 계실 겁니다.

만약 이 사실을 비밀에 붙여 두지 않는다면 그건 당신에게도 커다란 수치가 될 것입니다.

살바토르

이 편지의 문장에는 은근한 비아냥거림이 섞여 있었지만, 그의 요구 사항이 재미있기도 해서 나는 이를 즐겁게 받아들였다.

참으로 귀여운 장난이 아닌가? 그리고 이 편지를 보낸 사람은 내가 허락할 것이라고 굳게 믿고 있지 않은가?

무엇보다도 이 사람을 실망시키거나 그의 신뢰를 저버리는 짓은 하고 싶지 않았다.

하인은 내게서 극장 입장권을 받아 쥐고 여덟 시에 외출했다. 그리고 다스프리가 찾아왔다. 나는 좀 전에 받은 속달을 그에게 보여 주었다.

"그래서 어쩔 생각인가?"

그가 내게 말했다.

"어쩔 생각이냐고? 우리 집 문을 반쯤 열어 둘 생각이라네.

누구라도 들어올 수 있도록."

"그럼 자네는 밖으로 나갈 생각인가?"

"절대로 그럴 순 없지."

"하지만 자네도 자리를 비워 달라는 청을 받지 않았나?"

"그가 청해온 건 관여하지 말아 달라는 내용일 뿐이었네. 따라서 관여할 생각은 없네. 하지만 무슨 일이 일어나는지는 꼭 내 눈으로 봐 두고 싶어."

다스프리가 웃음을 터뜨렸다.

"허긴, 그럴 만도 하지. 나도 구경하고 싶을 정도니까. 아주 재미있는 구경거리가 될 거야."

벨소리가 그의 말을 끊었다.

"벌써 온 걸까? 아직 20분이나 남았는데! 설마 온 건 아니겠지?"

다스프리가 속삭이듯 말했다.

복도에 서서 나는 철문을 여는 끈을 잡아당겼다. 한 여자가 정원을 가로질러오고 있었다. 앙데르마트 부인이었다.

그녀는 몹시 당황한 듯했다. 숨을 헐떡이면서 더듬더듬 말했다.

"나, 남편이…… 여기로 오고 있어요. 여, 여기서 누군가를 만나기로 했는데…… 제가 쓴 편지를 돌려받을 건가 봐요."

"그걸 어떻게 아셨죠?"

내가 그녀에게 물었다.

"우연히 알게 됐어요. 식사 중에 남편 앞으로 편지가 왔거든요."

"속달이었습니까?"

"전보였어요. 하인이 실수로 제게 건네줬어요. 바로 남편이 가져가긴 했지만 제가 이미 내용을 읽은 뒤였어요."

"부인도 그걸 읽으셨다고요?"

"대략 이런 내용이었어요. '오늘 밤 9시, 마이요 대로로 사건 관련 서류를 가지고 오기 바람. 교환 조건은 그 편지.' 식사를 마친 후 제 방으로 들어가는 척하면서 여기로 온 거예요."

"남편 모르게 말이죠?"

"네."

다스프리가 나를 바라봤다.

"어떻게 생각하는가?"

"내 생각도 자네 생각과 다르지 않네. 즉 앙데르마트 씨가 오늘밤 이곳에 불려나올 주인공 중 한 사람이라는 거지."

"누가 불러낸 것일까? 그리고 무슨 목적으로?"

"바로 그걸세. 지금부터 우리가 지켜봐야 할 것이……."

나는 두 사람을 서재로 안내했다.

좀 좁기는 했지만 세 사람은 맨틀피스 밑으로 들어가 벨벳 휘장으로 몸을 가렸다. 우리는 거기서 몸을 웅크리고 있었다. 앙데르마트 부인은 우리 두 남자 사이에 끼어 앉았고, 휘장의 틈새로 우리는 서재 전체를 내다볼 수 있었다.

아홉 시를 알리는 종소리가 들렸다. 몇 분 후, 정원에 있는 문이 삐걱거리는 소리를 냈다.

나는 숨 막히는 불안감을 느꼈지만, 한편으로는 새로운 열기가 온몸을 감싸기도 했다. 어찌 보면 당연한 일이었다. 이제 곧 수수께끼가 풀리는 것을 볼 수 있을 테니 말이다!

지난 몇 주간 내 앞에서 펼쳐졌던 그 수수께끼 같은 사건의 진상이 모습을 드러내려 하고 있는 것이다. 그것도 내 눈앞에서 혈전이 펼쳐지며 말이다.

다스프리가 앙데르마트 부인의 손을 잡았다. 그리고 속삭이듯 말했다.

"절대로 움직여서는 안 됩니다! 무슨 일이 일어나도, 무슨 소리가 들려도 절대로 움직여서는 안 됩니다."

누군가가 안으로 들어섰다. 에티엔 바랭과 무척 닮았기 때문에 나는 그가 알프레드 바랭이라는 사실을 바로 알 수 있었다. 둔중한 발걸음, 수염에 뒤덮인 흙빛 얼굴······.

위험을 경계하며 그것을 피해 다니는 습성을 가진 자가 보이는 불안한 태도로 그는 방 안 전체를 휙 둘러보았다. 그러고는 이 벨벳 휘장을 둘러친 맨틀피스 쪽을 유심히 쏘아보았다. 그는 천천히 우리가 있는 쪽으로 걸어왔다. 그러다 문득 어떤 생각이 떠올랐는지 다른 곳으로 방향을 돌렸다. 그는 방을 가로질러 벽 쪽으로 다가가더니, 하얀 수염에 화염검을 들고 있는 늙은 왕이 새겨진 모자이크 앞에서 발걸음을 멈췄다.

그는 의자를 밟고 올라서서 손가락으로 어깨와 얼굴의 윤곽을 매만지기도 하고, 그림의 한 부분을 쓰다듬기도 했다.

그러더니 갑자기 의자에서 내려와 벽에서 떨어졌다. 발소리가 들려왔기 때문이었다.

방 안으로 들어선 사람은 앙데르마트였다.

그는 알프레드 바랭을 보고는 깜짝 놀란 소리로 말했다.

"다, 당신! 당신이었소? 나를 불러낸 게?"

"내가 불러냈다고? 무슨 소릴 하는 거야? 나야말로 당신의 편지를 받고 왔는데."

바랭이 동생의 목소리와 비슷한 쉰 듯한 목소리로 말했다.

"내 편지라고?"

"댁의 서명이 있는 편지였소. 나를 여기로 오게 한 건……."

"내가 뭣 하러 당신에게 편지를 쓰겠소?"

"내게 편지를 보내지 않았다고?"

바랭이 본능적으로 경계하는 모습을 보였다. 앙데르마트에 대한 경계가 아니라, 자신을 이 함정에 빠뜨린 미지의 적에 대한 경계였다. 그 순간 그의 시선이 우리 쪽으로 향하는가 싶더니 서둘러서 문 쪽으로 발걸음을 돌렸다.

앙데르마트가 그의 앞을 가로막았다.

"바랭, 어쩌자는 거요?"

"뭔가 함정이 있는 것 같소. 난 가야겠소. 잘 있으시오."

"잠깐!"

"앙데르마트 씨, 날 내버려 두시오. 우린 서로 할 말도 없을 텐데."

"할 말이라면 얼마든지 있소. 마침 좋은 기회 같으니……."

"비키시오!"

"아니, 그럴 수 없소!"

앙데르마트의 결연한 태도에 겁이 난 듯, 바랭은 뒷걸음질 치며 중얼거리듯 말했다.

"그렇다면 어서 말해 보시오. 어서 얘기를 마칩시다."

의외의 반응에 나는 적잖게 놀라면서 실망했다. 그리고 나와 함께 있는 두 사람도 같은 생각일 것이라고 확신했다.

살바토르는 왜 이 자리에 나타나지 않는 것일까? 애초부터 자신은 여기에 가세할 생각이 없었던 것일까? 그저 앙데르마트와 바랭의 대결을 주선하는 것만으로도 충분하다고 생각했던 것일까?

나는 그것이 마음에 걸려서 견딜 수가 없었다. 그가 이 자리에 없다는 사실 때문에 이 결투가 숙명의 지배를 받고 있을 뿐만 아니라, 특유의 비극적 양상을 띠고 있는 것처럼 느껴졌다. 그리고 이 두 사람을 격돌하게 하는 힘이 그들 이외의 곳에 있다는 사실이 나를 무척 기분 나쁘게 만들었다.

한동안 침묵이 흐른 뒤, 앙데르마트가 바랭 쪽으로 다가갔다. 그리고 상대의 눈을 똑바로 쳐다보며 말했다.

"이제 시간이 흘러서 더 이상 두려워할 것도 없을 테니 솔직하게 대답해 주기 바라네. 바랭, 루이 라콩브를 대체 어떻게 한 거지?"

"왜 그런 어처구니없는 질문을 나한테 하는 거요? 그가 어떻게 됐는지 나도 무척 궁금하단 말이오."

"자네들은 알고 있지 않은가? 자네와 자네의 동생은 라콩브의 수족이었으니까. 게다가 그의 집, 그러니까 지금 우리들이 서 있는 이 집에서 거의 살다시피 하지 않았나? 자네들은 그 일에 관한 모든 계획에 대해 알고 있었어. 그리고 그날 밤, 내가 루이 라콩브를 우리 집 문 앞까지 배웅했을 때 어둠 속에 숨어 있던 두 사람을 분명히 보았단 말이오. 바랭, 난 그 사실에 대해 결단코 증언할 수 있소."

"그게 어쨌다는 말이오? 당신이 증언한다고 해서 뭐가 달라지는 겁니까?"

"그건 자네와 자네의 동생이었네, 바랭."

"무엇으로 증명하겠다는 거요?"

"이틀 후, 자네가 라콩브의 가방에서 꺼낸 서류와 설계도를 내게 보이며 그것을 팔겠다고 한 것이 가장 큰 증거지. 그 서류가 어떻게 자네 손에 들어가게 된 거지?"

"앙데르마트 씨, 전에도 말한 것처럼 그 서류는 다음 날 라콩브의 책상 위에서 우리가 발견한 것이오."

"거짓말."

"거짓말이라는 증거를 대 보라니까."

"그건 사법당국에서 할 일이오."

"그럼 왜 신고를 하지 않았지?"

"왜냐고? 그건……."

그의 얼굴이 어두워지더니 입을 다물었다. 그러자 바랭이 입을 열었다.

"그것 보시오. 당신에게 조금이라도 확신이 있었다면 우리의 협박 같은 건 개의치 않고 신고했을 거 아니오?"

"협박이라고? 그 편지를 말하는 건가? 내가 그따위 수작을 믿었을 것 같아?"

"그 편지가 존재하지 않는다고 생각했다면 왜 우리에게 막대한 액수의 돈을 주겠다고 했던 거요? 그리고 그 후에도 동생과 나를 끈질기게 미행하지 않았소?"

"설계도를 되찾고 싶었을 뿐이야."

"거짓말! 그 편지 때문이었소. 일단 그 편지를 손에 넣은 뒤에 우리를 고소할 생각이었겠지. 그 때문에 우리는 몇 번이고 위험에 처하게 됐었소!"

그가 큰 소리로 웃다가 갑자기 웃음을 멈추며 말했다.

"이제 이 일은 생각하기도 싫소. 늘 똑같은 소리만 되풀이해 봐야 달라질 건 아무것도 없으니까. 그럼 이쯤에서 물러나야겠소."

"아니! 이대로는 이 방에서 나갈 수 없을 거야! 기왕에 편지 얘기가 나왔으니 그것을 내놓지 않으면 여기서 나갈 수 없단 말이오!"

"마음대로 하시라지. 난 갈 테니."

"절대로 보내지 않을 거야!"

"잘 들으시오, 앙데르마트 씨. 내 한마디 충고할 테니."

"결코 돌려보내지 않을 테니 포기하시오."

"갈 수 있을지 없을지는 두고 보면 알겠지."

바랭이 화난 목소리로 소리를 지르자 앙데르마트는 순간 멈칫 물러섰다.

바랭은 한발 더 바짝 붙어서고, 앙데마르트 씨는 엉겁결에 상대의 가슴을 거세게 밀쳐냈다. 그 순간, 바랭의 손이 잽싸게 호주머니 속으로 들어갔다.

"마지막으로 경고하겠소!"

"먼저 편지부터 내놔!"

바랭은 어느새 권총을 꺼내 앙데르마트를 겨누며 말했다.

"이제 어쩔 생각이오?"

앙데르마트가 재빨리 몸을 수그린 순간, 권총에서 총알이 발사되었다.

그런데 이게 어찌 된 일인가! 바랭의 손에서 권총이 떨어져 저만치 나동그라진 것이다.

나는 어리둥절하지 않을 수 없었다. 아니, 이건 또 어찌 된 일인가. 총이 발사된 건 바로 내 옆에서였다. 다스프리가 단 한 발의 총알로 알프레드 바랭의 손에 쥐어져 있던 권총을 명중시킨 것이다!

그리고 다스프리는 잽싸게 두 사람이 있는 곳으로 뛰쳐나가더니 바랭에게 얼굴을 들이밀면서 그를 비웃듯이 말했다.

"당신 운이 좋군. 정말 운이 좋아. 난 당신 손을 조준했는데 총에 맞았으니 말이오."

두 사람이 어리둥절한 표정으로 다스프리를 바라보았다. 다스프리가 앙데르마트에게 말했다.

"나와는 상관도 없는 일에 끼어들어서 정말 죄송합니다. 하지만 당신이 너무 서툰 것 같아서요. 이제 내가 하도록 해 주십시오."

그리고 바랭 쪽을 바라보며 말을 이었다.

"자, 지금부터는 내가 상대해 주지. 확실히 하자고. 난 세븐 하트에 모든 걸 걸겠네."

그리고 그의 코앞으로 일곱 개의 붉은 무늬가 찍혀 있는 작은 철판을 들이댔다.

사람이 당황하면 그렇게 변할 수도 있다는 사실을 나는 그때 처음 알았다. 새파랗게 질린 얼굴, 멍해진 두 눈, 괴로움에 일그러진 표정…… 바랭은 코앞에 들이민 카드를 마치 최면술에 걸린 사람처럼 멍하니 바라보았다.

"다, 당신 누구요?"

그가 더듬거리며 말했다.

"아까도 말했듯이 이 일과는 상관없는 사람이지. 하지만 일단 시작한 일은 끝장을 보는 성격일세."

"원하는 게 뭐요?"

"당신이 가지고 있는 모든 것."

"난 아무것도 가진 게 없소."

"말도 안 되는 소리. 그랬다면 당신은 여기 오지도 않았을 거야. 오늘 아침, 당신은 아홉 시까지 여기로 오라는 편지를 받았어. 모든 서류를 다 가지고 말이야. 그리고 당신은 지금 여기 있네. 그런데 서류를 가지고 있지 않다고?"

다스프리의 목소리와 태도에는 내가 지금까지 보지 못했던 위엄이 서려 있었다. 평소에는 다정하고 게으르기까지 한 그가 힘에 넘치는 전혀 새로운 모습을 보여 준 것이다.

낯선 남자가 기세등등하게 밀어붙이자, 완전히 제압당한 바랭이 자신의 주머니를 가리키며 말했다.

"서류는 여기 있소."

"전부 거기에 들어 있나?"

"그렇소."

"당신이 루이 라콩브의 가방에서 꺼내 폰 리벤 장군에게 팔아넘긴 서류 전부가 들어 있나?"

"그렇소."

"원본인가? 사본인가?"

"원본이오."

"얼마가 필요하지?"

"10만 프랑."

다스프리가 웃음을 터뜨렸다.

"당신 제정신이야? 장군은 2만 프랑밖에 내질 않았네. 그 2만 프랑도 시궁창에 버린 거나 마찬가지지. 실험에 실패했으니 말일세."

"설계도를 제대로 읽지 못해서 그랬을 뿐이오."

"설계도 자체가 불완전했겠지."

"그렇다면 왜 그걸 갖고 싶어 하는 거요?"

"다 쓸 데가 있네. 5천 프랑을 주겠네. 그 이상은 한 푼도 줄 수 없어."

"그럼 1만 프랑. 나도 더 이상은 안 되오."

"좋았어. 그렇게 하지."

다스프리가 앙데르마트 곁으로 다가가며 말했다.

"죄송하지만 수표를 한 장 써 주시죠."

"하지만…… 난 지금……."

"당신의 수표책이요? 그거라면 여기 있습니다."

앙데르마트가 어찌 된 영문인지 모르겠다는 표정으로 다스프리가 내민 수표책을 더듬으며 말했다.

"이건 틀림없이 내 수표책인데……. 이게 왜 당신 손에?"

"쓸데없는 말은 그만두고 어서 사인이나 하십시오."

앙데르마트가 만년필을 꺼내 사인을 했다. 그때 바랭이 덥석 손을 내밀었다.

"모든 협상이 다 끝난 게 아니니 그 손 치우게."

다스프리가 말했다.

그런 다음 앙데르마트를 향해 말했다.

"당신이 원하던 편지가 또 있지 않았습니까?"

"그렇습니다. 편지 한 묶음입니다."

"바랭, 그건 어디 있지?"

"난 그런 건 갖고 있지 않소."

"그럼 어디 있지, 바랭?"

"난 모르오. 동생이 관리했었으니까."

"그 편지는 여기에 숨겨 뒀을 걸세. 바로 이 방 안에."

"그럼 당신은 그게 어디 있는지 알고 있겠군."

"그걸 내가 어찌 알겠나?"

"당신도 그 비밀 금고를 열어 봤을 게 아니오. 살바토르라는 작자만큼 잘 알고 있는 것 같은데……."

"그 금고에 편지는 없었네."

"그럴 리 없소."

"열어 보게나."

바랭이 의심스럽다는 표정으로 다스프리를 노려보았다.

다스프리와 살바토르는 동일 인물이 아닐까? 만약 그렇다면 이미 들통 나 버린 비밀 장소를 공개해도 상관없을 것이다. 하지만 그렇지 않다면 금고를 보여 줘도 아무 소용이 없지 않겠는가.

"열게."

다스프리가 다시 말했다.

"나는 세븐 하트를 가지고 있지 않소."

"그거라면 여기 있네."

다스프리가 그 철판을 들이밀며 말했다.

바랭이 뒤로 물러서며 말했다.

"안 됩니다……. 그럴 수 없소……. 난 열 수 없소."

"그럼 할 수 없지……."

다스프리가 꽃처럼 하얀 수염을 기른 늙은 왕의 모자이크 앞으로 다가가더니 의자 위에 올라섰다. 세븐 하트 카드를 단검의 손잡이 부분에 가져다 댔다. 철판의 양끝이 단검의 양끝에 꼭 맞도록. 그런 다음 송곳으로 각 하트 밑의 뾰족한 부분에 있는 구멍을 차례대로 찔러 모자이크에 있는 일곱 개의 돌을 눌렀다. 일곱 번째 돌을 누르자 무엇인가가 떨어져 나가면서 왕의 가슴 부분 전체가 회전하더니 금고처럼 만들어진 텅 빈 공간이 나타났다. 주위를 철로 둘러놓았으며 중간에 철판을 끼워 넣어 상하 2단으로 나누어 놓았다.

"보게, 바랭. 금고는 텅 비었어."

"정말이군. 텅 비었어……. 그렇다면 동생이 그 편지를 꺼냈을 거요."

다시 바랭 쪽으로 다가간 다스프리가 말했다.

"상대가 나라는 걸 잊었나? 그런 술수가 통할 것 같아? 금고가 하나 더 있을 거야. 어디지?"

"다른 금고는 없소."

"자네 돈이 더 필요한 건가? 얼마를 더 원하지?"

"1만 프랑."

"앙데르마트 씨, 그 편지는 당신에게 1만 프랑의 가치가 있는 겁니까?"

"그렇소. 그만한 가치가 있소."

바랭이 금고를 닫았다. 아주 기분 나쁘다는 듯이 세븐 하트 철판을 떼어 내더니 그것을 다시 단검의 손잡이 부분에 가져다 댔다. 그런 다음 각 하트의 아래쪽 뾰족한 부분을 송곳으로 찔렀다. 그러자 이번에도 무엇인가 떨어져 나가는 소리가 들렸다. 그런데 이번에는 놀랍게도 두꺼운 금고 문의 앞쪽만이 열렸다. 금고 안에 또 하나의 금고가 있었던 것이다.

끈으로 묶어 봉인된 편지 뭉치는 거기에 있었다. 바랭이 그것을 다스프리에게 넘겼다.

다스프리가 앙데르마트를 바라보며 물었다.

"앙데르마트 씨, 수표에 사인하셨나요?"

"그렇소. 이미 했소."

"당신은 루이 라콩브에게서 건네받은 서류, 그러니까 잠수함의 설계도를 보충하는 그 서류도 가지고 계시지요?"

"그것도 가지고 있소."

거래가 행해졌다. 다스프리는 서류와 수표를 주머니에 넣더니 앙데르마트에게 편지 뭉치를 건넸다.

"자, 당신이 원하던 것입니다."

앙데르마트는 한동안 망설였다. 온갖 괴로움에 시달리며 찾아 헤매던 이 저주받은 물건에 손대기가 두렵다는 듯 곧 신경질적으로 그것을 낚아챘다.

옆에서 훌쩍이는 소리가 들려왔다. 나는 앙데르마트 부인의 손을 쥐었다. 그녀의 손은 얼음장처럼 차가웠다.

다스프리가 앙데르마트에게 말했다.

"더 이상 우리가 나눠야 할 말은 없는 듯합니다. 부탁이니 고맙다는 말은 하지 말아 주십시오. 나는 그저 우연히 도움을 줄 수 있었던 것뿐입니다."

앙데르마트가 밖으로 나갔다. 그는 자신의 아내가 루이 라콩브에게 보낸 편지를 가지고 떠났다.

다스프리가 진심으로 기쁘다는 듯이 외쳤다.

"잘됐어! 아주 잘됐어! 모든 일이 잘 풀렸어. 이제 마무리만 하면 되는군. 바랭, 서류는 어디 있지?"

"이게 전부요."

다스프리가 그것들을 살펴보았다. 주의 깊게 살펴보더니 그것을 주머니에 넣었다.

"좋았어. 당신은 약속을 지켜 줬어."

"그런데……."

"그런데 어쨌다는 거지?"

"수표 두 장은? 내가 받기로 한 돈……."

"뭐라고? 뻔뻔스럽기 짝이 없는 녀석이로군. 어떻게 그런 말을 할 수 있는 거지?"

"나는 내 권리를 주장하고 있을 뿐이오."

"그렇다면 당신이 훔친 것에 대해서 내가 얼마간 돈을 지불해야 할 의무가 있다는 말인가?"

바랭이 화가 난 듯했다. 눈에 핏발이 서더니 분노로 온몸을 떨었다.

"돈, 돈을 내놔……. 2만 프랑!"

그가 더듬더듬 말했다.

"그럴 순 없어……. 좀 써야 할 데가 있거든."

"돈, 돈을 내놔!"

"잘 들어 보게나. 아, 그 칼은 꺼내지 않는 게 좋을 거야."

그가 바랭의 팔을 움켜쥐자, 바랭이 아픔을 견디지 못하고 신음소리를 냈다. 그가 다시 말을 이었다.

"조용히 이 자리를 떠나게. 밖의 공기를 마시면 머리가 좀 맑아질 거야. 아니면 내가 안내해 줄까? 저 공터 끝으로 가서 돌무더기 밑에서 나온 걸 보여 줄 수도 있어……."

"아니야! 거짓말이야!"

"거짓말이라? 엄연한 사실인데. 붉은 점이 찍힌 이 세븐 하트 철판도 거기서 나온 거야. 자네, 기억하고 있나? 루이 라콩브가 언제나 몸에 지니고 다니던 물건인데, 자네와 자네의 동생이 시체와 함께 묻은 물건일세. 그 외에도 재판소에서 기뻐할 만한 것들이 수도 없이 나왔다네."

바랭은 분노를 삭이지 못하는 듯 두 손으로 얼굴을 덮으며 말했다.

"알았소. 내가 졌소. 아무런 말도 하지 않겠소. 대신 한 가지……. 한 가지 묻고 싶은 게 있소."

"뭔가?"

"커다란 금고에 보석상자 하나가 들어 있지 않았소?"

"아, 들어 있었소."

"6월 22일에서 23일에 걸친 밤, 당신이 이곳에 왔을 때 거기에 상자가 있었소?"

"틀림없이 있었지."

"상자의 내용물은?"

"당신 형제가 넣어 둔 물건이 고스란히 들어 있었소. 아주 멋진 보석들을 수집해 놓았더군. 다이아몬드, 진주…… 당신 형제들이 여기저기서 훔친 물건들이더군."

"당신이 그걸 가져갔소?"

"당연하지. 당신이라면 안 그랬겠나?"

"그렇다면……. 내 동생은 그 상자가 없어진 걸 보고 자살한 거겠군."

"그렇겠지. 폰 리벤 장군과 당신들이 주고받은 편지가 없어졌다고 해서 죽었을 리는 없을 테니까. 하지만 그 상자가 없어졌으니 충격이 컸겠지. 그런데 자네가 묻고 싶은 것은 그게 전부인가?"

"아직 한 가지 더 있소. 당신 이름이 뭐요?"

"내 이름을 묻는 걸 보니 복수를 할 생각이로군."

"당연하지! 운은 돌고 도는 법이니까. 오늘은 당신이 이겼지만, 내일 일은 모르는 거 아니오."

"내일은 햇살이 당신을 비출 거요."

"나도 그렇게 생각하오. 이름이 뭐요?"

"아르센 뤼팽이오."

"뭐, 아르센 뤼팽?"

바랭은 몸을 가누지 못했다. 커다란 망치로 한 방 얻어맞은 사람처럼. 그 이름이 그로부터 모든 희망을 앗아간 듯했다.

다스프리는 웃음을 터뜨리고 나서, 잘난 말을 잔뜩 늘어놓았다.

"하하하, 이제 알았나? 이 어리석은 사람아, 그럼 보통 사람이 이런 멋진 무대를 마련할 수 있을 거라고 생각했나? 어림도 없는 소리지. 이런 일은 적어도 뤼팽 정도는 돼야 가능하지. 자, 이젠 일이 어떻게 된 건지 알았나? 풋내기 녀석, 어서 가서 복수할 준비나 하라고. 이 뤼팽이 기다리고 있을 테니까."

더 이상 아무런 말도 하지 않고 완전히 주저앉은 바랭을 밖으로 밀어냈다.

"다스프리, 다스프리!"

나는 지금까지 불러왔던 대로 그를 불렀다.

벨벳 휘장을 들추고 내가 얼굴을 내밀자, 그가 달려왔다.

"왜 그러나? 무슨 일이라도 생겼나?"

"앙데르마트 부인이 이상해."

그가 서둘러 정신을 차리게 하는 약을 뿌렸다. 계속 치료를 하면서 그가 내게 물었다.

"어떻게 된 거지? 무슨 일이 있었던 거야?"

"무슨 일이냐고? 그 편지 때문일세. 루이 라콩브가 가지고 있던 그 편지를 남편에게 건네주지 않았는가."

내가 말했다. 그러자 다스프리가 자신의 머리를 두드리며 말했다.

"그런가? 내가 정말로 그 편지를 건네줬다고 생각한 거군. 하긴, 그렇게 생각했다 해도 할 말은 없지. 거기까진 미처 생각 못했네."

정신을 차린 앙데르마트 부인이 뤼팽의 말에 열심히 귀를 기울였다. 그는 자신이 가져온 가방 속에서 조금 전 앙데르마트가 가지고 떠난 것과 아주 똑같이 생긴 꾸러미를 꺼냈다.

"부인, 이것이 진짜 편지입니다."

"그럼…… 남편은?"

"이것과 똑같이 보이기는 하지만 어젯밤에 제가 새로 고쳐 쓴 것입니다. 남편은 모든 일을 직접 눈으로 확인했으니 절대 의심하지 않을 겁니다. 그 편지를 읽고 기뻐할 겁니다."

"하지만 필체가……"

"흉내 낼 수 없는 필체란 존재하지 않습니다."

그녀는 상류사회의 신사에게 말할 때와 같이 정중한 태도로 그에게 감사의 뜻을 전했다. 그런 그녀의 태도를 보고 나는 바랭과 아르센 뤼팽이 나눈 마지막 대화를 그녀가 듣지 못했다는 사실을 알 수 있었다.

나는 전혀 뜻밖의 모습을 보인 이 친구에게 무슨 말을 해야 좋을지 몰라 조금 당황한 눈빛으로 그를 바라보았다. 뤼팽이었다니! 이 사람이 세상을 놀라게 한 괴도 뤼팽이었다니! 함께 클럽에서 즐기던 이 친구가 뤼팽이었다니…… 정말이지 기가 막혔다.

나는 넋을 잃고 말았다. 하지만 그는 매우 여유 있는 모습을 보였다.

"자, 이제 장 다스프리와 작별 인사를 하게나."

"그래야 하나?"

"그래야지. 장 다스프리는 여행을 떠날 걸세. 나는 그를 모로코로 보낼 생각이지. 어쩌면 그는 거기서 자신에게 잘 어울리는 마지막을 맞이하게 될지도 모르지. 솔직히 말하자면 그게 그가 원하는 최후일세."

"그래도 아르센 뤼팽은 우리 곁에 남아 있겠지?"

"물론이지. 아르센 뤼팽의 화려한 명성은 이제 겨우 시작인데, 뭐. 그의 앞길은 아직 창창하다네."

나는 이 인물에 대해 억제할 수 없는 강렬한 호기심이 일어, 앙데르마트 부인과 멀리 떨어진 곳으로 그를 데려가 이렇게 말했다.

　"그러니까 그 편지를 감춰 두었던 두 번째 금고도 자네가 발견해 냈단 말이지?"

　"꽤 애를 먹었다네! 자네가 잠들어 있던 어제 오후에 간신히 발견해 냈지. 사실은 그게 가장 쉬운 문제였는데! 가장 쉬운 문제가 가장 나중에 풀리곤 하는 법이지."

　그리고 철판으로 만든 세븐 하트를 내보이며 말했다.

　"커다란 금고를 열려면 이 카드를 저 모자이크 속 왕이 들고 있는 단검에 끼워야 한다는 사실을 나는 알고 있었지……."

　"자넨 어떻게 그 사실을 알게 됐지?"

　"별거 아닐세. 개인 정보망을 통해서 6월 22일 밤, 여기로 오기 전부터 알고 있었으니까."

　"나와 헤어진 뒤에?"

　"그렇다네. 특별히 고른 화젯거리로 자네의 신경을 날카롭게 만든 뒤 침대에서 꼼짝 못하게 만들어 놓고 나는 천천히 조사에 착수한 거지."

　"자네 생각이 정확히 맞아떨어졌구먼."

　"나는 여기에 오기 전부터 특수하게 고안된 자물쇠로 채워진 금고 속에 작은 상자가 숨겨져 있다는 사실과 세븐 하트가 그 자물쇠를 여는 열쇠라는 사실을 알고 있었지. 그러니까

남은 문제는 이 세븐 하트가 꼭 들어맞는 곳을 찾아내기만 하면 되는 거였어. 한 시간 만에 찾아낼 수 있었다네."

"겨우 한 시간 만에?"

"먼저 저 모자이크를 좀 보게나."

"저 늙은 황제 말인가?"

"저 황제는 보통 카드인 하트에 등장하는 왕, 그러니까 샤를마뉴 황제가 아닌가?"

"듣고 보니 그렇군. 그런데 어떻게 세븐 하트 한 장으로 때로는 큰 금고를 열고, 때로는 작은 금고를 열 수 있는 거지? 그리고 자네는 왜 큰 금고밖에 열지 못했던 거고?"

"그 이유를 알고 싶나? 나는 늘 같은 방향으로 카드를 갖다 댔기 때문일세. 어제 처음으로 그것을 거꾸로 댔더니, 즉 하트의 끝부분을 위쪽으로 향하게 하면 그 위치가 바뀐다는 사실을 알게 되었네."

"아아, 그렇군!"

"듣고 나면 아주 간단한 문제지만 그걸 생각해 내기란 그리 쉽지가 않다네."

"한 가지 더 묻고 싶은 게 있네. 앙데르마트 부인이 말하기 전에는 자네도 그 편지에 대해서는……."

"우리에게 고백하기 이전에 말인가? 전혀 알지 못했다네. 나는 금고 속에서 그 조그만 상자와 형제들이 주고받은 편지, 그들의 매국 행위를 내게 증명해 준 편지밖에 발견하지 못했으니까."

"그럼 자네가 그 형제들에 대해서 알게 되고 잠수함의 설계
도와 서류를 발견하게 된 것도 전부 우연의 일치란 말인가?"

"전부 우연의 일치였지."

"그렇다면 자네는 왜 그 편지를 찾았던 거지?"

다스프리가 웃으며 말했다.

"자네, 이 사건에 커다란 흥미를 느낀 모양이로군."

"가슴이 다 두근거릴 정도라네!"

"그런가? 알겠네. 앙데르마트 부인을 배웅한 뒤, 〈에코 드
프랑스〉 지에 실릴 기사를 작성해서 넘기고 난 다음 다시
이곳으로 와서 자세한 얘기를 해 주겠네."

그는 자리에 앉았다. 그리고 가벼운 필치로 간결한 기사를
작성했다.

그 기사는 아직도 모르는 사람이 없을 정도로 세상을 들끓
게 만들었다.

『최근 살바토르가 추적했던 문제의 그 사건을 아르센
뤼팽이 해결했다. 루이 라콩브가 만들어 낸 서류와 설계
도 전부를 입수한 뤼팽은 그것을 프랑스 해군성에 전달
했다. 그는 이 설계도에 의해서 완성될 최초의 잠수함
개발을 위해 모금운동을 제안했고, 자신이 먼저 2만 프
랑을 기부했다.』

"앙데르마트 씨의 수표가 바로 이 2만 프랑인가?"

그가 내민 원고를 읽고 나서 내가 물었다.

"그런 셈이지. 바랭도 당연히 자신의 죄 값의 일부라도 치러야 할 테니까."

이상이 내가 아르센 뤼팽을 알게 된 경위이다. — 클럽에서의 친구, 사교계의 친구였던 장 다스프리가 괴도 신사 아르센 뤼팽이었다는 사실을 이렇게 알게 된 것이다.

그리하여 그 위대한 인물과 즐거운 우정을 나누고, 점점 그의 신뢰를 얻었으며, 그의 충실하고 진지한, 그리고 그가 감사할 만한 그의 전담 작가가 되었다.

앵베르 부인의 금고

새벽 세 시가 되었는데도 여섯 대 정도의 마차가 고즈넉한 베르티에 가의 한 집 앞에 서 있었다. 그 집 문이 열리더니 한 무리의 남녀들이 성큼성큼 걸어 나왔다.

잠시 후 넉 대의 마차가 좌우로 흩어져 떠났고, 그 거리에는 두 신사만이 남게 되었다. 그들은 그중 한 사람이 살고 있는 쿠르셀 가의 한 모퉁이에서 헤어졌다.

남은 한 사람은 마이요 대로 입구까지 걸어갈 생각으로, 거기서 빌리에 가도를 건너 성벽 맞은편 보도를 걸어갔다. 맑고 차가운 겨울밤이었다. 들이마시는 공기가 상쾌해서인지 그의 발걸음이 매우 가벼웠다.

그렇게 몇 분을 가다가 그는 슬며시 뒤를 돌아보았다. 미행을 당하고 있는 것 같다는 불길한 예감에 휩싸였기 때문이다.

실제로 가로수 사이를 미끄러지듯 쫓아오고 있는 한 사내의 모습이 보였다. 그는 겁쟁이는 아니었다. 하지만 가능한 한 빨리 테른에 있는 입시세관소(入市稅關所)에 도착하려고 걸음을 서둘렀다.

다시 뒤를 돌아보니 사내가 달려오고 있는 모습이 보였다. 불안해진 그는 이 사내와 맞서는 것이 가장 좋을 것 같다는 생각을 하며 권총을 빼들었다.

하지만 그가 이 생각을 실행에 옮기기도 전에 사내가 먼저 그에게 달려들었다. 인적이 끊긴 거리에서 두 사람이 엉겨붙어 격렬한 몸싸움을 벌였는데, 곧 그는 자신에게 불리하다는 사실을 깨달았다.

그는 구원을 청하는 소리를 지르며 끝까지 물러서지 않고 저항했다. 하지만 상대는 결국 그를 자갈 더미 위에 쓰러뜨리고 목을 조르며 손수건으로 입에 재갈까지 물렸다. 점점 눈이 감겨오고 이명이 들려오기 시작했다. 그는 거의 정신을 잃을 뻔했다.

그런데 그 순간 목을 조르던 힘이 약해진 것 같았다. 다리로 목을 누르고 있던 사내가 자신이 받은 공격을 막기 위해서 몸을 일으켰기 때문이다. 그때 누군가가 지팡이로 사내의 손목을 한 대, 부츠 신은 발로 뒤꿈치를 한 대 후려쳤던 것이다. 사내는 두 번 비명을 지르더니 욕설을 퍼붓고는 다리를 절름거리며 도망쳤다.

새로 등장한 사내가 쫓아갈 필요도 없다는 듯한 표정으로 몸을 굽히고서 그에게 말했다.

"다친 데는 없습니까?"

그는 크게 다친 데는 없는 것 같았지만 너무 놀라서인지 자리에서 바로 일어나질 못했다. 다행히도 입시세관소 직원 중 한 명이 비명 소리를 듣고 달려왔다.

그리고 이어서 마차 한 대가 불려왔다. 봉변을 당한 신사는 그를 구해 준 사람의 도움으로 마차에 올랐다. 그는 곧 그랑다 르메 가도에 있는 자신의 집에 도착했다.

문 앞에 도착하자, 완전히 정신을 차린 그가 정중하게 감사의 말을 전했다.

"선생님은 제 생명의 은인입니다. 이 은혜를 평생 잊지 않겠습니다. 이런 시간에 아내를 놀라게 할 수는 없으니 날이 밝는 대로 아내에게도 감사의 말씀을 전하도록 하겠습니다."

그는 다음 날 점심 식사를 하러 와 줬으면 좋겠다고 말한 뒤, 자신의 이름은 뤼도비크 앵베르라고 밝혔다. 그리고 그에게 물었다.

"선생님의 이름을 여쭈어도 괜찮겠습니까?"

"물론이지요."

상대가 말했다. 그리고 자신을 소개했다.

"저는 아르센 뤼팽입니다."

아르센 뤼팽은 카오른 사건이나 라 상떼 형무소 탈옥, 그

외의 수많은 유명한 사건을 통해 명성을 얻었지만, 이때는 그러한 일이 있기 전이었다. 게다가 그는 아직 아르센 뤼팽이라는 이름으로 불리지도 않았다. 훗날 빛나는 명성을 얻게 될 이 이름은 앵베르 씨를 구출한 뒤 즉석에서 떠올린 이름이었다. 그러니까 그가 실질적으로 행동을 개시한 것이 바로 이때라고 할 수 있을 것이다.

전신을 무장하고 전투 준비를 완전히 갖추기는 했지만 그에게는 돈도 성공을 가져다줄 권위도 없었다. 아르센 뤼팽은 곧 자신이 거장으로 불리게 될 그 세계에서도 한낱 풋내기에 불과했다. 그런 만큼 잠에서 깨어나 어젯밤에 받은 초대를 생각하자 전신이 떨려올 만큼 기뻤다. 드디어 자신의 목적에 한 걸음 다가갈 수 있게 되었다고 생각했기 때문이다. 그리고 이제야 그의 실력과 기량에 어울릴 만한 일을 시작하게 된 것이었다.

앵베르 부부의 막대한 재산, 이는 뤼팽과 같이 먹성 좋은 사람에게는 아주 잘 어울리는 먹잇감이었다.

그는 특별히 신경을 써서 몸을 치장했다. 프록코트는 낡았으며, 바지 끝자락은 닳았고, 실크모자는 붉게 바랬다. 모두 궁색해 보이는 것들이었지만 깨끗하게 손질했고, 넥타이는 검은 리본에 인조 다이아몬드 핀이 꽂힌 것으로 준비했다.

이런 과장스런 복장을 하고 그는 몽마르트르에 있는 자신의 집 계단을 내려왔다. 4층까지 내려오더니 지팡이 손잡이로 닫혀 있는 문 중 하나를 두드렸다.

거리로 나온 그는 대로로 접어들었다. 전차가 오자 그는 거기에 올랐다. 누군가가 그의 뒤를 따라오고 있었다. 4층에 살고 있는 사람이었는데, 그와 같은 자리에 나란히 앉았다.

잠시 후, 뒤따라온 사람이 입을 열었다.

"저기, 두목님."

"저기, 일이 아주 잘 풀렸다네."

"드디어?"

"지금 그 집으로 점심 식사를 하러 가는 길일세."

"두목이 그 집에서 점심 식사를 하다니……."

"내가 소중한 목숨도 돌보지 않고 꾸민 일이야. 당연히 그 정도 답례는 받아야지. 하마터면 네게 살해당할 뻔했던 뤼도비크 앵베르 씨를 내가 구해 주질 않았나. 뤼도비크 앵베르 씨는 예의 바른 사람이야. 그래서 나를 바로 점심 식사에 초대한 거지."

한동안 침묵이 흘렀다. 곧 그 사내가 결심한 듯 물었다.

"그럼 포기할 생각은 없는 겁니까?"

"이봐! 어제 습격을 계획하고, 새벽 세 시에 성벽을 따라 난 길에서 하나밖에 없는 소중한 친구의 손목을 지팡이로 내려치고, 부츠 신은 발로 걷어차면서까지 얻은 기회를 포기할 수 있다고 생각하나?"

아르센이 말했다.

"하지만 그 재산에 대한 소문이 워낙 좋질 않아서……."

"마음대로 떠들어 대라고 하게. 나는 지난 6개월간 이 일에 대해서만 생각해 왔네. 여러 가지로 조사도 해 보고 연구도 했으며 그물도 쳤지. 하인들과 채무자들, 심지어는 별 관계가 없는 사람들까지도 만나 봤네. 그래서 난 진실을 알고 있지. 재산이 그들의 말처럼 브로포드 영감에게서 물려받은 것이든 다른 경로를 통해서 얻은 것이든 간에, 그들이 재산을 가지고 있다는 것만은 틀림없는 사실이야. 그리고 재산이 존재하는 한 그것은 곧 내 것이 될 거야."

"1억 프랑이라니, 놀랍지 않습니까?"

"1천만 프랑, 아니 5백만 프랑이어도 상관없어! 지금 그 집 금고에는 커다란 증권 뭉치가 들어 있을 테니까. 조만간에 내가 그 열쇠를 손에 넣지 못한다면, 나를 멍청이라고 불러도 좋아."

에트왈 광장에서 전차가 멈췄다. 사내가 속삭이듯 말했다.

"그럼 지금 해야 할 일은?"

"당장은 아무 일도 없네. 곧 내가 지시를 하겠지만, 그때까지는 꽤 시간이 걸릴 거야."

5분 뒤, 아르센 뤼팽은 앵베르 저택의 호화로운 계단을 올라갔다.

뤼도비크가 자신의 아내를 소개했다. 작은 체구에 보기 좋게 살이 찐 제르베즈는 조금 말이 많은 사람이었다. 그녀는 뤼팽을 진심으로 환영했다.

"제가 우리 부부 둘이서만 생명의 은인을 모셔서 대접하자고 했어요."

그녀가 말했다.

그들은 이렇게 처음부터 '생명의 은인'을 오랜 친구에게 하듯 편하게 대했다. 디저트 코스에 들어설 무렵에는 더할 나위 없는 친밀함을 느끼게 되었다. 자연스럽게 자신들에 관한 진솔한 얘기들이 오갔다.

아르센 뤼팽은 자신의 신상과 청렴한 재판관이었던 아버지의 일생과 어린 시절의 가난함, 그리고 지금의 어려운 생활상을 이야기했다. 제르베즈도 이에 지지 않고 자신의 청춘과 결혼, 브로포드 영감의 친절, 그녀가 유산으로 받은 1억 프랑과 그것의 상속을 지연시키고 있는 장애물에 대해 털어놓았다. 그리고 현기증이 날 정도로 높은 이자로 돈을 빌려야만 했던 사정과 끊임없이 이어지고 있는 브로포드 영감의 조카들과의 분쟁에 대해서도 이야기했다. 그러면서 그로 인해 지급 정지 상태가 되었다고 하소연했다.

"맞아요, 뤼팽 씨. 주식 증권은 저기 남편의 서재에 있어요. 하지만 그중 단 한 장이라도 배당권을 행사하면 우리는 모든 주식을 잃게 돼요. 우리 금고 안에 있기는 하지만, 우리는 거기에 손도 댈 수 없는 상황이죠."

바로 옆방에 그것이 있다는 생각만으로도 뤼팽은 가벼운

떨림을 느꼈다. 그리고 그는 이 선량한 부인처럼 언제까지고 고귀한 영혼을 갖고 있지 못할 것이라며 속으로 쓴웃음을 지었다.

"아, 그렇습니까? 거기에 있습니까?"

당장이라도 서재로 달려가고 싶은 심정으로 그가 말했다.

"그래요. 저기에 있어요."

이렇게 시작된 교제로 이 부부와 한층 더 긴밀한 관계를 맺게 되었다.

제르페즈 부인이 자연스럽게 물어오기에, 아르센 뤼팽은 자신의 생활고와 빈곤한 형편을 얘기했다. 그러자 이 부부는 이 불행한 청년을 즉석에서 비서로 고용하겠다고 했다.

그는 지금처럼 그대로 자신의 집에서 살면서 일에 대한 지시를 받기 위해 매일 이곳으로 오고, 편의를 위해 3층에 있는 한 방을 그의 사무실로 사용하기로 했다. 그리고 월급은 150 프랑으로 정했다.

이 무슨 행운이란 말인가? 그는 뤼도비크의 서재 바로 위에 있는 방을 골랐다.

며칠 지나지 않아, 아르센은 비서라는 자신의 자리가 한가하기 짝이 없다는 사실을 깨달았다. 두 달 동안 그가 한 일은 네 통의 하찮은 편지를 필사한 것이 전부였다. 그리고 주인의 서재에는 딱 한 번 불려 들어갔을 뿐이었다. 그러니까 그 금고를 실제로 본 것은 그때 딱 한 번뿐이었다. 그리고 이런 한직에 있는 자에게는 앙크티 국회의원이나 그루벨 변호사 회장 등과 같은 명사와 자리를 함께할 자격이 주어지지 않는다는 사실도 깨달았다. 사람들은 자신들이 여는 연회에 그를 초대해 주지 않았던 것이다.

하지만 그는 이런 사실에 결코 실망하지 않았다. 어둠에 가려진 상태에서 조용히 자신의 위치를 지키는 것이 훨씬 유리하다고 생각했다. 그는 너무 나서지 않고, 행복한 마음으로 자유롭게 생활했다.

그렇다고 해서 그가 마냥 시간을 낭비하고 있었던 것은 아니었다. 우선 그는 몇 차례에 걸쳐서 뤼도비크의 서재로 몰래 숨어들어가 그 금고에 경의를 표했다. 금고는 여전히 굳게 닫혀 있었는데, 그것은 보기에도 묵직한 주철과 강철의 거대한 덩어리였다. 이 녀석은 쇠톱이나 송곳, 지렛대 앞에서도 꿈쩍도 하지 않을 것 같았다.

아르센 뤼팽은 고집스런 성격의 소유자가 아니었다.

'힘은 실패하지만 계략은 성공한다. 중요한 것은 꼭 필요한 곳에 시선을 집중시켜야 한다는 점이다.'

마음속으로 이렇게 생각했다.

그는 필요한 설비들을 갖추기로 했다. 갖은 어려움 속에서도 세심한 주의를 기울여 자신이 쓰는 방의 바닥 두께를 측정했다. 그리고는 서재와 통하도록 구멍을 뚫어 납으로 만든 관을 박았다. 그는 도청기이자 망원경이기도 한 이 관을 통해 정보를 수집할 생각이었다.

그날 이후로 그는 하루 종일 자신의 방바닥에 배를 깔고 엎드려 있었다. 그는 앵베르 부부가 금고 앞에서 장부를 살펴 보기도 하고 서류를 뒤적여 보기도 하면서 이야기하는 모습을 여러 번 보았다. 그들이 자물쇠를 움직이는 네 개의 단추를 돌릴 때마다 그 숫자를 알아내려고 뤼팽은 온몸의 신경을 곤두세웠다. 뤼팽은 그들의 행동을 낱낱이 주시했고, 그들의 말을 엿들었다.

그들은 열쇠를 어디에 두는 걸까? 어디에 감춰 두는 걸까?

어느 날 그는 서둘러서 3층에서 내려왔다. 부부가 금고를 열어 둔 채 서재 밖으로 나가는 것을 보았기 때문이다. 그는 과감하게 안으로 들어섰다. 하지만 부부가 이미 돌아와 있는 것이었다.

"앗! 죄송합니다. 잘못 들어왔습니다."

그가 말했다.

그런데 제르베즈가 그에게 다가오더니 그의 팔을 잡아끌며 말했다.

"안으로 들어오세요. 뤼팽 씨. 우리 집에서 당신이 못 갈 곳은 없어요. 우리에게 충고를 좀 해 주세요. 어느 증권을 팔아야 할까요? 외채를 파는 게 좋을까요, 아니면 국채를 파는 게 좋을까요?"

"하지만 지불 정지 상태라고 하시지 않았나요?"

뤼팽이 깜짝 놀라서 물었다.

"모든 증권이 지불 정지 상태에 있는 건 아니에요."

그녀가 금고의 문을 열었다. 금고 안에는 가죽 끈으로 묶어둔 가방들이 가득 들어차 있었다.

그녀가 그중 하나에 손을 가져가자, 그녀의 남편이 그녀를 말렸다.

"안 돼, 안 된다고! 외채를 팔다니, 그건 미친 짓이야. 외채는 값이 더 오를 거야. 그에 비해서 국채는 지금이 최고가라고. 이보게, 뤼팽. 자네는 어떻게 생각하나?"

뤼팽은 아무런 의견도 갖고 있지 않았지만, 가능하면 국채를 파는 것이 좋겠다고 말했다. 그러자 그녀가 금고에서 다른 가방을 꺼냈다. 그리고 그 속에서 되는 대로 증권 한 장을 뽑아들었다. 그것은 액면가 1,374프랑, 3% 짜리 공채였다. 뤼도비크가 그것을 주머니에 넣었다.

그날 오후, 뤼도비크는 비서를 데리고 나가 그것을 매각하고 46,000프랑을 받았다.

제르베즈는 늘 자기 집처럼 편안하게 지내라고 했지만, 아르센 뤼팽은 도저히 자기 집과 같은 편안함을 느낄 수 없었다.

그와는 반대로 앵베르 가에서의 그의 위치가 그를 더욱 놀라게 했다. 우연찮은 기회에 그는 이 집 하인들이 아직도 자신의 이름을 모르고 있다는 사실을 알게 되었다. 뤼도비크는 그에 대해서 언제나 '선생에게 말을 전해 주게……'라든가 '선생은 오셨는가?'라고 말했다. 왜 이렇게 애매한 호칭을 사용하는 걸까?

그리고 처음에 남편을 구해 준 '생명의 은인'이라며 뤼팽을 애지중지했던 앵베르 부인의 태도가 어느새 달라져 있었다. 여전히 은인을 대접할 때처럼 대하지만, 말을 하지 않는 것은 물론이고 이제는 거의 상대를 하려 들지 않았다. 사람들은 뤼팽을 방해받기 싫어하는 괴팍한 사람이라고 여기고 있는 듯했다. 그리고 그러한 고립을 뤼팽이 원하기라도 한 것처럼 그것을 방해하지 않으려고 노력하는 것 같았다.

한 번은 복도를 지나가다, 우연히 제르베즈가 두 손님에게 이렇게 말하는 소리를 들었다.

"워낙 거친 사람이거든요."

'그렇게 된 거였군. 난 거친 사람이었군.'이라며 그는 고개를 끄덕였다.

하지만 그는 더 이상 사람들의 행동에 신경 쓰지 않고 오직 자신의 계획을 수행하는 데만 온 힘을 기울였다.

그는 우연을 기대하기는 어려운 상황이라는 것을 확실하게 깨달았다. 부인이 금고의 열쇠를 늘 몸에 지니고 있을 뿐만 아니라 금고에서 좀처럼 떨어지지 않았기 때문에, 제르베즈가 깜빡 실수하기를 기다리는 것은 어리석은 짓이라고 생각되었다. 따라서 그가 직접 나서서 어떤 행동을 취하는 것 외에는 다른 방법이 없어 보였다.

그런데 한 사건으로 인해서 상황이 급변했다.

몇몇 신문에서 앵베르 부부에게 맹렬한 인신공격을 퍼붓기 시작한 것이었다. 사람들은 그들 부부를 사기꾼으로 몰아세우기까지 했다. 아르센 뤼팽은 이 사건의 추이와 흔들리는 부부의 모습을 바로 옆에서 지켜보았다. 그리고 그는 이대로 망설이고 있다가는 밑천도 못 뽑을 것이라는 사실을 깨닫게 되었다.

5일 내내, 그는 평소처럼 6시에 퇴근하는 대신 자기가 쓰는 방으로 숨어들었다. 사람들은 그가 퇴근한 줄 알고 있었다. 하지만 그는 바닥에 배를 깔고 엎드려서 뤼도비크의 서재를 관찰했다.

하지만 5일 동안 그는 이렇다 할 만한 기회를 잡지 못했다. 그는 열쇠를 가지고 있었기 때문에 한밤중에 정원 쪽으로 난 문을 통해서 집으로 돌아가곤 했다.

그런데 6일째 되던 날, 뤼팽은 앵베르 부부가 적들의 악의에 가득 찬 소문에 맞서기 위해 금고를 열어 목록을 만들기로 했다는 사실을 알게 되었다.

'오늘 밤, 드디어 기회가 왔군.'

저녁 식사 후, 뤼도비크가 서재로 들어왔다. 제르베즈가 따라와 그를 도왔다. 두 사람은 금고에서 꺼낸 장부를 살펴보기 시작했다.

한 시간이 지났고 다시 한 번 한 시간이 지났다. 뤼팽은 하인들이 잠자리에 드는 소리를 들었다. 이제 2층에는 아무도 없었다. 열두 시가 되었다. 앵베르 부부는 여전히 일을 계속하고 있었다.

'드디어 때가 되었군.'

그는 자기 방의 창문을 열었다. 창은 정원 쪽으로 나 있었다. 밖은 달도 별도 없이 칠흑처럼 어두웠다. 그는 벽장에서 줄로 만든 사다리를 꺼냈다. 그리고 발코니에 있는 난간에 그것을 묶은 다음 그것을 타고 조용히 밑으로 내려갔다. 빗물받이 홈통을 이용해서 창 밑에 있는 발코니까지 내려갔다. 물론 그것은 서재의 창이었다. 서재의 창에는 두꺼운 플란넬 천으로 만든 커튼이 마치 베일처럼 가려져 있었다. 그는 한동안 발코니에 선 채로 귀를 기울이며 주위를 살폈다.

고요함 속에서 마음을 다잡은 뒤 그는 가만히 창을 밀어 보았다. 일부러 창을 검사한 사람이 없는 한 창은 당연히 열리게 되어 있었다. 그가 오후에 고리가 맞물리지 않도록 교묘하게 비틀어 놓았기 때문이다.

문이 움직였다. 그는 더욱 주의를 기울여서 문을 조금 더 열었다. 머리가 들어갈 수 있을 정도가 되자 일단 멈췄다. 커튼 두 개가 만나는 틈 사이로 불빛이 새어나왔다. 그는 제르베즈와 뤼도비크가 금고 옆에 앉아 있는 모습을 보았다.

그들은 일에 몰두하고 있었으며, 아주 가끔 조그만 목소리로 속삭이듯 말을 주고받았다. 아르센 뤼팽은 자신과 그들 사이의 거리를 계산했다. 그들이 소리를 지르기 전에 연속적으로 두 사람을 무력화시킬 수 있는 정확한 동작을 그려 보았다. 그리고 당장이라도 뛰어들려고 자세를 취하려는 순간, 제르베즈가 이렇게 말했다.

"방이 갑자기 싸늘해진 것 같아요. 저는 이만 가서 자야겠어요. 당신은 어떻게 하실 거예요?"

"나는 일을 전부 끝내고 싶소."

"그러려면 밤을 꼬박 새야 할지도 몰라요."

"아니, 이제 한 시간 정도만 더 하면 될 것 같소."

그녀가 방 밖으로 나갔다. 20분, 30분이 흘렀다. 뤼팽이 창문을 조금 더 열었다. 커튼이 바람에 펄럭이기 시작했다. 뤼팽이 다시 창문을 조금 더 열어젖히자, 뤼도비크가 뒤를 돌아보았다. 그리고 커튼이 바람에 부풀어 있는 것을 보고 창을 닫으려고 자리에서 일어났다……

뤼도비크는 비명도 제대로 지르지 못했다. 격투라고 할 것까지도 없었다. 정확히 두어 번의 동작으로 아무런 고통도 주지 않고 상대를 기절시킨 뒤, 뤼팽은 커튼으로 그의 얼굴을 감싸고 전신을 꽁꽁 묶었다. 뤼도비크는 가해자의 얼굴조차 볼 수 없었다.

그런 다음 뤼팽은 재빨리 금고 쪽으로 다가가 가방 두 개를 집어 들고 그것을 겨드랑이에 낀 다음 서재 밖으로 나와 계단을 내려갔다. 정원을 가로질러 그동안 자신이 드나들던 쪽문을 열었다. 거리에서 마차 한 대가 그를 기다리고 있었다.

"우선 이걸 받게. 그리고 나를 따라와."

그가 마부에게 말했다.

그는 다시 서재로 돌아왔다. 두 사람이 두 번 왕복하자 금고가 텅 비어 버렸다.

뤼팽은 자신의 방으로 돌아와 사다리를 끌어올렸다. 그리고 모든 흔적을 지운 다음 그 집에서 유유히 나왔다. 그것으로 끝이었다.

몇 시간 후, 아르센 뤼팽과 그의 동료는 가방 속 내용물을 확인했다. 예전부터 예상하고 있었기 때문에 앵베르 부부의 재산이 세상에 알려진 것만큼 막대한 것이 아니라는 사실을 알고서도 그는 실망하지 않았다. 100만 프랑을 백 번 헤아리기는커녕 열 번 헤아릴 필요도 없었다. 그래도 총액은 상당했다. 게다가 그것들은 모두 철도와 파리 시청, 수에즈 운하, 북부 광산 등의 우량 주식뿐이었다.

그는 만족했다.

"이걸 팔려면 상당히 깎아서 파는 수밖에 없을 거고, 또 방해를 받게 되면 더욱 싼 값에 팔아야만 할 거야. 하지만 그래도 상관없어. 처음으로 손에 넣은 이 돈으로 나는 내 마음껏 살 수도 있고, 바라던 꿈도 일부는 이룰 수 있을 테니까."

그가 말했다.

"그럼 나머지는 어떻게 하죠?"

"태워 버리게. 금고 속에 있을 때는 상당한 가치가 있는 것들이었지만 우리에게는 아무 짝에도 쓸모없는 종이쪽지에 불과하니까. 이 증권들은 벽장 속에 넣어 두었다가 적당한 때가 오면 꺼내기로 하세."

다음 날, 뤼팽은 자신이 앵베르 가에 출근하는 것을 방해하는 사람이 아무도 없다는 사실을 깨달았다. 그리고 신문을 통해 뤼도비크와 제르베즈가 행방을 감췄다는 놀라운 사실을 알게 되었다.

엄숙한 분위기 속에서 금고 문이 열렸다. 형사들은 그 속에서 아르센 뤼팽이 남겨 놓고 간 몇몇 물건들밖에 발견해 내지 못했다.

이상이 사건의 진상이다. 그리고 그 세계에서 뤼팽의 공적으로 전해지고 있는 내용이다. 나는 뤼팽에게서 직접 이 얘기를 들었다. 그날 뤼팽은 자신이 먼저 이 얘기를 털어놓았다.

그는 한동안 내 작업실을 이리저리 걸어 다녔는데, 그의 눈 속에는 평소와 다른 낯선 열기가 담겨 있었다.

"결국 그 사건이 자네 최대의 걸작이란 말인가?"

이 물음에 직접적으로 대답하지 않고 그는 이렇게 말했다.

"그 사건에는 규명하기 힘든 비밀이 몇 가지 숨겨져 있다네. 가령 내가 자네에게 한 이야기들을 전부 그대로 수용한다 하더라도 명쾌하게 풀리지 않는 점들이 한두 가지가 아닐세. 그 두 사람은 왜 야반도주를 했는지? 그들은 내가 준 도움을 왜 이용하지 않았는지? '몇 억 프랑이나 되는 재산이 금고 속에 있었는데, 그것을 도둑맞아 전부 잃었다.'라고 말해 버리면 모든 문제가 간단히 풀릴 텐데 말이야."

"당황해서 그럴 정신이 없었던 게 아닐까?"

"그래, 옳은 소릴세. 그들은 당황해서 그럴 정신이 없었던 게야. 하지만 이렇게 볼 수도 있을 거야……."

"이렇게 볼 수도 있다니?"

"아니, 아무것도 아닐세."

그는 왜 입을 다물어 버린 것일까? 나는 그가 모든 사실을 밝히지 않았다는 것을 알 수 있었다. 그리고 그가 말하지 않은 것은 그에게 불쾌함을 주는 일이기 때문이라는 사실도 알 수 있었다.

나는 내심 놀라면서, 뤼팽을 주저하게 만들 정도의 일이라면 틀림없이 매우 중대한 일일 거라고 생각했다. 나는 되는 대로 몇 가지 질문을 던져 보았다.

"그 뒤로 그 부부를 본 적은 있는가?"

"없네."

"그 후, 그 불행한 부부에게 미안한 생각은 들지 않던가?"

"내가 왜 그런 생각을 하겠나?"

그가 펄쩍 뛰듯 놀라며 말했다.

그의 화난 모습이 나를 놀라게 했다. 그렇다면 내가 정곡을 찔렀단 말인가? 나는 고삐를 늦추지 않고 계속해서 질문을 던졌다.

"당연하지 않은가? 자네만 아니었다면 그 두 사람은 위기에서 벗어났을지도 모르잖나. 그리고 적어도 주머니 속을 가득 채워서 야반도주할 수 있었을 게 아닌가?"

"그러니까 내가 당연히 미안한 마음을 품고 있을 거라고 자네는 생각한다는 거지?"

"그렇지 않은가?"

그가 내 테이블을 힘차게 내리쳤다.

"그러니까 자네는 내가 당연히 미안한 마음을 품어야 한다는 건가?"

"미안한 마음이라고 해야 할지 어떨지는 모르겠지만, 뭔가 있을 게 아닌가?"

"그런 녀석들에게는 미안함을 느낄 필요조차 없네."

"자네에게 전 재산을 털린 사람들인데?"

"전 재산?"

"그렇지 않은가? 그 증권 다발들 말일세."

"그 증권 다발들? 내가 녀석들의 증권 다발을, 녀석들이 받아야 할 유산의 일부를 가로챘다는 그 말이지? 그 때문에 내가 미안한 마음을 품어야 한단 말이지? 그것이 내 죄란 말이지? 자네도 꽤나 멍청하구먼. 아직도 모르겠나? 그 증권이라는 건 전부 가짜였다네!"

나는 멍한 표정으로 그를 바라보았다.

"4, 5백 프랑이나 되는 증권들이 전부 가짜였단 말인가?"

"전부 가짜였어. 채권, 파리 시채, 국고 채권 그 모두가 가짜였다고! 휴지 조각, 전부 휴지 조각에 불과했다고! 나는 거기서 단 한 푼도 건지질 못했네. 그런데 내게 미안한 마음이 들지 않았냐고 묻는 건가? 미안해해야 할 사람은 그들일세! 녀석들은 나를 완전히 멍청이 취급했다고! 완전히 바보로 본거지!"

원한과 상처받은 자존심이 빚어내는 격렬한 분노가 그를 뒤흔들어 놓았다.

"맞았어. 하나에서 열까지 내가 완전히 진 게임이었어. 그 사건에서 내가 맡은 역할, 아니 그들이 내게 맡긴 역할이 뭔지 아나? 앙드레 브로포드 역이었다네. 하지만 나는 전혀 눈치채지 못했지. 한참 후에 신문을 보고 여러 가지 정황을 떠올려 본 후에야 그 사실을 알게 됐지. 내가 위험을 무릅쓰고 녀석을 악한의 손에서 구출해 주며 신사인 척하는 동안, 녀석들은 나를 브로포드 일가의 한 사람으로 만들었던 걸세. 참으로 묘안이 아닐 수 없지. 3층의 방에서 생활하고 있는 그 괴팍한 사람, 모든 사람들이 경원시하고 있던 그 거친 사람, 그게 바로 브로포드였다네. 그리고 그 브로포드가 바로 나였다네! 그 브로포드라는 이름으로 얻은 신용 덕분에 은행에서 돈을 빌릴 수 있었으며, 공증인들도 자신들의 단골이 되어 줄 것을 청하면서 돈을 빌려 줬지. 어떤가? 애송이에게는 정말 커다란 가르침 아니겠는가? 그들이 준 교훈을 통해서 나는 정말 많은 걸 배웠다네."

그는 갑자기 말을 끊더니 내 팔을 잡았다. 그리고 비아냥거림과 칭찬이 느껴지는 듯한 어투로 의미심장하게 이렇게 말하는 것이었다.

"이보게. 그런데 말일세, 제르베즈는 지금 내게 1,500프랑을 빚지고 있다네."

나는 터져 나오는 웃음을 참을 수가 없었다. 이것이야말로 최고의 희극이라고 느껴졌기 때문이다. 뤼팽 자신도 그 상황이 우스운지 호쾌한 웃음을 언제까지고 멈추지 않았다.

"그렇다네, 1,500프랑! 나는 내 월급을 단 한 푼도 받지 못했을 뿐만 아니라 그녀에게 1,500프랑을 빌려 주기까지 했다네! 그건 당시 내가 가지고 있던 돈의 전부였지. 그런데 돈을 빌려 간 이유가 뭔지 아나? 알고 싶지 않은가? 참으로 멋진 이유였다네. 그녀가 돌봐주고 있는 빈민들을 위한다는 거였어. 거짓말은 아니었으니 기분 나쁘지는 않더군. 그녀가 뤼도비크 몰래 돌봐주고 있는 불행한 사람들을 위해서였거든. 그런데 내가 진심에서 우러난 마음으로 돈을 건네줬으니 참으로 우스운 일 아닌가? 결과적으로 아르센 뤼팽이 1,500프랑을 뜯긴 걸세! 그것도 뤼팽이 400만 프랑이나 되는 위조 증권을 훔쳐

낸 그 부인에게 말일세. 이 멋진 결말에 이르기까지 내가 얼마나 많은 노력을 했고, 천재적인 지혜와 수많은 준비가 필요했는지 아나? 그런데 내 평생 딱 한 번, 그때 사기를 당했다네. 그때는 정말 눈앞이 캄캄해지더군. 정말 감쪽같이 당했지……."

흑진주

오슈 가 9번지에 위치한 아파트의 여자 관리인은 요란한 벨 소리에 잠에서 깼다.

"모두 다 돌아온 거 같은데 대체 누굴까요? 이런 시간에……. 벌써 세 시가 다 됐는데."

그녀는 짜증 섞인 목소리로 말하며 입구의 문을 여는 줄을 잡아당겼다. 그러자 그녀의 남편이 야단치는 듯한 목소리로 말했다.

"의사 선생님을 보러 온 사람일지도 모르잖소."

아니나 다를까 밖에서 이런 소리가 들려왔다.

"아렐 선생님은 몇 층에 사십니까?"

"4층 왼쪽이에요. 하지만 밤에는 왕진을 가지 않으세요."

"급해서 그래요……."

현관 안으로 들어선 신사가 계단을 올랐다. 그런데 2층, 3층

그리고 4층의 아렐 의사 방 앞에서도 멈추지 않고 그대로 6층까지 올라갔다.

거기서 그는 열쇠 두 개를 꺼내 들었다. 그중 하나로 자물쇠를 열고, 나머지 하나로 빗장을 풀었다. 그러고는 혼자 중얼거렸다.

"훌륭하군, 정말 훌륭해. 이로써 일이 간단하게 풀리게 됐어. 하지만 일을 시작하기 전에 먼저 퇴로를 확보해 둬야 하는 거야. 가만 있자……. 이 정도면 의사를 깨워서 왕진을 부탁했다가 거절당할 만큼 시간이 흘렀겠지? 아니, 좀 이른 듯하군. 조금만 더 기다리자."

10분 정도 지난 후에 그는 계단을 내려왔다. 그리고 관리실 앞에서 쿵쾅거리며 4층에 사는 의사에 대해 불만을 터뜨렸다.

관리인이 그를 위해 줄을 잡아당겨 입구의 문을 열어 주었다. 그가 밖으로 나가자 뒤에서 문이 쿵 하고 닫혔다. 하지만 그 문은 잠기지 않았다. 사내가 재빠르게 작은 쇠붙이를 문틈에 끼워 놓아 문이 잠기지 않도록 했던 것이다.

그는 관리인 부부가 다시 깊은 잠에 빠져들 무렵, 소리 내지 않고 살금살금 건물 안으로 다시 들어왔다. 만약 무슨 일이라도 생기면 아까 봐 둔 비상로로 도망칠 생각이었다.

그는 천천히 5층까지 올랐다. 그리고 끝에 있는 방으로 들어가 손전등 불빛에 의지하여 그곳에 있던 의자 위에 자신의 외투와 모자를 벗어 놓았다. 그리고 또 다른 의자에 앉아 두꺼운 펠트 천으로 자신의 구두를 감쌌다.

'자! 이만하면 됐어. 정말 간단하군. 세상 사람들은 왜 도둑질이라는 마음 편한 직업을 선택하지 않는지 모르겠어. 도무지 알 수가 없다니까. 조금만 솜씨를 발휘하고, 조금만 머리를 쓰면 이처럼 즐거운 일도 없는데 말이야. 한 집안의 가장에게 이보다 더 좋은 직업도 없을 거야. 너무 편해서 혼자 알고 있기 아까울 정도라니까.'

그는 이 아파트의 내부 도면을 펼쳤다.

'우선 방향을 파악해 두자. 지금 내가 있는 이곳은 복도 모퉁이다. 거리 쪽에 면해 있는 게 거실과 식당이고……. 여기서 시간을 허비할 필요는 없지. 백작 부인은 수준이 별로구면. 값나가는 골동품 하나도 없으니 말이야. 그러니까 바로 목표를 향해서 돌진하자! 아! 이게 침실로 가는 복도의 도면이군. 3미터 정도 들어가면 드레스 룸이 있을 거고, 그 건너편이 백작 부인의 침실이겠군.'

그는 도면을 접어 넣고 손전등을 껐다 그리고 속으로 거리를 재며 복도를 따라 걸었다.

'1미터…… 2미터…… 3미터……. 아, 이게 그 문이로군. 모든 일이 척척 잘 진행되고 있어. 방문은 빗장으로 잠겨 있을 거야. 하지만 나는 알고 있지. 그 빗장이 바닥에서 1미터 43센티 정도라는 것을. 그러니까 나는 그 옆으로 약간 홈을 파내면 되는 거야.'

그는 속으로 계산하며 주머니에서 필요한 도구를 꺼냈다. 그러다 문득 한 가지 생각이 떠올라 손길을 멈췄다.

'그 빗장이 꼭 걸려 있으라는 법도 없지. 밑져야 본전이니 그냥 한번 열어 보자······.'

그가 손잡이를 돌리자 문이 의외로 쉽게 열렸다.

'야, 뤼팽. 오늘은 운이 정말 좋은걸. 이제는 뭘 할 차례지? 목표 지점의 구조는 물론이고, 백작 부인이 흑진주를 숨겨 둔 장소도 알고 있지······. 그러니까 그 흑진주를 손에 넣으려면 이 침묵보다도 더 고요하고, 밤보다도 더 어두운 자로 변신하기만 하면 되는 거야.'

아르센 뤼팽은 두 번째 문을 여는 데 30여 분이나 걸렸다. 그것은 침실로 통하는 문인데, 그 작업은 매우 조심스럽게 행해졌다. 설사 부인이 잠들어 있지 않았더라도 이상한 소리로 그녀를 불안하게 만드는 일은 없었을 것이다.

머릿속 도면에 의하면, 이제 그는 긴 의자를 따라서 가기만 하면 됐다. 그러면 안락의자가 있는 곳으로 가게 되고, 그다음에는 침대 옆에 있는 테이블로······. 그 테이블 위에 편지지 상자가 있으며, 바로 그 속에 흑진주가 들어 있는 것이다.

그는 카펫 위에 엎드렸다. 그리고 긴 의자의 윤곽을 따라서 기어갔다. 그 의자의 끝부분까지 왔을 때 그는 심장의 격렬한 고동을 진정시키기 위해 잠시 움직임을 멈췄다. 아무리 강심장이라 하더라도 느닷없이 엄습하는 불안감이 떨쳐지지 않았던 것이다.

물론 그에게는 이보다 더 긴장되는 순간을 아무렇지도 않게 보낸 경험도 있다. 게다가 지금은 그를 위협하는 요소도 아무것도 없다⋯⋯. 그럼에도 불구하고 왜 이렇게 가슴이 떨리는 것일까? 자고 있는 부인에 대한 일말의 불편함 때문인 걸까?

그는 가만히 귀를 기울였다. 그리고 규칙적인 호흡 소리를 들었다. 그는 친구가 옆에 있어 줄 때와 같은 안도감을 느꼈다.

그는 안락의자를 찾았다. 그런 다음 아주 조그만 동작으로 테이블을 향해 기어갔다. 앞으로 뻗은 손으로 어둠을 더듬어 가며⋯⋯. 그의 오른손이 테이블의 다리에 닿았다. 이제 몸을 일으켜 그 진주가 담긴 상자를 집어 들고 도망하기만 하면 되는 것이다.

순간 그의 심장이 놀란 짐승처럼 가슴속에서 다시 고동치기 시작했다. 그 소리가 너무나도 커서 백작 부인이 깰 수도 있을 것이라고 생각될 정도였다.

그는 강한 의지의 힘으로 심장을 진정시켰다. 그런데 그가 막 몸을 일으키려는 순간, 왼손이 카펫 위에 있는 한 물건에 부딪혔다. 그는 그게 쓰러진 촛대라는 사실을 바로 알 수 있었다. 그리고 또 다른 물건이 떨어져 있는 것이 눈에 어렴풋이 들어왔다. 탁상시계였다. 가죽 케이스에 담겨진 여행용 소형 탁상시계가 바닥에 뒹굴고 있었던 것이다.

무슨 일일까? 무슨 일이 있었던 걸까? 그는 이해할 수가 없었다. 이 촛대……. 이 시계……. 왜 이들 물건이 있어야 할 곳에 있지 않은 것일까? 이 기분 나쁜 어둠 속에서 무슨 일이 일어나고 있는 걸까?

그 순간, 그의 입에서 비명 소리가 새어나왔다. 뭐라 표현할 수 없는 묘한 것이 그의 손에 닿았기 때문이다.

아니다, 그럴 리가 없다……. 엄청난 공포감이 그의 뇌리를 후려쳤다. 20초, 30초……. 그는 꼼짝도 하지 않았다. 움직이지 않는 그의 얼굴에 땀방울이 맺히기 시작했다. 그의 손에 아직도 그 묘한 감촉이 남아 있었던 것이다.

그는 마음을 굳게 먹고 다시 한 번 팔을 뻗어 보았다.

이번에도 그것이, 그 묘한 것이, 뭐라 표현할 수 없는 묘한 것이 손끝에 닿았다. 도대체 이게 뭘까……?

그는 그것을 쓰다듬어 보았다. 그는 자신의 손가락에 온 신경을 집중시켜 그것을 만져 보았다. 그리고 그것이 무엇인지를 알아내려 했다.

그것은 머리카락이었다. 그러니까 사람의 얼굴이었다! 게다가 그 얼굴은 싸늘하게 식어 있었다. 마치 얼음 같았다.

아무리 끔찍하고 무서운 일을 봐도 여간해서는 놀라지 않는 뤼팽이었지만, 지금 이 순간만은 자신의 생각처럼 되지 않았다.

그는 허겁지겁 일어나 재빨리 손전등을 켰다. 그의 앞에

피투성이가 된 여자가 쓰러져 있었다. 그녀의 목과 어깨에 난 상처는 보기에도 끔찍했다. 그는 몸을 구부려 그녀를 살펴보았다. 그녀는 이미 죽었다.

"죽었어. 죽어 버렸어."

그가 멍한 표정으로 되풀이해서 말했다.

시체는 눈을 뜬 채였다. 입가의 표정이 일그러져 있었으며, 피부는 납빛을 띠고 있었다. 그리고 카펫 위에는 처참하게 흘린 피가 굳어가고 있었다.

뤼팽은 냉혹할 정도로 세심하게 시체를 살펴보았다.

그는 자리에서 일어나 전등을 밝혔다. 불빛이 방 안 가득 퍼졌다. 격렬한 사투가 벌어졌음을 보여 주는 여러 가지 흔적들이 적나라하게 모습을 드러냈다.

침대 위는 엉망으로 헝클어져 있었다. 이불과 시트가 뜯겨져 있었고, 바닥에는 촛대와 탁상시계가 떨어져 있었다. 시계는 11시 20분에서 멈춰 있었다. 그리고 거기서 조금 떨어진 바닥에 의자 하나가 쓰러져 있었는데, 핏자국이 낭자했다.

'흑진주는 어떻게 됐지?'

그는 정신이 퍼뜩 들었다.

편지지 상자는 있어야 할 곳에 있었다. 그는 그것을 재빨리 열어 보았다. 그 속에 케이스가 들어 있었다. 하지만 케이스는 텅 비어 있었다.

'제길! 아르센 뤼팽. 자신을 행운아라고 자만하더니 너무

성급했어. 백작 부인은 죽었고, 흑진주는 사라졌어. 꼴좋군!
어서 도망치라고. 우물쭈물하고 있다가 억울한 누명까지 쓰
지 말고.'

그렇게 생각하면서도 그는 움직이려 들지 않았다.

'도망친다고? 나, 아르센 뤼팽이? 그래, 나 아닌 다른 사람
이라면 도망쳐야 하겠지. 하지만 나는 아르센 뤼팽이야. 도망
치는 것보다 좀 더 나은 방법이 있을 거야. 우선 순서에 따라
서 가만히 생각해 보기로 하자. 어쨌든 나는 양심의 가책을
느낄 필요가 없으니까. 만약 내가 경찰이라면 어디부터 수사
를 할 것인지에 대해서 생각해 보자. 하지만 그걸 생각하기
위해서는 머리를 조금 식힐 필요가 있겠어. 지금 내 머리는
너무 복잡하거든.'

그는 곁에 있던 안락의자에 털썩 주저앉았다. 지끈거리는
머리를 두 손으로 감싸면서……

오슈 가에서 일어난 이 사건은 근래 보기 드물게 사람들을
놀라게 한 사건 중 하나였다. 더구나 아르센 뤼팽이 특이한
방식으로 연관되는 바람에 더 복잡해졌던 사건이다.

하지만 뤼팽이 이 사건과 관련이 있다는 걸 의심하는 사람
도 없었지만, 그 내용을 정확하게 알고 있는 사람 또한 없었다.

불로뉴 산책로를 걷다 보면 레옹틴 잘티와 자주 마주친다.

그녀는 20여 년 전 화려한 외모로 파리 시민을 매혹시켰던 프리마돈나로, 앙디요 백작의 부인이었다.

다이아몬드와 진주 장식으로 휘감은 그녀의 눈부신 모습은 전 유럽을 떠들썩하게 했다. 사람들은 그녀가 오스트리아 금광과 몇 개의 은행금고를 소유하고 있다고 수군거렸다. 지난날, 왕과 왕비들을 위해서 일했던 커다란 보석 세공인들이 잘티를 위해서 밤낮으로 일을 하고 있다는 얘기도 나돌았다.

그리고 그 여자가 일순간 그 모든 걸 잃은 파산 소식 또한 사람들의 기억에서 쉽게 사라지지 않았다.

백작은 세상을 떠났고, 그녀가 소유하고 있던 은행금고와 금광도 하루아침에 컴컴한 나락으로 빨려 들어갔다.

눈부신 보석 장식품들은 경매인의 손에 의해서 전부 팔려나가고, 남은 것이라고는 오직 하나 — 그 흑진주뿐이었다. 흑진주! 그것은 그녀가 팔겠다고 결심만 하면 굉장한 재산이 될 만한 물건이었다.

하지만 그녀는 그것을 팔려고 하지 않았다. 그녀는 흑진주를 팔기보다는 작은 아파트에서 하녀와 요리사 정도만 두고 검소하게 생활하기를 원했다.

거기에는 나름대로의 이유가 있었는데, 그 흑진주는 어떤 황제가 준 선물이었기 때문이다. 비록 파산을 하여 초라하게 살고 있지만, 그녀는 화려했던 옛날에 대한 기억만은 손상시키지 않고 고이 간직하고 싶어 했다.

"살아 있는 한 이건 절대로 포기할 수 없어."

그녀는 자주 이렇게 말하곤 했다.

그녀는 그것을 하루 종일 목에 걸고 있다가, 밤이 되면 그것을 자신만이 알고 있는 은밀한 장소에 보관해 두었다.

신문에서 밝힌 이런 사실을 통해 사람들의 호기심은 극에 달했다. 그리고 더 이상한 건 ─ 나처럼 수수께끼의 열쇠를 알고 있는 사람에게는 당연한 일이지만 ─ 그녀를 살해한 범인이 체포되고 나서 사건이 더 복잡해지는 것 같았고, 세상 사람들의 관심 또한 더욱 뜨거워졌다.

사건이 일어난 지 이틀 후, 신문에 이런 기사가 실렸다.

『앙디요 백작 부인의 살해 사건 범인으로 그 집의 하인인 빅토르 다네그르가 체포되었으며, 그의 혐의를 입증하는 증거들이 속속 발견되고 있다. 치안국장 뒤두이는 그의 거처인 다락방에 있는 침대 스프링과 매트리스 사이에서 작업복 하나를 찾아냈는데, 소매 안쪽에서 혈흔이 발견되었고 한다. 그리고 그 작업복의 단추 하나가 떨어져 있었는데, 이와 똑같은 단추는 수사 초기에 백작 부인의 침대 밑에서 발견된 바 있다.

저녁 식사를 마친 후, 다네그르는 자신의 다락방으로 돌아가지 않고 드레스 룸에 숨어 있다가 유리문 너머로 백작 부인이 흑진주를 숨기는 모습을 지켜본 것으로 추정하고 있다. 하지만 이러한 추정들을 뒷받침해 줄 만한 증거가 아직 발견되지 않았으며, 풀어야 할 의문점이 몇 가지 더 남아 있는 상태다.

다네그르는 아침 일곱 시에 담배 가게에 모습을 드러냈는데, 이에 대해서는 관리인과 담배 가게 주인이 증언했다. 한편, 복도 끝에 있는 방에서 묵고 있는 백작 부인의 요리사와 하녀는 아침 여덟 시에 일어났을 때 현관과 부엌문이 모두 2중으로 잠겨 있었다고 말했다. 20년 이상 백작 부인을 모셔온 이 두 사람에게서는 의심할 만한 점이 전혀 발견되지 않은 상태다.

그렇다면 다네그르가 범행 후에 그 아파트에서 어떻게 빠져나왔단 말인가? 열쇠를 복사해 두었던 건 아닐까?

당국은 철저한 수사를 통해 이러한 점들을 명확하게 밝혀야 할 것이다.』

하지만 당국은 무엇 하나 밝혀내질 못했다. 오히려 그 반대라고 할 수 있었다.

밝혀진 사실이라고는 빅토르 다네그르가 위험한 전과자이고, 알코올 중독에다 방탕한 생활을 해 왔으며, 칼을 휘두르는 일 정도는 아무렇지 않게 해울 수 있는 사람이라는 점이었다. 하지만 사건 자체는 수사가 진행될수록 설명하기 어려운 모순에 휩싸여 미궁으로 빠져 들어갔다.

우선 첫 번째로 셍클레브 양이 — 그녀는 피해자의 사촌동생으로 유일한 상속인이기도 했다. — 백작 부인이 살해되기 한 달 전에 자신에게 편지를 보내 왔는데, 그때 어떤 식으로 흑진주를 숨기는지를 설명해 줬다고 당국에 알려왔다. 하지만 그 편지는 다음 날 어디론가 사라져 버렸다고 했다. 그렇다면 누가 그 편지를 훔쳐간 것일까?

그리고 관리인 부부는 새벽에 아렐 의사를 찾아온 남자가 있었으며, 자신들이 문을 열어 줬다고 진술했다. 그런데 의사에게 확인해 보니 그를 찾아온 사람이 아무도 없었다는 것이었다. 그렇다면 이 사람은 누구일까? 다네그르의 공범자인 걸까?

신문과 세상 사람들은 공범자가 있다는 것을 기정사실로 받아들였다. 늙은 형사인 가니마르도 이 설을 지지했는데, 거기에는 그럴 만한 이유가 있었다.

"이 사건에서는 어딘지 모르게 뤼팽의 냄새가 납니다."

그가 예심판사에게 말했다.

"또 그 소리요? 당신은 무슨 사건에서든 뤼팽의 냄새가 난다고 하질 않소?"

"네, 맞습니다. 어딜 가나 녀석이 있기 때문에 그 냄새를 맡게 되는 거지요."

"그보다 당신은 사건이 미궁에 빠질 때마다 뤼팽의 냄새가 난다고 말했다는 것이 더 정확할 거요. 그리고 이 사건의 범행이 밤 11시 20분에 있었다는 사실을 탁상시계가 입증하고 있는데, 관리인이 말한 그 밤손님은 새벽 세 시에 찾아왔다고 하질 않소."

그런데도 어떤 새로운 증거나 정황이 드러나지 않자, 예심판사는 빅토르 다네그르의 단독 범행으로 몰아가려고 했다. 전과자에다 알코올 중독자, 거기에 방탕한 생활……. 이러한 전력이 예심판사의 심증에 영향을 준 듯했다.

일단 조사는 종결되었고, 몇 주 후 심리가 시작되었다.

어수선한 분위기에서 재판장은 성의 없이 심리를 시작했으며, 검사 또한 시큰둥하게 논고를 진행했다.

이런 상황에서 다네그르의 변호사만이 열을 올렸다. 그는 기소장의 결함과 엉성한 부분에 대해서 강력하게 논박하면서, 무엇보다도 물적 증거가 없지 않느냐고 항의했다. 다네그르가 아파트 밖으로 나간 다음 문을 이중으로 잠그려면 반드시 열쇠가 있어야 하는데, 그에겐 열쇠가 없다는 것이다. 그리고 살인에 쓰인 흉기도 발견되지 않았다는 것이다.

누가 열쇠를 복사라도 했단 말인가? 그렇다면 그 열쇠를 본 사람이라도 있단 말인가? 또한 그것은 어디에 있는가? 흉기로 쓰였을 거라는 단검은 또 누가 봤단 말인가? 그리고 그것은 지금 어디에 있는가?

"무엇보다도 피고가 살해했다는 결정적 증거가 있어야 합니다. 또한 새벽 세 시에 그 아파트로 들어온 사람이 범인이 아니라는 증거라도 있는 겁니까? 그리고 시계가 11시 20분에 멈춰 있었다는 것을 근거로 피고를 몰아붙이는데, 그것은 아무런 증거도 되지 못합니다. 시계 바늘은 나중에라도 얼마든지 조작할 수 있는 것 아닙니까?"

이로써 빅토르 다네그르는 무죄 판결을 받았다.

다네그르는 금요일 해질 무렵에 형무소에서 나왔다. 6개월간에 걸친 형무소 생활은 그를 피폐하게 만들었다. 예심, 고독, 변론, 배심원의 심의 등 별로 달갑지 않은 것들 때문에 그는 병적이다 싶을 만큼 공포심을 느꼈다. 밤이면 무시무시한 악몽과 환상처럼 떠오르는 교수대의 모습에 시달렸다. 그는 열과 공포로 온몸을 떨기 일쑤였다.

그는 아나톨 뒤푸르라는 가명으로 몽마르트르 꼭대기에 있는 집의 조그만 방을 하나 빌렸다. 닥치는 대로 일을 해서 하루하루 근근이 연명해 나갔다. 비참하기 짝이 없는 생활이었다. 세 번에 걸쳐서 세 명의 새로운 주인을 만났지만, 매번 그의 정체가 드러나서 쫓겨나곤 했다.

때때로 그는 깨달았다. 아니, 깨달은 것 같다는 느낌이 들었다. 자신이 미행당하고 있다는 사실을. 그것은 아직도 포기하지 않고 자신을 함정에 빠뜨리려는 경찰들의 소행이라는 사실을 너무나도 잘 알고 있었다. 그럴 때마다 그는 보이지 않는 어떤 손이 다가와 자신의 목을 조르며 어디론가 끌고 갈 것 같은 느낌에 사로잡히곤 했다.

어느 날, 그는 근처 식당에서 저녁을 먹고 있었다. 누군가 가 와서 그의 맞은편 자리에 앉았다. 마흔 정도 되어 보이는 남자였고, 허름한 프록코트를 입고 있었다. 그는 수프와 샐러 드 그리고 포도주를 한 병 주문했다.

수프를 다 먹고 난 그는 다네그르에게 시선을 주더니 한동 안 뚫어져라 바라보았다.

다네그르의 얼굴이 백지장처럼 하얗게 변했다. 이 사람도 지난 몇 주간 자신을 미행했던 사람들 중 한 명이라고 생각되 었다.

도대체 나에게 뭘 원하는 거지? 다네그르는 자리에서 일어 나고 싶었지만 몸이 말을 듣지 않았다. 다리가 후들거려서 꼼짝할 수가 없었다.

남자는 태연하게 포도주 병을 들고 와서 다네그르의 잔을 채워 주었다.

"건배하지 않겠나? 친구."

다네그르가 중얼거리듯 말했다.

"네……. 네……. 건강을 위해서 건배합시다, 친구."

"좋지. 자네의 건강을 비네. 빅토르 다네그르."

이 말을 들은 그는 자리에서 벌떡 일어났다.

"나요? 나를 말씀하시는 건가요? 아닙니다……. 솔직히 말 하자면……."

"솔직히 말하자면? 그러니까 당신은 당신이 아니라는 말인가? 그 백작 부인의 하인이 아니라는 말인가?"

"하인이라니, 무슨? 내 이름은 뒤푸르입니다. 여기 주인한테 물어보세요."

"물론 그는 아나톨 뒤푸르라고 알고 있겠지. 하지만 사법당국엔 아직도 다네그르, 빅토르 다네그르……."

"아닙니다! 무슨 소립니까? 잘못 알고 있는 것이오."

순간 사내가 주머니를 뒤적이더니 명함 한 장을 꺼냈다.

'그리모당, 전 보안과 형사, 비밀탐정'

다네그르는 떨리는 소리로 물었다.

"경찰인가요?"

"지금은 퇴직했지만, 워낙 그런 일을 좋아해서 아직도 그걸로 밥벌이를 하고 있는 셈이지. 이리저리 눈을 돌리다 보면 짭짤한 사건이……. 일테면 당신 같은 사건이 걸리거든."

"내 사건이라고요?"

"그렇다네. 당신 사건. 당신이 조금만 협조해 준다면 아주 괜찮은 사건이 될 거야."

"내가 협조하지 않는다면?"

"그렇게는 못할 걸. 지금 당신 입장에서 과연 나를 거절할 수 있을까?"

어떤 알 수 없는 힘이 다네그르의 목을 움켜쥐는 것 같았다. 그가 물었다.

"무슨 일로 그러시는지…… 말씀을 해 보세요."

"말해야겠지. 가능한 빨리 얘기를 끝내자고. 나는 생클레브 양이 고용한 사람이야."

그가 말했다.

"생클레브라니요?"

"앙디요 백작 부인의 상속녀일세."

"그래서요?"

"생클레브 양이 당신에게서 흑진주를 찾아오라고 내게 의뢰했거든."

"흑진주라고요?"

"당신이 훔친 물건 말일세."

"난 훔치지 않았어요."

"당신이 훔쳤소."

"내가 그걸 훔쳤다면, 살인범도 내가 되어야 합니다."

"살인범도 당신이야."

다네그르는 억지웃음을 지으며 상황을 모면하려 했다.

"다행히도 최종심에서 아니라는 결론이 나왔어요. 모든 배심원이 ― 지금 내 말을 잘 들어 두세요. ― 나의 무죄를 인정해 줬습니다. 나는 아무런 양심의 가책도 느끼지 않고 있으며, 열두 명의 훌륭한 배심원들 또한……."

전직 형사가 그의 팔을 와락 움켜쥐었다.

"허풍 떨지 말고, 지금부터 정신 차리고 내 말을 잘 듣는 게 좋아. 충분히 그럴 만한 가치가 있을 테니까. 다네그르, 살인을 저지르기 3주일 전에 주방에 있던 열쇠를 몰래 훔쳐서 오베르캉프 가 244번지에 있는 우타르의 열쇠 가게에서 복사하지 않았나?"

"무슨 소립니까? 무슨 말도 안 되는 소리를 하는 겁니까? 열쇠를 본 사람이 아무도 없다고 하지 않았소? 열쇠는 아예 없습……."

빅토르가 시치미를 뗐다.

"이 열쇠 아닌가?"

한동안 침묵이 흘렀다. 말을 잠시 끊었던 그리모당이 다시 말을 이었다.

"그리고 당신은 열쇠를 복사한 그날, 라 레퓌블릭 광장의 대로에 있는 시장에서 칼을 샀고, 그걸로 백작 부인을 살해했어. 칼끝이 삼각형으로 뾰족하고 세로로 홈이 팬 단도였지."

"전부 엉터리예요. 잘도 꾸며대는군요. 그런 칼을 본 사람이 있기라도 하단 말입니까?"

"이게 바로 그 칼이지."

빅토르 다네그르가 몸을 움찔했다. 놀라는 눈치였다.

그리모당이 말을 이었다.

"녹이 슬어 있는데, 왜 녹이 슬었는지는 군이 설명하지 않아도 잘 알겠지?"

"그게 어쨌다는 거죠? 당신이 갖고 있는 열쇠와 칼이 내 것이라는 증거가 있습니까?"

"열쇠 가게의 주인과 당신에게 칼을 판 시장의 점원이 증언을 해 주겠지. 난 이미 그 사람을 만나서 얘기를 듣고 왔다네. 그 두 사람을 자네 앞에 세워 놓으면 모르는 척하지는 못할 걸세."

그리모당은 매우 엄격한 어조로 말했다. 서릿발처럼 단정적인 말투였다. 다네그르의 얼굴이 공포로 굳어졌다. 예심판사나 재판장, 검사도 이처럼 그를 공포에 떨게 만들지는 못했다. 지금은 자신조차도 확실하게 기억하고 있지 못한 일들을 이처럼 명확하게 알고 있다니······.

하지만 다네그르는 애써 관심 없다는 표정을 지으며 이렇게 말했다.

"겨우 그 정도가 당신이 제시할 수 있는 증거의 전부란 말입니까?"

"또 있지. 부인을 살해한 후, 당신은 숨어들었을 때와 똑같은 경로를 통해서 도망갔어. 그런데 드레스 룸 중간쯤에 왔을 때 두려움으로 다리가 떨려서 벽을 짚었던 사실을 기억하고 있는가?"

"당신이 그걸 어떻게 알고 있는 거지? 아무도 본 사람이 없는데······."

다네그르는 너무나 놀라서 더듬거리며 말했다.

"검찰이야 알 수 없겠지. 누구도 촛불을 들고 벽을 살펴 볼 생각을 하지 않았을 테니까. 하지만 그렇게 하기만 했다면, 하얀 벽 위에 아주 흐리기는 하지만 붉은 자국이 묻어 있는 걸 찾아낼 수 있었을 거야. 그리고 그것은 자네의 엄지손가락에 묻은 피해자의 혈액 자국이라는 것을 알 수 있지. 지문이 남아 있으면 왈가왈부할 필요가 없다는 것을 자네도 모르지 않겠지?"

빅토르 다네그르의 얼굴이 백지장처럼 하얗게 변했다. 얼굴에서 흐르는 땀이 탁자 위로 떨어졌다. 그는 넋이 나간 눈빛으로 자신의 범행을 모두 지켜본 것처럼 훤히 꿰뚫고 있는 그리모당을 바라보았다. 그러다가 더 이상 어쩔 수 없다는 표정으로 힘없이 고개를 푹 숙였다.

다네그르는 지난 몇 개월 동안 수많은 사람들과 싸워 왔다. 하지만 이 사내에게는 도저히 손을 쓸 방법이 없었다.

"만약 그 진주를 돌려준다면 얼마를 주시겠습니까?"

그는 힘이 빠진 목소리로 말했다.

"한 푼도 줄 수 없어."

"뭐라고요? 그게 말이 되는 소리요? 수십만 프랑이나 하는 보물인데, 아무것도 줄 수 없다고?"

"대신 목숨만은 살려 줄 수 있지."

다네그르는 처절한 표정으로 몸을 떨었다. 그리모당은 눈빛은 바꾸지 않았지만 아주 부드러운 어조로 말을 이었다.

"이보게 다네그르. 그 흑진주는 자네에게는 아무 쓸모없는 물건일 뿐이야. 자네는 그걸 팔 방법이 없다고. 그러니까 가지고 있어 봐야 소용없는 일이지."

"장물아비들은 얼마든지 있습니다. 싸게만 내다 판다면……."

"하지만 이미 늦었네."

"어째서죠?"

"어째서라니? 아직도 모르겠나? 뻔하지 않은가? 재판소에서 다시 한 번 자네를 잡아들일 테니. 게다가 이번에는 내가 제출할 이 칼과 열쇠, 자네의 엄지손가락 지문 등과 같은 증거들이 있다네. 안됐지만 자네는 벗어날 수 없을 거야."

다네그르는 두 손으로 머리를 감싸 쥐고 생각에 잠겼다. 이제 끝장이라는 생각이 들었다. 그랬다! 모든 게 끝이었다. 그 순간 엄청난 피로감과 함께 이제는 편하게 지내고 싶다는 커다란 욕구가 그를 사로잡았다.

그가 중얼거리듯 말했다.

"언제 돌려드리면 되겠습니까?"

"지금 당장. 한 시간 이내로."

"그때까지 돌려주지 않으면?"

"아니면 내가 이 편지를 보낼 걸세. 생클레브 양이 당신을 검찰에 고소하는 내용이오."

다네그르는 제 손으로 포도주를 따라 연거푸 두 잔을 마시더니 자리에서 일어섰다.

"계산이나 해 주십시오. 그리고 밖으로 나갑시다. 이런 얘기는 나도 지긋지긋하니까."

밖은 이미 어두워져 있었다. 두 사람은 르픽 가에서 내려와 외곽도로를 따라 개선문 쪽으로 걸어갔다. 두 사람 모두 말이 없었다. 피로에 지친 다네그르의 등이 구부정했다.

몽소 공원에 다다르자 그가 말했다.

"저 집 근처에 숨겨 뒀습니다."

"하지만 체포되기 직전에 자네가 간 곳이라고는 담배 가게 밖에 없질 않은가?"

"여깁니다."

다네그르가 묻는 말에는 대답하지 않은 채 힘없는 소리로 말했다.

두 사람은 공원의 철책을 따라 걷다가 담배 가게가 있는 모퉁이에서 길을 건넜다. 거기서 몇 걸음 더 나가더니 다네그르가 멈춰 섰다. 그는 다리가 후들거리는지, 마침 그곳에 있던 벤치에 털썩 주저앉았다.

"어디지?"

그리모당이 물었다.

"바로 저깁니다."

"저기라니? 무슨 소릴 하는 건가?"

"우리가 있는 곳 바로 앞, 저깁니다."

"우리 바로 앞이라고? 다네그르 말장난은 그만두지⋯⋯."

"다시 말하지만 그건 바로 저기에 있습니다."

"저기가 어디냐니까?"

"두 개의 포석 사이."

"어느 포석?"

"찾아보세요."

"어느 포석이냐고 묻질 않나?"

그리모당이 다시 물었다.

다네그르는 대답하지 않았다.

"한 번 놀아 보자 이건가? 그것도 나쁘지는 않겠지."

"그게 아닙니다. 단지⋯⋯ 나는 그것을 내주고 나면 굶어죽을지도 모릅니다."

"그렇군. 그래서 우물쭈물하고 있었던 건가? 알겠네. 멋진 신사의 모습을 보여 주도록 하지. 얼마가 필요한가?"

"미국으로 가는 배의 가장 싼 표를 살 수 있는 뱃삯."

"알겠네."

"그리고 절차를 밟을 때 필요한 100프랑."

"200프랑을 주지. 자, 이젠 말해 보게."

"하수구에서 오른쪽으로 12번째와 13번째 포석 사이에 있습니다."

"도랑 속에 말인가?"

"그렇습니다. 인도의 끝부분에."

그리모당이 주위를 둘러보았다. 전차가 지나고, 사람도 몇 있었다. 하지만 아무도 그들에게 신경 쓰지 않았다. 누가 의심이나 하겠는가?

그는 주머니칼을 꺼내 12번째 포석과 13번째 포석 틈새로 찔러 넣었다.

"만약 여기에 없다면?"

"내가 거기서 웅크린 채 무엇인가를 묻는 것을 본 사람이 없다면 그건 아직 거기에 있을 겁니다."

그런 물건이 이런 곳에 있을 줄이야……. 누가 상상이나 하겠는가? 그 흑진주가 도랑의 진흙 속, 누구라도 파갈 수 있는 곳에 있을 줄이야! 그 흑진주라면…… 그 한 알갱이만으로도 어마어마한 재산이 되질 않는가?

"얼마나 깊이 묻었지?"

"10센티 정도 될 겁니다."

그가 젖은 흙을 퍼냈다. 칼끝이 무엇인가에 부딪쳤다. 손가락으로 구멍을 넓게 팠다. 그는 마침내 흑진주를 찾아냈다.

"자, 여기 200프랑일세. 미국행 배표는 나중에 따로 보내주도록 하지."

다음 날, 〈에코 드 프랑스〉 지에 다음과 같은 기사가 실렸는데, 그것은 이내 전 세계로 퍼져나갔다.

『앙디요 백작 부인을 살해한 범인이 훔친 그 유명한 흑진주를 어제 아르센 뤼팽이 자신의 수중에 넣었다. 머지않아 이 귀중한 보석의 모조품을 런던, 상트페테르부르크, 캘커타, 부에노스아이레스 및 뉴욕에서 전시할 예정이라고 한다. 아르센 뤼팽은 진품에 합당한 거래 제의가 들어오기를 기다리고 있다고 전해지고 있다.』

"그러니까 범죄 행위는 항상 대가를 치르게 되어 있고, 미덕은 보상을 받게 되는 거지."

이 사건에 얽힌 뒷얘기를 한 뒤, 아르센 뤼팽은 이렇게 결론을 내렸다.

"그러니까 자네가 운명의 선택을 받아 전직 보안과 형사 그리모당이 되어, 범인이 잔인한 방법으로 훔친 그 물건을 되찾아왔다는 말이지?"

"그렇다네. 솔직히 말해서 그 사건에 대해서만큼은 그야말로 대단한 모험을 했다고 자부하고 있다네. 백작 부인의 시신을 발견한 뒤, 백작 부인의 아파트에서 내가 보낸 40분은 내 일생 중에서 가장 곤혹스러우면서도 강렬한 집중이 필요한 시간이었지. 겨우 40분 만에, 미궁에 빠져 버린 사건 속에 있던 내가 그 범죄를 어느 정도 재구성하여 두어 가지 단서를 바탕으로 백작 부인의 하인이 범인이라는 사실을 확신하기에 이르렀으니까. 그리고 나는 그 진주를 손에 넣기 위해서 하인이 체포되도록 해야 했어. 그래서 그 하인의 옷에 있던 단추를 떼어내 적당한 곳에 놓아두었던 걸세. 하지만 범행을 결정적으로 증명하는 단서는 오히려 방해가 될 것이라고 생각했다네. 그래서 바닥에 떨어져 있던 칼과 열쇠 구멍에 꽂혀 있던 열쇠를 전부 가로챈 후 문을 이중으로 잠그고 드레스 룸 벽에 묻어 있던 지문을 지웠다네. 그 순간 내가 보인 행동은……."

"천재적이었다고 말하고 싶은 거겠지?"

내가 끼어들어 참견을 했다.

"천재적이라……. 그도 나쁘지는 않군. 무턱대고 덤벼드는 녀석들의 머릿속에는 절대로 떠오르지 않을 기지니까. 정말 놀랍지 않은가? 그 짧은 시간에 문제의 양극을 — 그러니까 체포와 방면을 말하는 걸세. — 생각해 냈으니 말이야. 범인을 지치게 만들어서 완전히 넋이 나가게 한 다음, 풀려나더라도 내가 놓은 조금 거친 덫에 빠져들 수밖에 없도록 몰아붙였지. 법과 거대한 조직의 냉정한 힘을 빌려서……."

"조금이라고? 아주 거친 덫이라고 말하게. 하지만 너무 가혹한 거 아니었나?"

"좀 심했지. 하지만 무죄 선고가 내려졌으니까."

"딱한 사람이로군……."

"빅토르 다네그르가 딱하다고? 자네는 그가 살인범이라는 사실을 잊었나? 그 흑진주가 완전히 그의 손에 들어갔다면 그야말로 부도덕하기 짝이 없는 일이지. 하지만 이제 마음은 편할 거 아닌가?"

"그리고 그 흑진주는 자네가 차지하고."

뤼팽은 불쑥 자신의 가방 속 비밀스런 장소에서 그 흑진주를 꺼냈다. 그리고 그것을 눈을 반짝이며 들여다보더니 한숨 섞인 목소리로 말했다.

"이 보물이 어떤 멍청한 귀족이나 왕의 손에 들어가게 될지 누가 알겠는가? 앙디요 백작 부인 ― 레옹틴 잘티의 눈처럼 하얀 어깨를 꾸미던 이 아름다운 덩어리가 어떤 미국 부호의 소유물이 될지 누가 알겠는가?"

셜록 홈즈, 뤼팽을 놓치다

"벨몽 씨, 당신은 정말 신기할 정도로 아르센 뤼팽과 닮았어요."

"마치 그를 아는 사람처럼 말하는군요."

"몇몇 사진을 통해서 그의 얼굴을 보아 왔으니까요. 하지만 볼 때마다 달라서 그 사람 같기도 하고, 아닌 것 같기도 한데…… 당신한테서는 왠지 그런 인상이 풍긴단 말이요."

오라스 벨몽이 조금 당황한 표정을 지었다.

"아, 그래요 드반 씨? 그런 소릴 가끔 듣긴 하죠."

"너무나도 비슷해서, 만약 내 사촌형 에스테반이 소개하지 않았거나 당신이 유명한 화가가 아니라면 아르센 뤼팽이 이곳 디에프에 나타났다고 경찰에 신고했을지도 몰라요."

드반이 농담처럼 재미있게 말하자 주위에 있는 사람들이 모두 웃음을 터뜨렸다.

이곳 티베르메스닐 성(城)의 넓은 식당에는 벨몽 외에도 마을의 사제인 젤리스 신부와 최근 이 부근에서 훈련을 펼치고 있는 연대의 장교 십여 명이 함께 모여 있었다. 이들은 은행가인 조르주 드반이 그의 어머니와 함께 초대한 사람들이었다.

손님 중 한 명이 큰 소리로 말했다.

"그러고 보니 아르센 뤼팽이 파리 발 르아브르 행 급행열차를 습격한 다음 이 부근으로 숨어들었다고 해서 큰 소동이 벌어진 적이 있지 않았습니까?"

"그랬지요. 그 후 3개월쯤 지났을 때 나는 한 카지노에서 친애하는 벨몽 씨를 소개받았어요. 그 후로 그는 내 집을 몇 번 방문했는데, 그것은 어쩌면 조만간 있을 어느 날 밤의 진지한 방문을 위한 준비 작업인지도 모르죠."

드반의 이 말에 모든 사람들이 다시 웃음을 터뜨렸다.

그다음 옛날 위병실로 사용되었던 방으로 자리를 옮겼다. 그곳은 천장이 높은 방으로, 기욤 탑의 하부 전체를 차지할 만큼 넓은 홀이었다. 그 방에는 티베르메스닐 성의 역대 주인들이 몇 세기에 걸쳐서 모아온 진귀한 보화들이 보관되어 있었는데, 화려한 장식장들, 제기를 올려놓는 단, 장작을 쌓아놓는 단, 가지가 달린 특이한 촛대 등이 방 전체를 고급스럽게 꾸미고 있었다. 돌로 만든 벽면에는 멋진 장식용 카펫이 걸려 있었고, 네 개의 창문은 윗부분이 고딕식으로 디자인되어 웅

장한 맛을 더해 주었다. 입구와 왼쪽 창문 사이에는 크고 높다
란 르네상스 양식의 책장이 있었는데, 그 위에 금 글씨로 '티
베르메스닐'이라 새겨져 있었다. 그리고 그 밑에는 일족의 가
훈인 '원하는 바를 행하라.'는 글이 적혀 있었다.

사람들이 일제히 담배를 피우기 시작하자 드반이 말했다.

"벨몽, 할 거라면 오늘밤에 해야 할 거요."

"왜 하필 오늘 밤이죠?"

집주인의 농담에 맞장구를 치듯 화가가 태연한 표정으로
말했다.

드반이 이 질문에 답하려고 하자, 그의 어머니가 손짓으로
그를 제지했다. 그것을 못 본 것은 아니었지만, 드반은 저녁
식사 때의 흥분과 손님들을 기쁘게 해 줘야겠다는 주인으로
서의 마음이 더욱 강했다.

"말씀드리죠. 이제는 얘기해도 문제될 것이 없을 것 같으니
까요."

그가 중얼거리듯 말하자, 모두가 강한 호기심이 생겼는지
그의 주위로 몰려들었다. 그는 놀라운 뉴스를 발표하는 사람
처럼 잔뜩 상기된 표정으로 말했다.

"내일 오후 네 시에, 어떤 비밀이라도 전부 꿰뚫어보고 어
떤 수수께끼라도 풀고야 마는 영국의 명탐정 셜록 홈즈 선생
께서 우리 집을 방문하실 겁니다."

모두가 놀라서 소리를 질렀다. 셜록 홈즈가 티베르메스닐

을 방문하다니! 그렇다면 그 소문은 역시 헛소문이 아니었단 말인가? 정말 아르센 뤼팽이 이 부근에 숨어 있단 말인가?

"아르센 뤼팽과 그 일당은 틀림없이 이 부근에 있을 거라는 생각이 들어요. 카오른 남작 사건 이외에도 몬티니, 그뤼세, 크리스빌의 도난 사건이 우리의 국보적인 괴도 뤼팽의 짓이 아니라면 대체 누구 짓이겠어요? 그리고 이번에는 내가 당할 차례인지도 모르죠."

"카오른 남작처럼 무슨 통보를 받았나요?"

"그가 똑같은 방법을 쓰겠어요?"

"그렇다면?"

"그렇다면 무슨 일이 있었냐고요? …… 바로 이런 거죠."

이렇게 말하면서 그는 자리에서 일어났다. 그리고 책장에 꽂힌 커다란 책 두 권 사이의 공간을 가리키며 말했다.

"여기에 책이 한 권 꽂혀 있었어요. 16세기에 저술된 〈티베르메스닐 가의 역사〉라는 책이었죠. 롤롱 후작이 국왕에게서 하사받은 이 땅에 성을 건립할 당시부터의 역사가 기록된 책입니다. 그런데 그 안에 목판화로 찍은 도면이 석 장 들어 있어요. 한 장은 말 위에서 내려다본 영지의 전경이고, 또 다른 한 장은 건물의 배치도, 마지막 한 장은 ─ 이게 가장 중요한 것인데 ─ 지하 통로의 설계도예요. 그 통로의 한 쪽 끝은 성의 가장 바깥쪽에 있는 벽 밖으로 통해 있고, 또 다른 한 쪽은 지금 우리가 있는 이 방과 연결되어 있어요. 그런데 그

책이 지난달에 감쪽같이 사라져 버린 거예요."

"이거 뭔가 느낌이 좋지 않은데요. 그렇다고 셜록 홈즈까지 부를 것까지는……."

벨몽이 시큰둥한 말투로 지껄이자 드반이 곧 대답했다.

"그렇지요. 이 일만 있었다면 그럴 필요까진 없었을 거요. 그런데 다음 얘기를 들어 보세요. 파리 국립도서관에도 그 책의 다른 판본이 한 권 소장되어 있어요. 그런데 그 책 안에 들은 두 개의 목판화는 여기 있었던 것과 같은데, 지하 통로에 관한 부분은 약간의 차이점이 있었어요. 단면도와 축척 그림, 그리고 나중에 펜으로 고친 여러 부분의 설명들이 여기 있던 책과 다르더라고요. 두 책의 도면을 함께 보지 않으면 지하 통로에 대해 제대로 이해하기 힘들다는 거죠. 그런데 이곳에 있던 책이 없어진 다음 날, 국립도서관에 소장되어 있던 책을 어떤 사람이 대출받아 갔는데 이후로 반납되지 않았다고 하는 거예요. 그리고 그 책을 대출해 간 사람이 누군지도 끝내 밝혀내지 못했다고 하고요."

이 말을 들은 사람들의 입에서 탄식이 흘러나왔다.

"그로써 사건이 중요한 의미를 갖게 된 거로군요."

"국립도서관에서 도난 사고가 발생하자 경찰이 비로소 움직이기 시작했는데, 아직까지 밝혀진 것은 전혀 없어요."

드반이 말했다.

"아르센 뤼팽을 표적으로 해서 하는 수사는 늘 그 모양이라니까요."

"맞습니다. 그래서 셜록 홈즈의 도움을 받기로 결심한 거예요. 다행히 그분도 아르센 뤼팽이라면 기꺼이 승부를 벌여보겠다고 하면서 내 제안을 받아들였어요."

"그건 뤼팽에게도 굉장한 영광이 되겠는데요? 하지만 우리의 국보적인 괴도가 티베르메스닐 성에 대해서 아무런 계획도 가지고 있지 않다면, 셜록 홈즈는 할 일이 없어 무료해지지 않을까요?"

"아르센 뤼팽이 없더라도 그의 관심을 끌 만한 일은 한 가지 더 있어요. 지하 통로에 관한 것이지요."

"그 얘긴 좀 전에 했잖아요. 지하 통로의 한쪽 끝은 바깥으로 연결되어 있고, 또 다른 한쪽 끝은 이 방과 연결되어 있다고……."

"그렇다면 그 출입구가 이 방의 어디에 있을까요? 도면을 보면, 지하 통로를 나타내는 선이 죽 이어지다가 'T.G'라는 머리글자가 적힌 둥근 부분에 닿아 있어요. 이 'T.G'는 틀림없이 기욤 탑(Tour Guillaume)을 의미하는 걸 거예요. 하지만 문제는 탑이 원형이라는 점이에요. 이 원형의 어느 부분에 출입구가 있는 걸까요? 그걸 모른다는 것이 문제죠."

드반이 두 번째 담배에 불을 붙였다. 그리고 베네딕틴 술을 잔에 따랐다. 여기저기서 질문이 쏟아졌다. 그는 사람들이 관심을 보이자 은근히 기분이 좋아진 듯 만면에 미소를 짓고 있었다.

"그 비밀은 영영 미궁 속에 빠져 버렸어요. 그 사실을 알고 있는 사람은 세상에 단 한 사람도 없다는 거예요. 전해 오는 얘기에 의하면, 이곳에 자리 잡은 강력한 역대 성주들은 임종에 앞서 자신의 아들에게만 그 비밀을 얘기해 주었다고 해요. 그런데 마지막 성주 조프루아가 공화력(共和曆) 2년 테르미도르 9일(1794년 7월 27일)에 열아홉 살의 나이로 단두대의 이슬로 사라져서, 비밀이 전해지지 못한 거죠."

"하지만 그 이후로 그 비밀을 찾아내려고 노력하지 않았을까요?"

"물론 찾으려고 노력했죠. 하지만 전부 헛수고였어요. 나도 국민의회 의원이었던 르리부르의 자손에게서 이 성을 산 뒤로 발굴 작업을 시도해 봤어요. 하지만 아무런 성과가 없었지요. 이 탑은 사방이 물로 둘러싸여 있는데, 오직 한 줄기 다리에 의해서만 성채와 연결되어 있어요. 그러니까 그 지하 통로는 당연히 탑을 둘러싸고 있는 해자 밑으로 나 있다는 애기죠. 국립도서관에 있는 도면에는 48단이나 되는 네 개의 계단이 있다고 되어 있는데 그 깊이가 대략 10미터 이상일 거예요. 다른 도면에 있는 축척을 바탕으로 계산해 보면 통로의 길이는 200미터를 넘을 것 같고요. 그러니까 바닥과 천장, 벽 사이에 있는 모든 공간이 문제의 대상이 되는 셈이지요. 그 사실을 알고 있기는 하지만 지금 당장 이 탑을 허물어뜨려야겠다는 결심은 좀처럼 서질 않는군요."

"그렇다면 방법이 전혀 없는 건가요?"

"감도 잡을 수가 없어요."

그때 젤리스 신부가 불쑥 말했다.

"드반 씨, 그 '두 개의 인용문'을 여러분께 들려드리는 건 어떨까요?"

"신부님은 고문서에 상당한 정통하셔서, 고인들의 비망록이나 회상록에 지대한 관심을 갖고 계시죠. 특히 티베르메스닐에 관해 열심히 연구하셨나 보군요. 하지만 지금 말씀하신 인용문이라는 것은 오히려 문제를 더욱 복잡하게 만들 뿐이라……."

드반이 웃으면서 큰 소리로 말했다.

"그래도 한번 들어 보고 싶습니다."

"그게 뭔데요?"

벨몽이 궁금해 하자 드반은 흥이 나서 말했다.

"모두들 관심이 있는 겁니까?"

"꼭 듣고 싶습니다."

"신부님께서도 여러 가지 글들을 통해 알고 계시겠지만, 프랑스의 두 왕이 지하 통로의 비밀에 대해 알고 있었다고 해요."

"프랑스의 두 왕이?"

"네. 앙리 4세와 루이 16세를 말해요."

"둘 다 평범한 왕이 아니네요. 신부님은 그 사실을 어떻게 알게 되셨습니까?"

벨몽은 이런 얘기를 나누는 것이 무척 즐거운 모양이었다.

"그리 어려울 것도 없는 문제지요. 아르크 전투를 치르기 이틀 전에 앙리 4세가 이 성에 들러 식사를 하고 하룻밤 묵어 갔다고 합니다. 밤 열한 시 무렵, 노르망디 최고의 미녀로 소문난 루이즈 드 탕카르빌이 에드가르 후작의 안내로 문제의 지하 통로를 통해서 사람들의 눈을 피해 성 안으로 찾아왔다는 거예요. 그때 일가에 전해 내려오던 지하 통로의 비밀을 왕에게 밝혔다고 합니다. 나중에 앙리 4세가 그 비밀을 쉴리 재상에게 얘기했고, 쉴리는 자신의 저서인 〈왕실 재정 회상록〉에 어떤 설명도 없이 수수께끼 같은 문장을 남겨 놓았다고 합니다.

도끼가 빙글빙글 돌고,
허공이 떨리면서
날갯죽지가 열리면,
사람이 신의 품으로 향한다.

이런 얘기를 통해 짐작하는 것뿐이에요."

한동안 침묵이 흘렀다. 잠시 후 벨몽이 놀리듯 말했다.

"거참, 잘도 꼬아 놓았군요."

"그렇죠? 신부님이 말씀하신 두 개의 인용문 중 하나가 이 문장이죠? 비밀이 새어나가지 않도록 일부러 이렇게 모호하기 짝이 없는 문장으로 적어 놓은 것 같아요."

"그럴듯한 견해라고 생각되는군요."

"하지만 빙글빙글 도는 도끼는 뭐고, 또 날개가 열린다는 건 무슨 뜻일까요?"

"그리고 누가 신의 품으로 향한다는 말일까요?"

"알 수가 없죠."

"그렇다면 우리의 선량한 루이 16세도 역시 그 지하 통로를 통해서 여자들을 불러들인 걸까요?"

벨몽이 말했다.

"글쎄, 그건 잘 모르겠네요. 정확히 말할 수 있는 건 루이 16세가 1784년에 티베르메스닐에 머문 적이 있었다는 거예요. 그리고 가망의 밀고로 루브르궁에서 발견된 유명한 철제 서랍장 안에서 친필로 '티베르메스닐 2-6-12'이라고 적어 놓은 쪽지가 나왔대요. 그것이 신부님이 말씀하신 두 번째 인용문이지요."

오라스 벨몽이 큰 소리로 웃었다.

"아, 이것으로 어둠의 장막이 완전히 걷힌 셈이군요. 그러니까 2 곱하기 6은 12라는 거 아닙니까."

그러자 신부가 그의 말을 무시하며 말했다.

"하지만 두 인용문 안에 문제의 답이 들어 있는 것은 분명

해요. 그리고 언젠가는 그 의미가 밝혀질 겁니다."

"그러니까 셜록 홈즈에게 기대를 해 보자고요. 아르센 뤼팽이 먼저 선수를 칠지도 모르지만……. 벨몽 씨, 당신은 어떻게 생각하나요?"

드반이 묻자, 벨몽이 자리에서 일어나 드반의 어깨에 손을 얹었다. 그리고 또렷한 어조로 이렇게 말했다.

"내 생각으로는 당신이 가지고 있던 책과 도서관에 있던 책의 설명에는 한 가지 중요한 부분이 빠져 있었는데, 친절하게도 당신이 그걸 제공해 준 것 같네요. 감사합니다."

"그래서 방법을 찾았나요?"

"그러니까…… 도끼가 빙글빙글 돌고, 날갯죽지가 열리고, 2 곱하기 6은 12니까, 나는 이제 성 밖으로 나가면 되겠네요."

"지금 당장 말이오?"

"물론이지요. 오늘 저녁에 셜록 홈즈가 도착하기 전에 이 성을 손보려면 단 일 초도 허비할 수 없잖아요."

"아, 그렇다면 정말 시간이 없겠는데. 내가 차로 모실까요?"

"디에프까지 말인가요?"

"물론이죠. 마침 열두 시 기차로 앙드롤 부부와 그들 친구의 딸이 도착하여, 마중 나가야 하거든요."

그런 다음 장교들을 향해서 드반이 말을 이었다.

"그리고 여러분, 내일 점심을 여기 모여서 먹는 게 어떻겠습니까? 여러분들의 도움이 필요합니다. 내일 열한 시에 모여 주시기 바랍니다."

모든 사람들이 이 초대를 받아들이고 자리에서 일어났다.

잠시 후, 자동차 한 대가 드반과 벨몽을 태우고 디에프를 향해 달리기 시작했다. 드반은 벨몽을 카지노 앞에 내려주고, 자신은 바로 역으로 향했다.

열두 시에 그의 친구 일행이 열차에서 내렸다. 그리고 30분쯤 후에 자동차는 티베르메스닐 성의 문으로 들어섰다.

1시에 그들은 살롱에서 가볍게 야식을 먹은 뒤 각자 침실로 들어갔다. 그리고 하나 둘씩 등불이 꺼졌다. 성은 금방 깊은 밤의 침묵에 잠겼다.

바로 그때 달을 덮고 있던 구름이 갈라지며 두 개의 창을 비췄다. 흘러들어온 하얀 빛이 거실을 가득 메웠다. 그 시간은 금방 지나가고, 이내 달은 낮은 산 너머로 숨어들었다. 그리고 침묵은 점점 깊어만 갔다. 이따금 가구가 삐거덕거리는 소리가 나고, 낡은 탑을 둘러싸고 있는 해자의 물가에 자라난 갈댓잎 스치는 소리가 들려와 이 침묵을 흔들어 놓았다.

시계의 초침 소리가 끝없이 들려왔다. 그리고 두 시를 알리는 종소리가 울렸다. 계속해서 단조로운 초침 소리가 밤의 무거운 평화 속으로 분주히 뛰어들었다. 그리고 다시 세 시를 알리는 종소리가 울렸다.

그 순간 갑자기 열차 건널목의 신호기에서 나는 소리처럼 철컥 하는 소리가 들려왔다. 곧 이어 가느다란 빛줄기 하나가 거실 끝에서 끝까지 가로질러 갔다. 마치 불을 붙여 쏘아올린 화살 같았다. 그 빛은 책장 위쪽의 오른쪽 끝을 지탱하고 있는 기둥의 중앙 부분 홈에서 새어나오고 있었다. 그 빛은 빛나는 원을 그리며 맞은편 거울 위에 멈췄다가, 불안한 듯이 이쪽저쪽으로 움직이기 시작했다. 그런 다음 문득 빛이 사라지는가 싶더니, 이번에는 책장의 일부가 위쪽으로 서서히 움직이며 회전하기 시작하는 것이 아닌가. 그러더니 점차 그 안에 움푹 팬 구멍이 아치형으로 모습을 드러내며 넓은 입구가 나타났고, 사라졌던 빛이 나타나 그것을 밝게 비추었다.

그리고 한 남자가 안으로 들어섰다. 한쪽 손에 손전등을 들고 있었다. 다른 한 남자, 뒤이어 또 다른 남자……. 뒤에 들어온 두 사람은 밧줄과 여러 가지 도구들을 손에 쥔 채 안으로 들어섰다. 처음 들어온 남자가 방 안을 둘러보기도 하고 귀를 기울이기도 했다. 그리고 말했다.

"다른 사람들을 불러."

그들 외에도 여덟 명이나 되는 사람들이 지하 통로를 통해서 안으로 들어왔다. 모두 거칠고 힘이 좋아 보이는 사람들이었다. 그리고 작업이 시작되었다.

정말이지 눈 깜빡할 사이였다. 아르센 뤼팽은 가구들을 하나하나 살피며 돌아다녔다. 크기와 예술품으로서의 가치를 따져가며 그것을 그대로 지나치기도 하고 이렇게 말하기도 했다.

"들고 나가!"

그러면 그 물건은 곧 밖으로 들어내졌다. 휑하니 뚫린 지하 통로의 구멍 속으로 빨려 들어갔다. 루이 15세 양식의 안락의 자 여섯 개, 오뷔송의 장식용 카펫 몇 개, 구티에르의 서명이 새겨진 가지 달린 장식 촛대들, 프라고나르의 유화 두 점, 나 티에의 걸작, 우동이 만든 흉상 한 점과 몇몇 조그만 조각상들 이 그렇게 그 구멍으로 빠져나갔다. 뤼팽은 때때로 멋진 장식 장이나 훌륭한 액자 앞에서 발걸음을 떼지 못하고 한숨을 쉬 었다.

"이건 너무 무거워……. 이건 너무 커……. 안타까울 따름 이군."

아르센 뤼팽의 말을 빌리자면 그 방은 단 40분 만에 '깨끗이 정리' 되었다. 이 모든 일이 아주 질서정연하게, 사내들이 취 급한 물건들이 마치 두꺼운 솜으로 뒤덮여 있는 것처럼 소리 도 없이 일사천리로 진행되었다.

마지막으로 부울이라는 명공의 이름이 새겨진 액자 장식을 짊어지고 나가는 사내에게 뤼팽이 말했다.

"이제 되돌아오지 않아도 되겠어. 차에 물건을 싣고 너희들 은 로크포르에 있는 창고로 가. 알고 있지?"

"그럼 두목님은?"

"오토바이를 두고 가게."

사내가 나가자 그는 책장을 원래대로 되돌려놓았다. 그리고 방 안을 돌아다니며 물건을 옮긴 흔적과 발자국을 지운 다음 작은 문을 통해 이 탑과 성채를 연결하는 복도로 접어들었다.

복도 한가운데에 장식장이 하나 있었다. 아르센 뤼팽이 이곳에 혼자 남은 것은 이 장식장을 살펴보기 위해서였다.

그 안에는 놀랄 만한 물건들이 소장되어 있었다. 시계와 담배 케이스, 반지, 사슬, 진귀한 미니어처 등 값비싼 수집품들이 가득 들어차 있었다. 그는 지렛대로 자물쇠를 뜯어냈다. 그 금은보화들을, 작고 귀중한 예술품들을 만지는 감촉이 그를 한없이 기쁘게 했다.

이것들을 위해서 미리 준비해 온, 어깨에 메고 있던 커다란 자루를 옆구리 쪽으로 내렸다. 그는 그 물건들을 자루에 가득 쓸어 담은 다음 웃옷과 바지, 조끼 주머니까지도 가득 채웠다. 그가 예전에도 조상들이 애용해 왔고 지금도 호사가들이 무척 갖고 싶어 하는 구슬 지갑에 오른손을 뻗는 순간 아주 희미한 소리가 그의 귀를 때렸다.

그는 가만히 귀를 기울였다. 잘못 들은 것이 아니었다. 소리가 점점 또렷하게 들려왔다.

문득 떠오르는 생각이 있었다. 이 복도 끝에는 계단이 있는데, 그 계단은 사람들이 기거하고 있지 않은 많은 방들과 연결되어 있었다. 그런데 오늘 밤부터 그 방을 디에프 역까지 마중 나가 데려온 앙드롤 부부와 그 친구의 딸이 쓰기로 되어 있다고 드반이 말했었다.

그는 재빨리 손전등을 껐다. 그리고 옆에 있던 움푹 파인 창 쪽의 기둥 뒤로 몸을 숨겼다. 계단과 연결되는 문이 열리더니 희미한 빛이 복도로 새어 들어왔다.

커튼에 반쯤 가려져 있었기 때문에 누구인지 확인할 수는 없었지만, 누군가가 조심스럽게 계단을 내려오고 있었다. 그는 그 사람이 더 이상 내려오지 않기를 바랐다. 하지만 계단을 완전히 내려서더니 복도를 따라 두어 걸음 안으로 들어섰다. 그리고 비명을 질렀다. 틀림없이 장식장 문이 열려 있고, 그 안의 물건들이 반 이상 없어진 걸 본 모양이었다.

향수 냄새로 봐서 여자인 것 같았다. 그녀의 옷이 그가 숨어 있는 커튼에 거의 닿을 듯했다. 그녀의 심장 소리까지 들려오는 듯한 느낌이었다. 그리고 그녀도 어둠 속, 자신의 뒤쪽으로 손이 닿을 만큼 아주 가까운 곳에 누군가가 있다는 사실을 눈치챈 것 같았다. '겁을 먹고 있어. 그러니 틀림없이 되돌아갈 거야. 돌아가지 않을 리가 없어.'라고 뤼팽이 속으로 중얼거렸다.

그런데 그녀는 돌아가려는 기색을 전혀 보이지 않았다. 그녀의 손에서 떨고 있던 촛불이 빛을 더했다. 그녀는 뒤를 돌아보며 한동안 망설이는 듯한 기색을 보이더니, 이 기분 나쁜 침묵도 아랑곳하지 않고 가만히 귀를 기울이는 듯했다. 그러다가 갑자기 커튼을 열어젖혔다.

두 사람의 시선이 부딪쳤다.

깜짝 놀란 뤼팽이 더듬거리며 말했다.

"당신……! 당신이었나요? 아가씨……."

그녀는 어이없게도 넬리 양이었다.

대서양 횡단 여객선 속에서 만났던, 넬리……. 잊을 수 없는 그 항해 내내 자신을 달콤한 꿈속에 빠지게 했던 바로 그 아가씨였다. 그가 체포되는 장면을 본 뒤 배신을 하는가 싶었지만 그가 훔친 보석과 돈다발이 숨겨진 카메라를 바다 속으로 던져 버리는 장면을 연출했던 바로 그 아가씨, 넬리 양이었다.

그가 형무소에서 생활하는 오랜 시간 동안 헤아릴 수도 없이 자주 찾아와 그를 슬프게도 하고 기쁘게도 했던 바로 그 사람이었다.

밤 깊은 이런 시간에 두 사람을 뜻하지 않은 곳에서 마주치게 하는 신비한 우연의 힘에 말은커녕 손 하나도 꼼짝할 수가 없었다. 서로가 서로의 환영을 보고 있는 듯한 착각 속에서 최면술에 걸린 사람들처럼 두 사람은 그저 멍하니 서 있을 뿐이었다. 너무나도 격한 감정에 다리가 후들거렸는지 넬리 양은 자리에 주저앉고 말았다.

그러나 남자는 움직일 수조차 없었다. 머리가 먹먹해지면서, 자신의 꼴이 어떨지 상상이 갔기 때문이다. 두 손 가득 골동품을 끌어안고 있고, 모든 주머니가 불룩하며, 터질 것 같은 자루를 어깨에 둘러메고 있는 자신의 이 모습이 상대에게 어떤 인상을 줄지…… 생각만 해도 아찔했다.

수습할 수 없는 절망감이 그를 엄습했다. 범행 현장을 들킨 도둑의 모습으로 이런 곳에 서 있는 자신의 모습이 너무나 수치스러웠다. 앞으로 그가 제아무리 훌륭한 사람이 된다 하더라도 그녀는 영원히 그를 도둑으로 기억할 것 아니겠는가. 타인의 주머니에 손을 넣기도 하고 문을 뜯어내 숨어들기도 하는 도둑으로 말이다. 그런 생각이 들자, 그의 얼굴이 서서히 달아올랐다.

회중시계 하나가 카펫 위로 떨어졌다. 뒤이어 또 다른 하나가. 그 외에도 여러 가지 물건들이 그의 손에서 미끄러져 내렸다. 그럼에도 불구하고 그는 그것을 끌어안고 있을 만한 힘이 없었다. 그는 무슨 생각을 했는지 갑자기 품고 있던 물건의 일부를 안락의자 위로 내던졌다. 그리고 이어서 주머니에 있던 물건들을 전부 꺼내고, 어깨에 메고 있던 자루도 바닥에 내려놓았다.

그제야 마음이 조금 편안해졌다. 그는 무슨 말인가를 하려고 그녀 앞으로 한 걸음 다가섰다. 그녀는 꼼짝 않고 있다가, 갑자기 공포심을 느꼈는지 자리에서 벌떡 일어났다. 그리고는 탑 쪽으로 달려가기 시작했다. 그녀가 장막 안쪽으로 사라졌다. 그가 뒤쫓아 가 보니 그녀는 놀란 듯 몸을 떨며 장막 뒤에 서 있었다. 그녀는 텅 빈 홀 안을 겁먹은 표정으로 바라보고 있었다.

그는 망설이지 않고 바로 입을 열었다.

"내일 세 시까지 모든 걸 제자리에 돌려놓겠습니다. 가구까지 전부……."

그녀가 아무런 말도 하지 않자, 그가 다시 한 번 말했다.

"내일 세 시까지……. 꼭 약속을 지키겠습니다. 세상에 나를 방해할 사람은 단 한 사람도 없습니다. 내일 세 시까지는 틀림없이……."

두 사람 사이에 한동안 침묵이 흘렀다. 그는 이 침묵을 그 무엇으로도 깰 수가 없었다. 그리고 넬리 양이 자신을 어떻게 생각하고 있을지, 상상만 해도 가슴이 쓰리고 혼란스러웠다. 그는 아무런 말도 하지 않고 천천히 그녀에게서 물러나 돌아섰다. 그러면서 그는 혼잣말을 하듯이 중얼거렸다.

"제발 돌아가 줬으면 좋으련만. 이대로 돌아가도 아무 일 없을 거라는 사실을 알아줬으면 좋으련만. 나를 무서워하지만 않아도 좋으련만."

그런데 그녀가 갑자기 몸을 떨기 시작했다. 그리고 속삭이듯 말했다.

"발소리가…… 들려요. 이리로 오는 발소리가……."

그는 깜짝 놀라 그녀를 바라보았다. 그녀는 어떤 위험을 느낀 듯 매우 당황하는 모습이었다.

"아무 소리도 안 들리는데요. 그리고 만약……."

그가 말했다.

"안 돼요! 그건 안 돼요. 도망가세요. 어서 도망가세요."

"도망가라니? 왜죠?"

"그래야 해요. 그래야만 해요. 어서! 여기 계시면 안 돼요."

그녀가 복도 쪽으로 달려가 귀를 기울였다. 하지만 더 이상 아무런 기척도 들리지 않았다. 그렇다면 바깥에서 들려오는 소리였나?

그녀는 한동안 그곳에 서 있었다. 그리고 틀림없이 안전하다는 것을 확인한 뒤 뤼팽이 있던 곳으로 되돌아왔다.

그런데 아르센 뤼팽은 이미 사라지고 없었다.

자신의 성에 도둑이 들었다는 사실을 알게 된 드반은 속으로 이렇게 중얼거렸다.

"이건 벨몽의 짓이야. 벨몽이 바로 아르센 뤼팽이었어."

이것으로 모든 것이 증명된 셈이었다. 그 외의 다른 설명은 필요하지 않았다. 하지만 그 생각은 그리 오래가지 않았다. 벨몽이 벨몽이 아니라는 사실을, 즉 그가 유명한 화가가 아니며 사촌형인 에스테반의 친구가 아니라는 사실을 도저히 믿을 수 없기 때문이었다. 그래서 신고를 받고 달려온 지역의 경찰에게도 이 황당하기 짝이 없는 추측을 말할 수가 없었다.

그날 오전, 티베르메스닐 성은 드나드는 사람들로 아수라장이 되었다. 헌병대와 지역 경비대, 디에프 경찰서장, 마을사람들이 복도는 물론 정원과 성채 주위에서 한바탕 소동을 벌였다. 성 가까이서 훈련 중인 부대에서 들려오는 총소리가 분위기를 한층 더 혼란스럽게 만들었다.

초동 수사에서는 아무런 단서도 잡지 못했다. 창문과 문이 모두 멀쩡한 것으로 봐서 물건은 틀림없이 비밀 통로를 통해서 밖으로 실려나간 것 같았다. 하지만 바닥에는 발자국 하나도 남아 있지 않았으며, 벽에서도 미심쩍은 점을 전혀 찾아볼 수가 없었다.

다만 사람들의 의표를 찌르는 아르센 뤼팽의 짓궂은 장난이라고 볼 수밖에 없는 일이 한 가지 있었다. 16세기에 간행된 문제의 책 〈티베르메스닐 가의 역사〉가 제자리에 꽂혀 있었다. 더욱 재미있는 것은 국립도서관에서 훔쳐온 판본까지 그 옆에 나란히 꽂혀 있다는 것이었다.

약속한 대로 열한 시가 되자 장교들이 모여들었다. 드반은 밝은 모습으로 그들을 맞아들였다. 수많은 예술품을 잃었지만 다행히 그의 막대한 재산 덕분에 그 불쾌함을 견딜 수 있었다. 앙드롤 부부와 넬리 양도 밑으로 내려와 자리를 같이했다.

이 자리에 처음 온 사람들이 있어 드반이 서로를 소개했는데, 참석 예정자 중 한 명이 부족했다. 오라스 벨몽이었다.

오지 않는 걸까? 그가 모습을 드러내지 않는다면 오히려 조르주 드반의 의심을 사게 될 텐데…… 그런데 정각 열두 시가 되자 그가 아무 일도 없다는 듯 태연하게 모습을 드러냈다. 드반이 짐짓 여유를 부리며 말했다.

"참으로 일찍 오셨네요."

"내가 너무 늦었나요?"

"무슨 말씀을요……. 적당하게 오셨어요. 밤새도록 무척 피곤하셨을 텐데, 당연히 이 정도는 늦어야지요. 참, 소식은 들었죠?"

"무슨 소식요?"

"알면서 뭘 그러세요."

"무슨 소릴 하는 거요?"

"뭐 그냥 그런 일이 있었어요. 그보다 먼저 언더다운 양과 인사를 나누시죠. 그런 다음 테이블로 갑시다. 아가씨, 이 신사분은……."

뤼팽을 소개하려고 하자 여자가 당황한 기색을 보였다. 드반은 할 수 없이 하려던 소개를 중단했다. 그런데 그 순간 떠오르는 생각이 있어서 이렇게 말을 바꿨다.

"아참, 그랬었죠? 당신은 아르센 뤼팽과 함께 여행을 한 적이 있었다고 했죠? 그가 체포되기 직전에……. 그런데 그 뤼팽과 너무 비슷하게 생겨서 놀라셨죠?"

넬리 양은 아무런 말도 하지 않았다. 그러자 벨몽이 빙그레 웃어 보이며 고개를 숙여 가볍게 인사했다. 그녀가 그의 팔을 잡자, 그는 식탁의 정해진 자리까지 그녀를 안내한 다음 자신도 그녀의 맞은편에 앉았다.

식사 내내 사람들은 아르센 뤼팽과 도난 사건, 그리고 셜록 홈즈에 대해 이야기를 나눴다. 식사를 마칠 때쯤 처음으로 다른 이야기가 시작되자, 그때서야 벨몽도 이야기에 끼어들었다. 그는 재미있는 농담을 하기도 하고 진지한 자세를 보이기도 하면서 자신의 언변과 기지를 과시했다. 사실 그의 관심은 맞은편 숙녀에게 쏠려 있었다. 그러나 그녀는 뭔가 다른 생각에 잠겼는지 그의 말을 거의 듣지 않았다.

그들은 자리를 옮겨 멋진 정원이 내려다보이는 테라스에서 커피를 마시기로 했다. 그 테라스에서는 안뜰과 성채 옆에 있는 프랑스식 정원이 내려다보였다. 잔디밭 한가운데서는 연대의 군악대가 연주를 하고 있었고, 정원의 오솔길을 거닐며 이야기를 나누는 농부와 병사들의 모습도 보였다.

그러는 동안에도 넬리 양은 '내일 세 시까지 모든 걸 제자리에 돌려놓겠습니다.'라고 한 아르센 뤼팽의 말을 생각하고 있었다.

그는 분명히 세 시라고 약속했다! 그런데 성채의 왼쪽 지붕을 장식하고 있는 시계탑의 긴 바늘이 2시 40분을 가리키고 있었다. 그녀는 자신도 모르게 계속 그쪽으로 시선을 돌리면서, 편안해 보이는 흔들의자에 느긋한 자세로 앉아 있는 벨몽을 지켜보았다.

2시 50분……. 2시 55분……. 그녀는 깊은 불안감에 사로잡혔다. 예정된 시간에 바로 이 성채에서, 정원과 주위가 사람들로 가득하고 검사와 예심판사들이 끊임없이 수사를 펼치고 있는 이 성채에서 그와 같은 기적이 일어날 수 있을까?

하지만…… 하지만 아르센 뤼팽이 그렇게도 엄숙하게 약속하지 않았는가? 틀림없이 그의 말대로 될 것이다. 그녀는 그렇게 생각했다. 그의 속에 잠재되어 있는 힘과 권위와 믿음을 알고 있었기에……. 그리고 그 일은 기적이 아니라 당연히 일어나야 할 일처럼 느껴져서, 더 이상 초조해하지 않고 마음을 편하게 가졌다.

순간, 넬리 양과 벨몽의 시선이 마주쳤다. 그녀가 얼굴을 붉히며 얼굴을 슬그머니 돌렸다.

세 시가 되었다. 세 시를 알리는 첫 번째 종소리가 울려 퍼졌다. 뒤이어 두 번째 소리, 세 번째 소리……. 오라스 벨몽이 자신의 시계를 꺼내 보고 난 다음 시계탑을 올려다보았다. 그리고는 자신의 시계를 주머니에 넣었다.

그리고 몇 초가 흘렀다. 이때 갑자기 잔디밭 주위에 모여 있던 사람들이 웅성거리면서 옆으로 물러났다. 철문을 넘어서 정원으로 달려든 두 대의 마차에 길을 내주기 위해서였다. 자세히 보니 그건 장교나 병사들의 짐을 싣고 부대와 함께 이동하는 짐마차였다. 마차는 현관 앞에서 멈춰 섰다. 마차에서 뛰어내린 보급 장교가 드반 씨를 만나게 해 달라고 했다.

드반이 서둘러서 계단 밑으로 내려갔다. 마차의 포장 속에는 꼼꼼하게 포장된 그의 가구와 유화와 미술품들이 가득 실려 있었다.

"이게 대체 어찌 된 겁니까?"

드반이 허겁지겁 묻자, 보급 장교는 당직 상사가 아침 업무 보고 회의 때 전해 준 거라면서 지시 사항이 적힌 서류를 내밀었다.

지시 사항은, '제4대대 2중대는 아크 숲 속 알뢰 교차로에 있는 짐들을 티베르메스닐 성의 소유주인 조르주 드반 씨에게 세 시까지 정확하게 배달되도록 즉각 조치하라.'는 내용과 함께 보벨 대령의 서명까지 들어 있었다.

"교차로에 가 보니 풀밭에 정말 이 모든 것들이 놓여 있었습니다. 좀 이상하다는 생각이 들기는 했지만, 어쨌든 저는 지시대로 따른 것입니다."

보급 장교가 이렇게 말하자, 장교 중 한 명이 다가와 서명을 유심히 살펴보았다. 완벽한 서명이긴 하지만 틀림없는 가짜였다. 그동안 군악대의 연주도 끝났고, 병사들은 물건들을 제자리에 갖다 놓느라 부산하게 움직였다.

이 소란 속에서 넬리 양은 테라스의 한쪽 끝에 홀로 남아 있었다. 뭐라 말할 수 없는 감정이 그녀의 마음을 흔들어 놓아 도무지 냉정을 되찾을 수가 없었던 것이다.

그녀는 문득 저쪽에서 벨몽이 가까이 다가오고 있다는 사실을 깨달았다. 자리를 피하고 싶었지만 그녀는 테라스 난간과 오렌지 나무, 협죽도, 대나무가 심겨져 있는 화분에 둘러싸여 있어서, 지금 벨몽이 걸어오고 있는 길 외에는 나갈 곳이 없었다. 그녀는 움직이지 않았다. 얇은 대나무 잎에 스친 그녀의 금발이 햇빛을 받아 반짝였다. 이윽고 그녀의 곁에서 낮은 목소리가 들려왔다.

"어젯밤에 한 약속은 지켰습니다."

주위에는 아르센 뤼팽 외에는 아무도 없었다. 그가 조금 망설이는 듯한 태도로, 다시 한 번 말했다.

"어젯밤에 한 약속은 지켰습니다."

그는 그녀의 말 한마디를, 이 행동에 대한 그녀의 관심을 기대했지만 그녀는 단 한마디도 하지 않았다.

그녀의 침묵이 아르센 뤼팽을 초조하게 만들었다. 왜냐하면 넬리 양은 모든 진실을 알고 있는 사람이었기 때문이다. 그런데 그녀가 냉담한 태도를 보이자, 그는 어찌해야 할지 몰라 난감했다.

그는 변명을 하고 싶었다. 자신이 살아온 삶, 자신의 고결한 인생관을 보여 주고 싶은 마음이 굴뚝같았다. 하지만 그것을 말하기에 앞서 해야 하는 말들이 그 자신에게 상처가 되었다. 어떤 설명도 부질없게 느껴졌으며, 도리어 무례하게 받아들여질지도 모른다고 생각되었다.

"참으로 오래전 일이군요. 기억하고 계십니까? '프로방스 호'의 갑판에서 보냈던 그 긴 시간들을? 맞습니다. 당신은 오늘과 마찬가지로 한 송이 장미를 들고 계셨습니다. 지금 들고 있는 것과 같은 창백한 장미였습니다. 전 그것을 갖고 싶다고 말했습니다. 하지만 …… 당신은 그 말을 못 들은 척했습니다. 그런데 당신이 떠나고 난 뒤에 나는 그 장미를 발견할 수 있었습니다. 아마 지금은 모두 잊으셨겠지요? 하지만 나는 그것을 소중히 간직하고 있었습니다."

이렇게 말해도 그녀는 아무 말이 없었다. 그녀는 그에게서 아주 멀리 떨어져 있는 사람처럼 느껴졌다. 그가 계속해서 말했다.

"그 즐거웠던 시간들을 위해서 지금 당신이 알고 계신 것들은 모두 잊어버리세요. 그 과거를 생각해 주세요. 어젯밤에 당신이 본 그 사람이 아니라 예전에 보았던 그 사람이 지금의 나라고 생각해 주지 않으시겠습니까? 그리고 그때 나를 바라봤던 것처럼 단 일 초만이라도 나를 바라봐 주지 않으시겠습니까? 부탁입니다. 내가 그렇게도 변했나요?"

그의 말대로 그녀는 눈을 들어 그를 바라보았다. 그리고는 한마디도 하지 않은 채 자신의 손가락을 그가 검지에 끼고 있는 반지 위로 가져갔다. 보이는 것은 반지의 고리뿐이었다. 보석은 손바닥 쪽으로 돌려놓았는데 그것은 참으로 훌륭한 루비였다.

아르센 뤼팽이 얼굴을 붉혔다. 이 반지도 조르주 드반의 물건이었던 것이다.

"맞습니다. 사람은 쉽게 달라지지 않습니다. 아르센 뤼팽은 아르센 뤼팽 이외의 그 누구도 아니며, 아르센 뤼팽 이외의 그 누구도 될 수 없는 법입니다. 그리고 당신과 나 사이에는 당연히 아무런 추억도 존재할 수 없겠죠. 죄송합니다. 이렇게 내가 당신 곁에 있는 것만으로도 당신에게는 수치가 된다는 사실을 내가 진작 깨달았어야 했는데……."

그는 한 손에 모자를 들고 난간 쪽으로 물러났다. 넬리 양이 그의 앞을 말없이 지나쳐 갔다. 그는 그녀를 붙들고 애원해 보고 싶었다. 하지만 그에게는 그럴 만한 용기가 없었다.

그는 가만히 서서 그녀의 뒷모습을 바라보았다. 그 아득한 날에 뉴욕 항에서 그녀가 트랩을 내려갔던 것처럼, 그녀가 정면 입구로 나 있는 계단을 오르기 시작했다. 그녀가 대리석으로 만든 현관으로 들어설 때까지 그는 계속 바라보고만 있었다.

하늘엔 구름이 끼어 있었다. 아르센 뤼팽은 가만히 선 채로 모래 위에 남겨진 조그만 발자국을 바라보았다. 그러다가 갑자기 몸을 떨었다. 넬리가 몸을 기대고 있던 대나무 화분에 그 장미가 떨어져 있었기 때문이었다. 조금 전 그가 차마 달라고 말하지 못했던 그 창백한 장미가……. 이번에도 깜빡 잊고 그냥 간 것일까? 아니면 일부러 놓고 간 것일까?

그는 그것을 덥석 집어 들었다. 꽃잎이 흩어지며 떨어졌다. 그는 그것을 한 장 한 장 정성스럽게 주워 모았다.

"이젠 떠나자. 여기서 더 이상 내가 할 일은 없다. 그리고 셜록 홈즈와 마주치게 되면 일이 귀찮아질지도 모르니까."

그가 혼잣말처럼 중얼거렸다.

넓은 정원은 사람의 그림자도 찾아 볼 수 없을 만큼 텅 비어 있었다. 하지만 헌병들 한 무리가 정문을 지키는 보초병의 방 옆에서 대기하고 있었다. 그는 잡목림 속으로 숨어들었다. 그리고 돌담을 뛰어 넘었다. 그런 다음 가장 가까이에 있는 역으로 갈 생각으로 밭 사이로 난 좁은 길로 접어들었다.

채 십 분도 가지 않아서 길이 더욱 좁아졌으며, 길 양옆은 가파른 비탈이었다. 그가 그 길로 접어들었을 때 맞은편에서 누군가가 이쪽으로 걸어오고 있었다.

체격이 좋고 말끔하게 면도를 한, 오십쯤 되어 보이는 남자였다. 복장으로 영국인이라는 사실을 한눈에 알아볼 수 있었다. 묵직해 보이는 지팡이를 손에 쥐고 있었으며, 가죽 가방을 어깨에 메고 있었다.

두 사람이 마주쳤다. 남자가 약간 영국 억양이 섞인 말투로 뤼팽에게 물었다.

"실례합니다. 이 길이 성채로 가는 길이 맞습니까?"

"똑바로 가다가 돌담이 나오면 왼쪽으로 꺾어지십시오. 모두들 당신이 오기를 애타게 기다리고 있습니다."

"네?"

"드반이 당신이 올 거라고 자랑을 하고서 어젯밤부터 기다리고 있으니까요."

"쓸데없는 말을 하셨군요. 드반 씨가 실망하겠는데요."

"누구보다도 먼저 인사를 드리게 되어 정말 영광입니다. 저보다 더 열렬한 셜록 홈즈 씨의 팬도 없을 테니까요."

그의 말투엔 어딘지 모르게 비아냥거림이 섞여 있었는데, 이렇게 말한 그는 곧 후회하고 말았다. 셜록 홈즈가 관대하면서도 날카로운 시선으로 그의 발끝에서 머리끝까지를 살펴보았기 때문이었다. 뤼팽은 그의 시선을 보면서, 자신의 모습이 지금까지의 그 어느 카메라보다도 더 정확하게 찍혔고 그의 머리에 세세하게 기록되었음을 느꼈다.

'벌써 필름에 내 모습을 담았군. 이제 이 사람 앞에서는 제 아무리 변장을 해도 소용없을 거야. 과연 내가 누군지를 알아봤을까?'

뤼팽은 이렇게 생각했다.

두 사람은 서로 인사를 나눴다. 그런데 바로 그때 발자국 소리가 들려왔다. 발굽 소리를 울리면서 달려오는 말의 소리였다. 말 위에는 헌병이 타고 있었다. 두 사람은 말의 발길에 채이지 않기 위해서 하는 수 없이 비탈진 풀숲으로 바짝 붙어 섰다. 헌병이 지나갔다. 일정한 간격을 두고 여러 명이 지나갔기 때문에 전부 지나가는 데는 상당한 시간이 걸렸다. 그들이 지나가는 동안 뤼팽은 이런 생각을 했다.

'중요한 건 지금 이 사람이 내 정체를 알아냈는가 하는 점이다. 만약 내 정체를 알아냈다면 지금 이 상황을 악용할 가능성

이 아주 높아. 그렇게 되면 아주 귀찮아질 거야.'

헌병들이 다 지나가자 셜록 홈즈가 자리에서 일어났다. 그리고 말없이 옷에 묻은 먼지를 털어냈다. 그런데 그가 메고 있던 가방의 끈이 가시나무에 걸렸다. 아르센 뤼팽이 서둘러서 그것을 풀어 주었다. 두 사람은 다시 한 번 서로를 살펴보았다.

만약 이 모습을 누군가가 지켜봤다면, 각자의 분야에서 저마다 최고인 두 남자의 첫 만남에 커다란 감동을 받았을지도 모른다. 생각만으로도 그럴듯했다. 두 사람은 서로에게 철저한 적이면서, 언젠가는 틀림없이 맞서야 할 운명적인 관계가 아닌가.

잠시 후, 홈즈가 먼저 말했다.

"감사합니다."

"무슨 말씀을……."

뤼팽이 대답했다.

두 사람은 그렇게 헤어졌다. 뤼팽은 역 쪽으로 향했고, 셜록 홈즈는 성채 쪽으로 걸어갔다.

예심판사와 검사는 아무 짝에도 도움이 되지 않는 수사를 마치고 성채를 떠났다. 그 후부터 사람들은 홈즈의 명성에 걸맞은 호기심으로 그가 오기만을 기다리고 있었다. 선량한 신사처럼 보이는 홈즈를 본 순간 사람들은 자신들의 기대와는 전혀 다른 그의 모습에 얼마간 실망한 듯했다. 그에게서는 소설 속 주인공에게서나 볼 수 있을 법한 모습도, 셜록 홈즈라는 이름이 불러일으키는 신비하고 악마적인 모습도 찾아볼 수 없었기 때문이다. 하지만 드반만은 조금 과장스럽다 싶을 정도로 그를 반갑게 맞아들였다.

"드디어 오셨군요, 선생님! 이보다 더한 영광도 없을 겁니다! 드디어 제 오랜 소원이 이루어졌습니다. 오히려 이번 사건이 제게는 행운으로 여겨질 정도입니다. 덕분에 선생님을 뵙게 되었으니까요. 그런데 여기까지는 어떻게 오셨습니까?"

"기차를 타고 왔어요."

"길이 엇갈려나 보군요. 선생님을 모셔오라고 부두까지 자동차를 보내 놨는데요."

"내 도착을 만천하에 알리고 싶었나요? 북과 악기를 동원해서. 내 일을 어렵게 만드는데 그보다 더 좋은 일도 없죠."

홈즈가 불평 섞인 어조로 말했다.

그의 깐깐해 보이는 태도가 드반을 당황하게 만들었다. 그는 농담으로 이 분위기를 바꿔 보려고 말했다.

"다행스럽게도 편지로 말씀드렸을 때보다 일이 훨씬 더 쉬워졌습니다."

"어째서죠?"

"어젯밤에 뤼팽이 다녀갔습니다."

"내가 온다는 사실만 소문내지 않았어도 간밤의 그 사건은 일어나지 않았을 거요."

"그럼 언제 일어났을 거라고 보시는데요?"

"내일 아니면 그 어느 날이죠."

"만약 그랬다면요?"

"뤼팽은 꼼짝없이 덫에 걸렸을 거예요."

"그럼 내 물건들은 어떻게 되었을까요?"

"도둑맞지 않았을 겁니다."

"그런데 내 물건들은 지금 이곳에 그대로 있습니다."

"무슨 뜻이죠?"

"오늘 오후 세 시에 모두 돌아왔습니다."

"뤼팽의 손으로?"

"짐마차 두 대로 실려 왔어요."

셜록 홈즈가 한숨을 내쉬며 모자를 고쳐 썼다. 그리고 가방의 끈을 쥐었다. 이 모습을 보고 드반이 깜짝 놀라서 소리쳤다.

"왜 그러십니까?"

"돌아가야지요."

"왜 돌아가신다는 겁니까?"

"물건은 모두 제자리에 있고, 뤼팽은 멀리 도망갔고……. 더 이상 내가 할 일이 없지 않습니까?"

"하지만 저는 선생님의 도움이 꼭 필요합니다. 뤼팽이 어떻게 들어왔고 어떻게 나갔는지, 그리고 왜 몇 시간 후에 그것들을 다시 돌려줬는가 하는 점들에 대해서는 하나도 아는 게 없으니까요. 어제 있었던 일이 내일 다시 일어나지 말라는 법도 없지 않습니까?"

"그럼 당신들은 아무것도 모르고 있단 말입니까?"

아직도 밝혀내야 할 비밀이 남아 있다는 사실을 알고 그의 태도가 조금 누그러지는 듯했다.

"그렇군요. 그럼 한 번 찾아보기로 하죠. 가능한 한 빨리, 다른 사람들에게 알리지 말고 조용히 진행하죠."

홈즈는 이 말을 모든 사람들을 향해서 했다. 드반이 얼른 그 뜻을 알아채고 그와 둘이서만 탑 밑의 방으로 갔다.

홈즈는 지극히 직업적인 말투로, 그리고 극히 제한된 말들만을 사용해 가며 어제 저녁에 일어난 일에 대해서 질문했다. 모임에 대해서, 참석했던 초대객들에 대해서, 성에서 일하고 있는 사람들에 대해서……. 그런 다음 그는 뤼팽이 가져다 놓은 〈티베르메스닐 가의 역사〉를 펼쳐 놓고 지하 통로에 관한 두 개의 도면을 살펴보았다. 또한 젤리스 신부가 발견해 낸 두 개의 인용문을 몇 번이고 되풀이해서 읽어 본 다음 이렇게 물었다.

"그 두 개의 인용문에 대한 얘기는 어제 처음 했나요?"

"네, 그렇습니다."

"전에 오라스 벨몽에게 말한 적은 없었나요?"

"없었습니다."

"그렇군. 그렇다면 자동차를 좀 불러 주세요. 난 한 시간 후에 떠나도록 하죠."

"한 시간 후에?"

"당신이 제시한 문제를 푸는 데 아르센 뤼팽도 그 이상의 시간이 걸리지 않았을 거예요."

"내가? 내가…… 문제를 제시했다고요?"

"그렇소. 아르센 뤼팽과 벨몽은 동일 인물입니다."

"저도 이상하다고는 생각하고 있었습니다. 이 몹쓸 녀석!"

"뤼팽이 지난 몇 주간 찾고 있던 비밀의 열쇠를 바로 어젯밤 열 시에 손에 쥐어 준 셈이죠. 덕분에 뤼팽은 어젯밤에 그 비밀을 푼 다음 패거리들을 동원하여 이 홀을 털고 나서 청소까지 깨끗이 끝낸 겁니다. 그럼 나도 이제 속도를 한 번 내 볼까요?"

그는 생각에 잠긴 채 방 안을 구석구석 살피며 돌아다녔다. 그런 다음 의자에 긴 다리를 포개고 앉아 눈을 감았다.

드반이 불안한 표정으로 그를 가만히 바라봤다.

'잠이 든 걸까? 아니면 생각에 잠긴 걸까?'

알 수는 없었지만 그는 하인에게 자동차를 대기시키라고 말하기 위해 밖으로 나갔다. 그가 다시 돌아왔을 때 홈즈는 복도 계단의 밑 부분에 무릎을 꿇고 앉아 카펫을 들여다보고 있었다.

"뭔가 찾으셨습니까?"

"여길 보세요. 여기……. 촛농 자국이 있군요."

"그렇군요. 떨어진지 얼마 안 된 것 같은데요."

"저 계단 위에도 있어요. 그리고 아르센 뤼팽이 문을 뜯어내고 속에 든 골동품을 꺼내 의자 위에 놓아두었던 장식장 주위에는 더 많이 떨어져 있죠."

"그래서 선생님은 어떤 결론을 내리셨는지……."

"아직 없습니다. 이런 사실들은 모두 그가 행한 일들을 확실히 입증해 주기는 하지만 이는 문제의 일면에 지나지 않습니다. 지금 나는 그런 것에 관계할 여유가 없습니다. 중요한 건 역시 그 지하 통로의 구조입니다."

"그렇다면 선생님은 통로를 밝혀내시겠다는 거군요."

"밝혀내려는 게 아니라 벌써 밝혀냈지요. 이 성채에서 2, 300미터 떨어진 곳에 작은 성당이 있지 않습니까?"

"롤롱 후작의 무덤이 있는 성당인데, 폐허나 다름없는 곳이에요."

"댁의 운전기사에게 성당 앞에서 기다리라고 해 주세요."

"운전기사는 아직 역에서 돌아오지 않았습니다. 돌아오면 하인이 알려 줄 겁니다. 그렇다면 무슨 단서라도……."

그의 말이 채 끝나기도 전에 셜록 홈즈가 말을 끊었다.

"죄송하지만 사다리와 램프를 가져다주세요."

"네? 사다리와 램프가 필요하십니까?"

"필요하니까 부탁하는 거 아니오."

드반은 그의 까칠한 말투가 맘에 걸렸지만, 지극히 냉정하고 진지한 태도에 할 말이 없었다.

드반이 좀 어이없다는 표정으로 벨을 울리자 하인들이 달려왔고, 이어서 램프와 사다리 등의 도구들을 챙겨서 가지고 왔다.

홈즈는 다소 지나치다 싶을 만큼 엄격하고 정확하게 지시를 내렸다.

"그 사다리를 책장에 세워 주세요. 티베르메스닐(THIBERMESNIL)이라고 적힌 글자의 왼쪽 끝에 모서리를 맞춰서요."

드반이 사다리를 가져다 놓았다. 그러자 또 다른 지시가 떨어졌다.

"조금 더 왼쪽으로……. 약간 오른쪽……. 됐소. 바로 거기! 됐어요. 글자들(티베르메스닐, THIBERMESNIL)은 전부 양각으로 되어 있지요?"

"네, 그렇습니다."

"먼저 H부터 시작합시다. 그걸 잡고 어느 한쪽으로 돌려보세요."

드반이 H라는 글자를 손에 쥐더니 외치듯이 말했다.

"정말 움직입니다! 오른쪽으로, 원주의 4분의 1정도. 아니, 이 사실을 누구한테서 들은 겁니까?"

물음에는 답하지 않고 셜록 홈즈가 다시 말을 이었다.

"거기서 R이라는 글자까지 손이 닿나요? 닿는군요. 두어 번 움직여 보세요. 빗장을 채웠다 풀었다 할 때처럼."

드반이 R이라는 글자를 움직여 봤다. 그러자 놀랍게도 뒤쪽에서 무엇인가가 벗겨지는 소리가 들려왔다.

"좋아, 좋았어. 그럼 이번에는 그 사다리를 또 다른 한쪽, 그러니까 티베르메스닐이라는 글자의 오른쪽 끝부분으로 옮기세요. 됐어요. 만약 내가 틀리지 않았다면, L이라는 글자가 창문처럼 열릴 겁니다."

홈즈가 말했다.

드반은 뭔지 모를 엄숙한 기분을 느끼면서 L이라는 글자에 손을 가져다 댔다. 갑자기 L이라는 글자가 덜커덩 열렸고, 순간 드반은 중심을 잃고 사다리에서 미끄러져 떨어졌다.

그런데 이게 웬일인가! T와 L이라는 글자 사이에 있는 책장이 서서히 회전을 하더니, 그 뒤로 뻥 뚫린 구멍이 눈앞에 나타난 것이다. 그러니까 지하 통로로 통하는 입구가 나타났다는 말이다.

셜록 홈즈가 차분한 어조로 물었다.

"다치지 않으셨나요?"

"괜찮습니다. 다친 데는 없지만 솔직히 말씀드리자면 조금 어리둥절합니다. 글자가 움직이질 않나, 지하 통로로 들어가는 커다란 문이 열리질 않나……."

드반이 자리에서 일어나며 말했다.

"그렇게까지 놀랄 필요 없어요. 쉴리가 남긴 인용문 그대로니까요."

"그대로라니? 무슨 말씀이십니까?"

"뻔하지 않습니까? H(도끼, Hache : 발음이 H와 같다)가 빙글 빙글 돌고, R(허공, Air : 발음이 R(에르))이 떨리면서, L(날개, Aile : 발음이 L과 같다)이 펼쳐진다. 그 덕분에 앙리 4세가 그런 시각에 탕카르빌을 만날 수 있었던 거죠."

드반은 아직도 어안이 벙벙한 채, 하지만 홈즈에 대해 경외감을 느끼면서 이렇게 말했다.

"그렇다면 루이 16세의 인용문은 어떻게 된 겁니까?"

"루이 16세는 자물쇠 광이라고 알려질 정도였죠. 그 왕의 저서로 알려진 〈글자 맞추기에 따른 조합식 자물쇠론〉이라는 책을 읽은 적이 있습니다. 그러니까 자신의 군주에게 이 멋진 기계 장치의 걸작을 보여 준다는 것은 티베르메스닐 성주에게 있어서 매우 커다란 영광이었을 겁니다. 왕은 그 사실을 잊지 않기 위해서 2-6-12, 즉 H-R-L, 그러니까 티베르메스닐(THIBERMESNIL)이라는 단어의 2번째, 6번째, 12번째에 있는 글자를 적어 놓은 거지요."

"앗! 과연 그렇군요. 이제 무슨 말인지 알 것 같습니다. 하지만 그래도 아직 한 가지……. 이걸로 그가 어떻게 나갔는지는 알았지만, 그렇다면 들어올 때는 어떻게 했을까요? 잘 아시다시피 녀석은 밖에서 안으로 들어왔으니까요."

셜록 홈즈가 램프에 불을 밝혔다. 그리고 지하 통로로 들어가 몇 걸음 앞으로 나아갔다.

"여길 보세요. 여기서 보면 시계의 내부처럼 기계의 알맹이를 전부 들여다 볼 수 있습니다. 그리고 반대 방향이기도 하지만, 책장에 새겨진 글자들이 여기도 씌어 있습니다. 그러니까 뤼팽은 이쪽에서 우리가 한 것과 반대로 조작을 한 거죠."

"하지만 확실한 증거가 있습니까?"

"증거라고? 바닥에 고여 있는 기름을 보세요. 뤼팽은 기계에 기름을 칠해야 한다는 사실까지도 꿰뚫어보고 있었던 겁니다."

셜록 홈즈가 놀랍다는 어투로 말했다.

"그럼 녀석은 반대편 입구도 알고 있었을까요?"

"내가 알아낸 것과 같은 방법이었겠지요. 따라오세요."

"지하 통로로 말입니까?"

"왜, 무서운가요?"

"무서운 건 아니지만…… 괜찮을까요? 길을 잃지는 않을까요?"

"눈 감고서도 갈 수 있을 겁니다."

두 사람은 우선 열두 개의 계단을 내려갔다. 그다음에 다시 열두 개의 계단, 그다음에도 다시 열두 개의 계단……. 그리고 두 사람은 긴 복도로 들어섰다. 벽돌로 만든 내벽은 각 시대별로 행해진 수리의 흔적이 남아 있었으며 곳곳에서 물이 새어 나오고 있었다. 바닥은 축축하게 젖어 있었다.

"이 바로 위가 해자일 겁니다."

드반이 여전히 불안하다는 투로 말했다.

통로는 열두 개의 계단이 있는 곳까지 연결되어 있었다. 그 위에도 열두 개의 계단이 세 개 더 있었다. 두 사람은 바위를 파서 만든 조그만 동굴 안으로 들어섰다. 하지만 길은 거기서 끊어져 있었다.

"이런, 절벽이 가로막고 있을 줄이야. 귀찮게 됐군."

"돌아가는 게 어떻겠습니까? 더 이상 알아낼 필요도 없고 이것만으로도 충분하니까요."

그 순간 고개를 치켜든 홈즈가 안도의 한숨을 내쉬었다. 그들의 머리 위에 건너편에서 본 것과 똑같은 장치가 놓여 있었기 때문이다. 그가 다가가 건너편에서 했던 것처럼 세 글자를 움직였다. 커다란 바위 덩어리가 움직이기 시작했다. 그 돌은 롤롱 후작의 묘석이었고, 거기에도 역시 티베르메스닐이라는 글자가 새겨져 있었다. 묘석은 앞서 홈즈가 말했던 작은 성당이 있는 자리였다.

"그러니까 '사람이 신의 품으로 향한다.'는 말은 바로 이걸 뜻하는 거죠."

인용문의 마지막 부분을 그가 읊었다.

"그 짧은 인용문만 가지고 어떻게 이 모든 걸 알아냈단 말입니까?"

셜록 홈즈의 천재적인 통찰력에 놀란 듯 드반이 큰 소리로 말했다.

"사실 그 인용문은 필요하지도 않았습니다. 당신도 알다시피 국립도서관에 소장되어 있었다는 책을 보니까, 지하 통로를 나타내는 선의 왼쪽 끝 부분이 동그라미 표시에 닿아 있었습니다. 그리고 이 사실은 몰랐겠지만, 오른쪽 끝 부분은 십자가 표시에 닿아 있더군요. 거의 지워져서 돋보기 없이는 보이지 않을 정도지만, 어쨌든 십자가가 결정적인 암시가 되었던 겁니다. 그 십자가는 바로 지금 우리가 서 있는 이 성당을 뜻하는 것이었습니다."

드반은 홈즈의 말을 들으면서 자신의 귀를 의심할 정도로 어이없어 했다.

"정말 놀랍습니다! 이건 기적입니다. 모든 걸 알고 나니 유치한 장난 같기도 합니다만, 왜 지금까지 이 비밀을 아무도 밝혀내지 못했던 걸까요?"

"지금까지 그 누구도 세 가지, 혹은 네 가지 단서들을 동시에 비교해 본 적이 없었기 때문이죠. 두 권의 연대기와 두 개의 인용문에서 이러한 사실을 유추해 낼 수 있는 사람은 아르센 뤼팽과 나 이외에는 없을 겁니다."

"하지만 젤리스 신부님과 나도 역시 당신들과 똑같은 사실들을 알고 있었는데……."

드반의 말에 홈즈가 빙그레 웃으며 대답했다.

"드반 씨, 누구나 이런 문제를 풀 수 있는 건 아닙니다."

"저는 십 년 동안이나 이 문제로 머리를 쥐어짰습니다. 그런데 당신은 단 십 분 만에……."

"놀랄 것 없어요. 일종의 습관일 수도 있는 거니까요."

두 사람은 그 작은 성당을 통해 밖으로 나왔다. 순간 홈즈가 환성을 질렀다.

"아니, 자동차가 대기하고 있네요!"

"저건 제 자동찬데요."

"당신 자동차라고요? 운전기사가 아직 안 돌아왔다고 하셨 잖아요."

"그랬지요. 그런데 이게 어떻게 된 일이지?"

두 사람이 자동차 있는 곳으로 다가갔다. 드반이 운전기사 에게 물었다.

"에두아르, 누가 여기로 오라고 했는가?"

"네, 벨몽 씨가 그랬습니다."

"벨몽이? 어디서 그를 만났지?"

"역 근처에서 만났습니다. 저를 보더니, 빨리 성당 앞으로 가라고 말씀하셨습니다."

"자네보고 성당으로 가라고 했단 말인가? 뭐라 하면서?"

"주인님의 친구분을 기다리라고 말씀하셨습니다."

드반과 셜록 홈즈가 어리둥절해하며 서로의 얼굴을 바라보 았다.

드반이 말했다.

"그는 선생님이 이 수수께끼를 쉽게 풀 것이라는 사실을 알고 있었던 겁니다. 정말 세심하게도 신경을 써 줬군요."

명탐정은 만족스럽다는 듯 입가에 미소를 지었다. 뤼팽이 보여 준 경의가 마음에 든 모양이었다. 그는 크게 고개를 끄덕이며 말했다.

"정말 대단한 사람입니다. 처음 봤을 때부터 그런 느낌을 받기는 했지만."

"선생님, 벌써 뤼팽을 봤단 말입니까?"

"저쪽 길에서 서로 마주쳤습니다."

"선생님은 그 사람이 오라스 벨몽, 아니 아르센 뤼팽이라는 사실을 알고 있었습니까?"

"처음에는 몰랐지만 바로 눈치챌 수 있었습니다. 그의 비아냥거리는 말을 듣고."

"그런데도 그를 그냥 보냈단 말입니까?"

"그렇습니다. 사실 그때는 내가 유리한 상황이었으니까……. 헌병이 다섯 명이나 지나갔었거든요."

"정말 아깝군요! 더 없이 좋은 기회 아니었습니까?"

"그건 그렇겠죠. 하지만 아르센 뤼팽 같은 상대를 그렇게 우연히 찾아온 기회에 잡고 싶지 않았습니다. 그는 반드시 내가 기회를 만들어서 잡을 겁니다."

홈즈가 자랑스럽다는 듯이 말했다.

그러나 이젠 돌아가야 할 시간이 되었다. 그리고 뤼팽이 자동차를 보내 줄 정도로 친절을 베풀었는데, 그의 친절을 무시하는 것은 신사답지 못하다고 생각했다.

드반과 셜록 홈즈가 자동차의 뒷좌석에 올랐다. 에두아르가 시동을 걸고 출발했다. 그들 앞에 지평선을 배경으로 너른 들판과 시원한 숲이 펼쳐졌다.

문득 드반은 자동차에 매달아 놓은 휴대용 주머니에 조그만 꾸러미가 꽂혀 있는 것을 발견했다.

"응? 저게 뭐지? 무슨 꾸러민데요. 누구 거지? 앗, 선생님 이름이 있습니다."

"내 이름이?"

"읽어 보십시오. '셜록 홈즈 씨께, 아르센 뤼팽'이라고 적혀 있습니다."

홈즈가 그 꾸러미를 받아서 끈을 풀었다. 두 겹으로 된 포장을 뜯어냈다. 그 속에는 시계가 하나 들어 있었다.

"제기랄!"

홈즈가 매우 분하다는 몸짓으로 외마디 소리를 질렀다.

"시계로군요. 그렇다면 설마……."

드반이 홈즈와 시계를 번갈아 보다가 기겁을 하며 말했다.

"정말 놀랍습니다. 선생님의 시계로군요. 아르센 뤼팽이 선생님의 시계를 돌려준 것 아닙니까? 그걸 돌려줬다는 건 일단은 훔쳤었다는 얘긴데……. 녀석이 선생님의 시계를 슬쩍하다니, 정말 대단합니다! 아르센 뤼팽이 훔친 셜록 홈즈의 시계라…… 정말 재밌습니다. 어떻게 이런 일이……. 아, 죄송합니다. 하지만 너무나 우스워서 웃음을 참을 수가 없습니다."

드반은 실컷 웃고 나서야 문득 떠오른 듯 이렇게 말했다.

"맞습니다! 그는 범상치 않은 인물입니다."

셜록 홈즈는 한동안 미동도 하지 않았다. 디에프에 도착할 때까지 창밖만 가만히 바라볼 뿐, 한 번도 입을 열지 않았다. 그의 마음을 도무지 읽어 낼 수가 없었다. 그 침묵은 그 어떤 격렬한 분노보다도 무겁게 느껴졌다.

홈즈는 기차역에서 헤어질 때가 되어서야 비로소 입을 열었다.

"맞아요. 그는 매우 뛰어난 인물입니다. 하지만 지금 당신에게 내민 이 손으로 그의 목덜미를 잡는 날이 반드시 올 겁니다. 아르센 뤼팽과 셜록 홈즈는 언젠가는 반드시 만나야 할 운명이니까요. 또한 우리 두 사람이 마주치지 않을 수 있을 만큼 세상이 그렇게 넓지 않으니까요. 그날이 오면 그때는 반드시……."

그의 말에는 어떤 분노도 섞여 있지 않았다. 다만 홈즈의 강렬한 의지와 열정이 한순간에 전해져 왔을 뿐이었다.

□ 작가 연보

1864년 루앙에서 출생하여, 유복한 도매상 집안에서 성장한다.
        어린 시절 주로 읽은 책으로는 월터 스콧, 발자크, 위고,
        뒤마와 쥘 베른의 책들이 있다.
        고등학교를 우수한 성적으로 졸업했고, 잠시 동안 제사
        (製絲) 공장 점원으로 일하기도 했다.
1880년 노르망디 전역을 자전거로 여행했다. 이때 섭렵한 에트
        르타 절벽이라든가 쥐미에주 수도원, 센 강 어귀의 여러
        지역은 그의 작품에서 단골로 등장한다.
        고향이 루앙인 플로베르의 흉상 제막식에 참석한 수많은
        작가들의 모습에 감명을 받고, 자신 또한 노르망디 출신
        의 유명 작가가 되기로 결심한다. 모파상을 열렬히 숭배
        하게 된다.
1888년 루앙을 떠나서 본격적인 문학수업을 쌓으려고 파리에 정
        착한다.
        당시 상징주의자들과 데카당파 문인들의 아지트였던 몽
        마르트르의 카페 '샤 누아르(검은 고양이)'를 드나들며,
        그곳에서 알퐁스 알레와 모레아스, 르통트 드 릴르 등과
        교우한다.

1889년   에르느틴 랄라과 결혼, 딸 마리 루이즈가 태어난다.

1892년   둘째 여동생 조르제트가 루앙은 '답답하고 편협한 사람
        들이 사는 곳이라 싫다.'며 집을 나와 가수 겸 여배우의
        삶을 시작한다.
        소설가 마르셀 프레보가 문단에 많은 지면을 할애하는
        신문 〈질 블라스〉에 그를 소개한다. 거기에 그는 콩트들
        을 연이어 발표한다.

1893년   플로베르의 〈마담 보바리〉와 모파상의 〈여자의 일생〉에
        서 영감을 얻은 첫 소설 〈어떤 여자〉를 〈질 블라스〉지에
        연재한다. 쥘 르나르와 레옹 블루아, 알퐁스 도데 등이
        극찬한다.

1894년   어려서부터 자전거 마니아였던 그는 '그녀(Elle : 자전거
        를 의미)'라는 제목으로 자전거 예찬론을 발표한다.
        당시 여동생 조르제트가 연 살롱에는 말라르메를 위시해
        서 〈르뷔 블랑슈〉의 고정 필자들, 콜레트 등 수많은 파리
        의 문인과 예술가들이 드나들었다. 모리스 르블랑 역시
        여동생의 살롱에 자주 드나들었는데, 견문이 넓은 세련
        된 신사로 통했다.

1896년   단편 모음집 〈신비의 시간들〉을 발표한다. 이 책을 통해
        꿈이나 신경증 같은 묘한 심리 상태에 대한 그의 독특한
        취향을 엿볼 수 있다.

1897년   〈아르멜과 클로드〉라는 소설과 자전거를 예찬하는 소설
        〈날개를 펴다〉를 발표한다.

1898년   드레퓌스 반대파에 가담했으나, 같은 진영 내에서도 자
        주 반대론을 제기한다.

1899년   1838년 발자크의 주도로 결성된 일종의 '문인협회'에 가입한다.

소설 〈열광〉을 발표했으나 별 호응을 얻지 못한다.

1902년   자신에게 아들 클로드를 낳아 준 마르그리트 보름제와의 결혼이 여의치 않은데다, 건강 및 심리적으로 최악의 상태에 빠진다. 이때부터 좀 더 안정적인 수입을 보장받기 위한 글을 쓰기로 결심한다.

1905년   막 창간된 〈주 세 투(Je sais tout)〉의 편집장 피에르 라피트가 영국에서 대단한 돌풍을 일으켰던 셜록 홈즈 시리즈풍의 소설을 써 보지 않겠느냐고 제의한다.

그에 따라 〈아르센 뤼팽, 체포되다〉가 조르주 르루의 삽화를 곁들여서 1905년 7월에 처음 연재된다.

이후 〈감옥에 갇힌 아르센 뤼팽〉 등을 연이어 발표하면서 신출귀몰한 모험담을 계속 선보인다.

1906년   〈아르센 뤼팽 탈출하다〉가 점잖은 경찰을 지나치게 희화화했다는 지적을 경찰당국으로부터 받는다.

또한 코난 도일로부터 셜록 홈즈를 멋대로 소설에 차용한 것에 대한 비난의 편지를 받는다.

오랜 연애 끝에 드디어 마르그리트 보름제와 결혼한다.

1907년   '문인협회' 위원으로 선출되어 작가들의 권익 옹호에 적극 나선다.

그때까지의 아르센 뤼팽에 관한 단편들을 모아서 〈괴도신사 아르센 뤼팽〉을 출간한다. 그해 독자들로부터 열렬한 호응을 얻는다.

1908년   아르센 뤼팽을 소재로 한 8밀리 영화 '괴도 신사'가 에드

윈 S.포터에 의해서 처음으로 제작된다.

〈기암성〉이 〈주 세 투〉에 연재되기 시작한다.

1909년   〈르 주르날(Le Journal)〉지에 〈813〉의 연재를 시작한다.

1910년   〈뤼팽 대 홈즈의 대결〉이 연극으로 각색되어 샤틀레 극
　　　　 장에서 초연된다.

1912년   〈수정마개〉를 〈르 주르날〉지에 연재하고, 모파상의 영
　　　　 향이 묻어나는 콩트집을 발표한다.

1916년   피에르 라피트로부터 뤼팽 시리즈의 판권을 사들인 아셰
　　　　 트(Hachette) 사가 그간의 아르센 뤼팽 시리즈를 대량으
　　　　 로 출간하기 시작한다.

1920년   〈발타자르의 기구한 인생〉으로 새로운 영웅을 창조하려
　　　　 고 했으나 실패한다.

1921년   아르센 뤼팽 시리즈가 프랑스인의 애국심과 자존심을 크
　　　　 게 고취시킨 공로로 레종 도뇌르 훈장을 받는다.
　　　　 에트르타에 전원 별장지를 구입해서 '뤼팽 별장'으로 이
　　　　 름 짓는다. 이곳은 이후에도 '기암성'과 더불어 관광객이
　　　　 끊이지 않는 유명 코스가 된다.

1924년   전 세계적으로 아르센 뤼팽의 번역 판권과 시나리오 판
　　　　 권이 팔리며 막대한 수입을 얻는다.

1930년   영국의 코난 도일 사망. 〈바리바〉를 〈르 주르날〉지에 연
　　　　 재한다.

1934년   아르센 뤼팽을 소재로 한 미국 영화 '아르센 뤼팽'이 개봉
　　　　 되었으나 모리스 르블랑은 '그 어디에도 뤼팽의 면모가
　　　　 보이지 않는다.'며 혹평한다.

1935년   〈백작 부인의 복수〉를 발표. 여기에서 뤼팽은 코트다쥐

르 연안으로 은퇴한다.
1936년 뤼팽 시리즈가 라디오 연속극으로 편집된다.
1941년 세상을 떠난다.

괴도신사 아르센 뤼팽

1판 1쇄 인쇄 | 2019년 08월 15일
1판 1쇄 발행 | 2019년 08월 20일

지은이 | 모리스 르블랑 지음
옮긴이 | 김지영
펴낸이 | 윤옥임
펴낸곳 | 한비미디어

서울시 마포구 독막로 28길 34
대표전화 (02)713-3734, **팩스** (02)706-9151

등록 제 2003-000077호

© 2019 by Brown Hill Publishing Co. 2019, Printed in Korea

ISBN 978-89-90167-09-5 03860
값 13,500원